光阴
会说话

李欣颐 著

北方文艺出版社

图书在版编目（CIP）数据

光阴会说话 / 李欣颐著. -- 哈尔滨 ： 北方文艺出
版社，2023.7
ISBN 978-7-5317-5972-0

Ⅰ．①光… Ⅱ．①李… Ⅲ．①散文集－中国－当代
Ⅳ．①I267

中国国家版本馆CIP数据核字(2023)第113466号

光阴会说话
GUANGYIN HUI SHUOHUA

作　者/李欣颐

责任编辑/王　爽　　　　　　　　特约编辑/陈长明
装帧设计/汲文天下

出版发行/北方文艺出版社　　　　邮　编/150008
发行电话/（0451）86825533　　　经　销/新华书店
地　址/哈尔滨市南岗区宣庆小区1号楼　网　址/www.bfwy.com

印　刷/北京金特印刷有限公司　　　开　本/880×1230　1/32
字　数/195千字　　　　　　　　　印　张/8.375
版　次/2023年7月第1版　　　　　印　次/2023年7月第1次印刷

书　号/ISBN978-7-5317-5972-0　　定　价/79.00元

序

我认识李欣颐是在大约十年前的一个冬天，一次市作协的会议上。记得当时她穿着一件红色的羽绒服，娇小的身材，我以为她还是个二十多岁的小姑娘。她让我帮她看看她写的几篇小说。我看了，当时觉得她的小说像她的人一样，看上去灵动、朴实，但还透着远未成熟的印记。

这十年来，我经常看到她写的东西，看得出她正一步步成长。直到最近，她拿来了她准备出版的一本散文集，我才知道，这十年，她写了那么多东西，除了小说，仅散文就有十几万字。我细细看了她的这些散文，惊讶地看到，她已经明显地成熟了，她已经从一个稚嫩的年轻作者成长为一个比较成熟的作家。

一个成熟的作家，除了与生俱来的驾驭语言的天赋外，还必须是一个有知识、有思想、有信仰的人。

欣颐是有知识的。她读了许许多多的书。从事"理工科"职业的她，不但读古今中外的文学作品，还读哲学，读历史，学外语……把尽可能多的知识充实进自己的头脑。于是她在写作中对需要的任何信息可以信手拈来，使文章如行云流水一般，读者还能从中品咂出若甘若苦的滋味。

欣颐是有思想的。她从哲学中学会了思辨。她在农村长大，乡村是她的根，是她的灵魂所在，乡村生活在她的散文中占了很大的篇幅。她写乡村的人，乡村的牲畜，乡村的花花草草。她用生动的语言赞美他们，赞美乡村给予她以及世间万物的生命和品性。但是她也敏锐地看到了资本侵蚀给乡村带来的影响，看到了贫瘠的文化造成的人性扭曲。她这样辨析到："每个人都在美善与罪恶间挣扎存活，每个人都活在当下又联结着历史和未来，每个人将无一例外地走过生命的茂盛和衰残……"所以，她在写作中，在赞美的同时，总是以敏锐的目光和犀利的语言，对人性中的恶和社会的不良现象进行尖锐的批判和无情的鞭挞。

欣颐是有信仰的。在当下众多人迷失于金钱、物质和自我的世风中，欣颐一直坚持着她的信仰。她的信仰不是虚不可及的幻象，只是一个实实在在的字——爱！

"爱"的内涵究竟有多么深奥，她对这个简单的字也有着困惑："爱究竟是什么？是对哲学的爱？是无差别的兼爱？是圣洁的上帝之爱？是无心犯罪的情爱？还是对永恒自然的爱？或者还有其他种种？在先人们的笔下，爱被赋予了太多内容，爱的众多面目被发现，被传讲，可是时至如今，谁能完全把爱看清说透呢？"

尽管如此，尽管她经过了反反复复的思考仍然无法参透爱字的深意，但是她柔软的情感总是会流露在字里行间，表达着她对人类、对生活、对草木、对世间一切事物的热爱。她信奉爱便是从真、从善、从美的根本。她祈盼爱能清除世界上的糟粕，爱能把世界变得清朗、平和。

这十年来，欣颐利用她多年积累的知识财富，以及自身具有的灵性和激情，写出了一篇又一篇好作品。读她的散文，你会感觉到面前展开的是一个十分丰富的世界，会看到大自然的绚丽，也会感受到人生悲喜。

欣颐是有遗憾的。她成长在一个文学越来越被推向边缘的时代，这使得她的作品很难被广大读者知悉、阅读，引起读者的关注。

欣颐还是幸运的。经过这十多年的坚持，她的散文集即将问世了，她的才华，她对文学的热爱和执着，终于有了回报，终于得到展现。

文学殿堂终究是神圣之地，热爱文学的人总会让人类的灵魂攀上更高的阶梯。愿欣颐的文学之路越走越宽广，愿她为读者写出越来越多、越来越好的作品！

陈吉蓉

2022 年 8 月

目录

柏拉图的苦旅

四季情话

恋恋乡土

阿凡达的仙境

柏拉图的苦旅

女人的陪嫁

一个漆色斑驳的老樟木箱子，放在我家卧室里，跟几件现代家具混搭，显得有点儿突兀，好像二十世纪三十年代穿旗袍的淑女，站在二十一世纪的一群摩登女郎中间——古典、矜持，还有点儿不知所措。樟木箱子是我姑姥姥的陪嫁，本是一对，前些年姑姥姥去世后，她儿子搬走一个留作纪念，另一个给了我。

姑姥姥的这个樟木箱子保养得算是不错。六七十年前的物件，虽漆色暗沉，但表面光洁，没有硬伤，耳锁全都完好。樟木箱子上没有任何雕琢的花饰，显得朴素大方。二十世纪三四十年代，战火漫卷中华大地，姑姥姥和亲人们从天津辗转到北京，从北京又颠簸回天津，在枪炮的叫嚣声里，两个樟木箱子稳稳地来去，气定神闲，毫发无损。后来，它们因为这份朴素，也未被"四清"工作队和"破四旧"的人们待见，逃过一劫又一劫，与女主人相伴走过了她出阁之后的全部岁月。

于是，这对樟木箱子有了了不起的阅历。它们见过大宅院的奢华，听过密集的枪声，坐过马车、汽车、火车。它们陶醉于女主人出嫁时的笑靥，也伤心于女孩子梦想的破灭。无论是红尘滚滚，还是人生寂寂，它们始终忠诚地与女主人相随相伴。

每个女人都有自己的缱绻心事，姑姥姥的心事锁在两个樟木箱子里。从娘家到婆家，从女孩到母亲，从颠沛流离到天下太平，尽管韶华逝去，美人化为尘土，樟木箱子里空空如也，然而那些女人的细腻心事已经刻进樟木的纹理，每一寸都显露着岁月的痕迹。一个女人的一生，由一对樟木箱子做见证，完美抑或遗憾，无人得知，只留给后人去默默揣想。

我母亲也有一对陪嫁的箱子，二十世纪七十年代的产物，并非樟木材质，母亲称之为"皮箱"，想必是树皮做的。这对皮箱一直摆在母亲的卧室里，用于装她崭新的衣物。一晃就是四十余年，家具几经淘汰，母亲的皮箱如今仍在，还是盛放她崭新的衣物，里面永远散发着樟脑球特有的味道。母亲常用一块温水浸湿的抹布擦拭皮箱表面，曾经的正黄色已经被岁月漆成了暗黄，然而依旧油亮。

每当我看到母亲仔细擦拭一对老旧的皮箱，就会想到摆在我家的那个樟木箱子，想起姑姥姥。她们姑侄两人生在不同的年代，却有着如出一辙之处。她们爱惜作为陪嫁的这一对箱子，犹如爱惜自己早已消逝的靓丽容颜。每一次轻轻擦拭，都是她们对少女情怀的不舍追忆；每一次轻轻擦拭，心灵的尘埃也一起被拂去，少女的痴梦永远温暖心扉。对于一个女人来讲，出嫁实在是一件意义重大的事情，这是她们人生的转折和抉择。从娘家到婆家，是走运还是背运，莫测的人生系于无形的命运，陪嫁的箱子装着一个少女多情的梦想，伴着她们，见证她们以后的眼泪和欢喜。

每个女人都应该有这样一些物件，从女孩到女人，留住曾经的记忆，见证时光的流逝，伴随一生的忧喜。每个女人都应该给自己留下一片空间，纵使容颜老去，沧桑侵蚀，岁月却无法染指，光阴亦不能改变。每个女人都应该抱定一个纯洁的梦想，即便风咆雨哮，颠沛流离，也当持守，哪怕梦想慢慢老去，回忆还是鲜鲜亮亮。

在如今这个思维多元的时代，女人不再受制于婚姻的捆绑，对命运有了更多自信和选择，女人的陪嫁也变成了金银珠宝和汽车。在习惯用金钱衡量一切价值的商品社会里，是否还有一些超越金钱的东西呢？随着时代的发展，家里的物品不断被淘汰、抛弃，很多人已经不再把情感赋予那些不动的物体。除了保值的金银珠宝，女人们还留有自己陪嫁的物件吗？一个老柜子、一把老梳子、一面老镜子，一用就是一辈子。曾经崭新的物件，跟着女孩一起老去，只是那藏在岁月之下的亮丽色泽始终撩动人心。

不管时代如何变迁，女人始终应该有一片属于自己的领地，一段专属自己的记忆，一些饱含着个人独特情感的物件，并时常耐心擦拭。常常擦拭，久远的记忆不染尘埃，伊人靓丽如昨；每每擦拭，睹物得见青葱往昔，得见自己怎样一路而来，不惧容颜慢慢老去。

 ## 每个人心中的罗曼蒂克

女友满脸幽怨地跟我倾诉，昨晚又跟老公吵架了。她说好羡慕自己的同学，嫁了个老外，每天早晨醒来都能第一时间听到"我爱你""你是上帝赐给我的最特别的宝贝"这些动听的话。"每天听着这样的话，开始一天的生活，你想那是一种什么心情？"女友问我。接着，她叹息道："唉，人家的爱情也不知道是怎么保鲜的。"

那天，我们正巧参加一个会议，会上有几个知名人物。会议间歇，我问女友要不要跟他们合影，女友讪讪地说："吵架吵得脸色难看，早晨没收拾就出来了，不照了。"我仔细端详，真是，一张本来精致的脸今天有点儿僵硬，挺拔的鼻子因为干燥正在脱皮。女人永远把感情放在高于一切的位置上，不知道这是女人的特点，还是弱点。只要感情出了问题，什么工作、事业，统统会抛在脑后，只顾着斤斤计较自己的小情怀。看着女友，我心里难免感叹。

女友接着跟我分享她对婚姻的感受："为什么女人只能是男人生命中的过客，而女人却视自己所爱的男人为生命的唯一？女人总想让生活有点儿罗曼蒂克，难道有错吗？"

憋到现在，我不得不说话。我告诉她，爱情是需要经营的，

可是你必须找到一个愿意和你一起经营的人。没想到，女友拍着我的肩膀，对我的话很赞许。其实，我很少对别人的情感问题发表意见，自己本来就很失败，对别人的婚姻评头论足，难免会惹人嫌。所以每当有人向我倾诉对婚姻的不满，我都是劝解一番，告诉他们首先改变自我，努力维护好眼下的婚姻。然而女友的话唤起了我内心的许多感慨。

网上流传着这样一则故事：有人采访比尔·盖茨、巴菲特等成功人士，问他们一生中最重要的是什么，而他们的答案惊人地一致。他们都认为选择和什么样的人结婚是最重要的，因为选择一个人结婚，其实是选择了一种生活方式。除了他们本人，没有人知道另一半在他们的事业上给予了他们怎样的助力，不过从他们给出的答案中，我们可以看到，他们一定从一段好姻缘中受益颇多。

然而，我们需要一种什么样的生活方式呢？年轻的时候我们往往不清楚，只是跟着感觉走。即便知道自己想要的生活方式，就能保证选择的那个人就不会变化吗？或者，婚前与婚后他根本就是判若两人呢？于是很多人相信婚姻是一场赌博，代价是自己一生的幸福。进入婚姻就好像进入了命运编织的一张密密的网，人们沿着网上的线爬行，爬累了的人回到网中间，爬烦了的人撕破网冲出去。

难道每桩婚姻都是这么可悲吗？走过了七年之痒等坎儿的人们，对身边的这个人就全没了当初脸红心跳、朝思暮想的爱恋。或许正像女友所说，男人和女人在情感上根本就是不同的。但凡女人，都想永远做自己男人的小宝贝，然而男人的天性决定他们大多花心，再好的女人，他们也有厌倦的一天。看看周围一脸幽怨还努力涂脂抹粉的女人们，真的伤感。终日的茶米油盐侵蚀掉了爱情的诗情画意，曾经罗曼蒂克的面纱被不断的争吵击碎，女人喋喋不休，由娇妻变成了怨妇。

这一切似乎成了一种恶性循环，每一桩婚姻都在劫难逃。爱情和婚姻难道真是水火不容？如果婚姻就是为了埋葬爱情，那么相爱的人们当初结婚干吗？而又有多少人是为了结婚而结婚，在嗟叹中让自己的一生随波逐流？这似乎成了一种悖论。为爱情而结婚，婚姻又埋葬了爱情；为结婚而结婚，而后感叹婚姻的无趣。女友说，不知道别人怎么样，反正她的婚姻很一般。不同地域和家庭环境造就的两个人，生活在一起，摩擦当然少不了。

女人都有点儿要命的罗曼蒂克情怀，少了这点儿小浪漫就会很失落，这跟女人敏感细腻的天性有直接关系。可是，转而一想，女人又是多么容易满足啊！几句温存的话语就能哄乐的女人，男人们真不应该吝惜自己的唾沫。再说，让刻板的生活多一些柔和的色泽有什么不好呢？

每个人心中都有一份罗曼蒂克情怀，不管男人还是女人，但是人们心中的罗曼蒂克又是千差万别的。如果我们照着自己理想中描摹的那个形象来观照身边人，那注定会失望。所以在寻找和兑现自己心中的罗曼蒂克情怀的时候，不能忘记对方的需要。这时，良好的沟通变得至关重要。如果你遇到的恰巧是一个愿意与你一起经营爱情这门艺术的人，那真是你一生的幸福；如果他根本听不懂你所说的，那真是两个人的不幸，因为同一辆车往相反的方向拉，终究是拉不动的。

于是"旁观者清"的我，送给女友一些建议，在两个人争吵时首先闭紧自己的嘴，因为愤怒的时候说出口的话肯定很难听。而后找时间，两个人平心静气地谈一谈，把自己情感的需要说出来，能手拉手进入经营感情的阶段不是挺好吗？

剪不断三千烦恼丝

　　新旧年相交之际，总是女人们做头发的旺季，不管是长发，还是短发，到了这时候一定要动一动。几个小时的剪、烫、染，是件挺累的事，但为了美，女人们可以忍耐再忍耐。

　　女人做头发和婚嫁一样，不是人人都成功，次次都成功，画册上的美女模特个个头发有型，姿容靓丽，可是一做到自己头上就未必有好效果。一个新发型出炉，也许让女人开心，也许让女人堵心，就像婚姻，兴高采烈地进去，然后发现理想跟现实总有距离。

　　头顶三千烦恼丝的女人们常被男人们嘲笑为"头发长，见识短"，好像长发即代表了无知。回溯古时，其实男人跟女人一样，也续长发。身体发肤受之父母，剪发被视为违背孝道，直到随着清兵进关一统天下，这个规矩才逐渐破除，然而当时男人也只是剔去前面的头发，后面的头发必须要梳成辫子。但是无论怎么变，长发还是保留着，头发的长短根本不能成为性别的标志。试想古时，男人们一头长发或者一根长辫，配上长衫玉佩，飘飘然如临仙境，也是美不胜收。

　　自古以来，不论中外，女人都是发髻高绾，"当窗理云鬓，对镜贴花黄"，任何一个女子，即便如花木兰一样英武的"女汉子"，也有妩媚的一面。而古时那些名字唯美的发型，又透出了闺阁女子多少缱绻的心情：飞凤髻、盘螺髻、拂云髻、倭堕髻、秋蝉髻……典雅得让人心醉。古时女人的梳妆盒里，各种金银玉翡的簪、钗、钏等令人赏心悦目，与现在琳琅满目的头饰相比，不仅雅致，而且绝对贵重。一旦哪天有个不测，女人的梳妆匣子可以支撑一个家的开销。当然，家里没有米下锅，眼看着女人拔下头上的银簪，交给当铺，凄楚之中，对于男人也是莫大的羞辱吧。

青丝因与情思谐音，古时常被用作痴情男女的信物。一对情人依依惜别，女子会以一缕青丝相赠。怀揣伊人青丝一缕，走南闯北，情思绵绵，敌得过世上一切诱惑。然而，一旦情断天涯，男人或女人看破红尘，绝望之余，会决绝地削去三千烦恼丝，以示与世界一刀两断。但是，青丝易断，终归情思难了，若没有了情思，又何苦割断青丝呢？可见人之所为无不受欲望牵绊。

到了近代，男人们减掉辫子，时髦的女人们热衷于烫发，而女女学生们剪个利落的短发，走上街头，也是另一种风采。烫发一度是已婚女人的专利，记得二十世纪七八十年代，女人都是在结婚时才第一次烫头发，人们以直发和满头"浪花"来区分少女和小媳妇。那时，未婚少女是绝对不烫发的，观念的鸿沟还不能逾越。

如今，爱美的女孩子不仅烫发，而且染发，过去被视为健康的黑头发在有些人眼里成了过时的"老土"，一定要染成黄色、栗色、紫色、酒红色等颜色才显得时髦有活力。男人们的短发已经没有了太大的发挥余地，女人们忽长忽短的头发有了自由伸展的空间，可以随意变化。古时女人在男人面前披散头发被视为轻浮，如今所有女人都可以披着一头长发来去，如果愿意，剃一个比男人还男人的板寸也会被视作前卫。这真是一个令女人们开怀的时代，青丝不再与情思相关，头发不再被孝心捆绑，少了许多负累的女人可以对自己的头发为所欲为。

　　既然头发对于世人已经没有了言外之意，头发也就回归了它本身。烦恼丝不能再惹人烦恼，然而并非人类就没有了烦恼。当下人们已经不喜欢婉约，而是更愿意直抒胸臆，因此生活的美感难免少了一些。然而，不论把孝道、情思寄予头发，还是把头发利落地剪掉抛弃，都只是一个譬喻，真正的烦恼丝根本无法剪断，因为它生根在每个人的心里。

大年三十的饺子

"为什么大年三十晚上吃素馅饺子？"

"希望新的一年素素净净，没有烦心事。"

"一、二、三……"

"别数饺子。"

"为什么不许数？"

"嗯……老令儿说数饺子家里会受穷。"

这是我童年时代的一个年三十晚上，我和妈妈一起包饺子时的对话。许多年过去了，不知为什么，我对这段对话一直记忆犹新。

小时候物资匮乏，可我偏偏还挑食，荤腥不沾，总被大家调侃说是前世的尼姑投胎。饺子应该是那个年代最好的美食，为了将就我，家里包饺子总是荤素两种馅。每次包饺子，婶婶都会假装叹着气说："你这姑奶奶以后嫁到婆家可怎么办哪！"其他人都抿着嘴笑。我不觉得有什么好笑，更搞不懂嫁人和吃饺子有什么逻辑关系。

大年初一的饺子是我的最爱。白菜、粉丝、香菜、鸡蛋、豆腐干，拌上一块酱豆腐，清清爽爽的馅，并无稀奇之处，偏偏味道极佳。那种味道一年只能吃到一次，所以格外盼望。一个个煮熟的饺子，胖嘟嘟、圆滚滚，模样也比平时的饺子饱满鲜亮，诱惑人迫不及待地饕餮一顿。

后来嫁了人，婆家大年三十包的是肉馅饺子，我不好意思说自己不吃荤，饺子熟了，强吃一个，胃里翻江倒海，总算忍着没吐出来。那时突然就明白了，嫁人和吃饺子的关系实在密切，在婆家不比在娘家，第一课就是让我通过吃饺子学会了适应新环境。从此，我也逐渐能吃一些荤腥了，可是这荤腥一开，生活真就没有了以前的素净，于是常常想起那个大年三十晚上和妈妈的那次对话。

我们这代人大多不迷信，但凡事还是希望图个顺当，我一直记着妈妈说的老令儿，不数饺子。之所以抱着老令儿不放，并不是因为担心受穷，而是发现这老令儿自有它的道理。什么事糊涂一点儿，就像大年三十面对几盖帘饺子，多少不重要，重要的是心情。

鞭炮一响，饺子下锅，一家人和和美美坐在热气腾腾的餐桌前，互祝吉祥，祈愿来年日子素素净净、平平安安。这份平实的幸福感只有随着年龄的增长，在历经沉浮后才能体会出来。

"为什么大年三十晚上吃素馅饺子？"

"希望新的一年素素净净，没有烦恼。"

"一、二、三……"

"别数饺子。"

"为什么不许数？"儿子用天真的眼神望着我。

"因为、因为……"记忆忽然与现实重叠，端着一盖帘饺子的我讶异地愣在那里。

 # 七夕揣想

　　如果没有爱情，这世界该是多么单调；如果没有爱情，世间又会少了多少烦恼。偏偏，人们惧怕单调，却又不惧烦恼，于是从古至今，戏台上、戏台下，上演着一出出爱情悲喜剧。

　　喜剧无非是有情人终成眷属。小时候，女孩子都喜欢看王子和公主的故事，结尾处往往是"他们永远幸福地生活在一起"。在童话故事里，一切都像水晶般透亮纯美，完美的结局最能安慰单纯的小孩子，掩卷之后，身心熨帖，竟然从来不曾对王子和公主能否永远幸福有过丝毫怀疑。等到明白童话故事里讲的尽是谎言，女孩子已经老大不小，拥有的人生阅历可以编一出戏剧，而幸福不过是轻飘的浮萍，短暂地在她的生活中驻足，然后便是漫长的被茶米油盐壅塞的生活。所以，喜剧只可以出现在童话里，生活中没有喜剧，故事可以在幸福处结尾，生活则无法收尾。也因此，喜剧很难有撼动人心的效果，看一出喜剧，不过是为了一时放松，随着剧情笑笑也就罢了。

　　悲剧则不同。悲剧自带催人泪下的效果。古今中外，能够被人们铭记的大多是悲剧，尤其是那些以悲剧收场的爱情故事。罗密欧和朱丽叶，梁山伯和祝英台，贾宝玉和林黛玉，他们追求的美好爱情，到头来不过是水中月、镜中花。那一份纯洁的感情，

变成雨后的一地落英，怎能不让人动容？从审美上讲，悲剧正是因为它的不完美，才有了更强烈的艺术美感。

人心向美，追求完满是人之天性，大团圆的结局本该最为人所接受，可是为什么人们对悲情的故事总是念念不忘？我想，这里面反映出人心有更深层的追求和渴望。困囿于庸常的生活、现实中人与人之间情感的淡漠，普通人对真挚的感情总是心怀热望，对瞬间迸发出的激情有着一种痴痴的向往，可遇不可求的至真情感是人间的奢侈品。一旦这份情感生出故事，人们很容易深陷，而破碎的结局撕裂的不只是故事中人的美梦，更是现实中人的白日梦。

在中国，自古以来有很多口口相传的爱情悲剧，其中最著名的要数牛郎织女的故事。天上的仙女爱上了人间的汉子，这一份天人之间的感情不含任何世俗的杂质，为爱而爱，难能可贵。因此，当他们的幸福被外力横加阻挠破坏，夫妻、母子天各一方，人们心里便生出许多感伤和唏嘘。给这个故事赋予唯美色彩的是星空，每当人们仰望夜幕中的繁星，那一道银河两岸，牛郎星和织女星遥遥相望，即便是在寒冷的冬夜，心里也会涌起一阵温热的感动。于是，每年牛郎织女团聚的那一天，成了世上众多人的心结，为了见证一份至美真情，一代代人痴痴地仰望着星空。

仔细分析众多的中外爱情故事，会发现中国的民间故事和西方的有所不同。在中国，口口相传的民间故事基本上都是仙女爱上了凡人，或者美女喜欢上了勤劳的小伙子，田螺姑娘、白娘子、织女无一不是这样。而西方的童话故事，多是王子喜欢上了普通人家的女子，其中灰姑娘的故事最为著名，就算是《海的女儿》，小美人鱼爱上的也还是王子。都是情真意切的爱情故事，都是用爱情拯救另一个人，但其内核有很大不同。在中国的故事里弱者

15

往往是男人，而在西方的故事里弱者则是女人，不知这种现象是否体现了中外文化心理的某种差异。然而，不管怎样，人类对真挚情感的追求都是一样的。无论我们身处何方，每个人都希望遇到一份纯粹的感情，它超越了世俗的一切标准和价值。

时代在嬗变中前行，人心中始终有一些东西永不改变，那个被称为"心灵空处"的地方，物质永远到达不了，人却从未放弃填满它的想法。在现实中拼得伤痕累累的人们，早已学会了仰望星空，向浩瀚的天际寻找。当七夕的细雨轻轻洒落，也许你正牵起身边人的手，也许正独自凭栏远眺，不管境况如何，每个人都奢望着一份纯洁无瑕的感情，为了这份感情愿意全力以赴，不惧风浪。每当这样的念头涌起，总会有人被自己的勇气感动得热泪盈眶。

唯有真情永美好！是天上？是人间？此时此刻，天地已然倒悬。

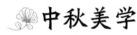

中秋美学

中国的传统节日，从形式到意义都渗透了中国式的古典主义美学，其中中秋节最能体现这种美。

每年临近中秋，大街上都是月饼的广告，典雅的构图，工笔画式的线条，明月、嫦娥，加上烘焙得令人垂涎欲滴的月饼，以及月饼上凹凸有致的图案，这一切无不传达着古朴典雅之美。中秋的来临，让人们一下子聚焦在一个点上，这个点就是中国式的美。

从形式上看，每年的中秋都离不开月饼，离不开亲人的团聚。经过千百年的改良，月饼也如旗袍一样紧跟时代，不断更新。然而，无论馅料和面皮如何变化，月饼还是月饼，面里包着馅，口感总是甜，就如旗袍，总是在开叉上做文章，但旗袍仍是旗袍，一眼就能辨识。一个相对富足的时代，吃已经难以诱惑人心，节前就把传统的、改良的、现代的月饼吃了个遍的人们，满足了口腹之欲后，对于中秋，更愿意探寻它亘古不变的意义。

对于中秋的意义，古人已经做了淋漓尽致的诠释，"但愿人长久，千里共婵娟"是所有中国人的美好愿望，这样的愿望也是中国式美学的一大特点，体现了人性本善。从某种角度来讲，每个人都是理想主义者。自古以来，中秋之夜那一轮黄澄澄的圆月被人们赋予了太多情感。它已经不是银河系中一个普通的星球，

17

不是一个挂在空中的遥远的圆，而是一个愿望，一份寄托，一种情怀，甚或一种信仰。"举杯邀明月，对影成三人"，这样的句子恐怕只有中国人才能读出其中的孤寂和苦涩，也唯有在中国人心中月亮才有着千般面孔。"秦时明月汉时关，万里长征人未还"，"小时不识月，呼作白玉盘"，"露从今夜白，月是故乡明"，境随心转，月亮一会儿让人哀伤，一会儿惹人嬉笑，一会儿令人怀念……自古流传下来的那些雅称，更是让月亮拥有了万千姿容，婵娟、望舒、金波、太清、广寒、银蟾……每一个称呼都有它的用途，古朴文雅，引人遐思。

从长衫飘逸的古时走到与世界融合的今朝，中秋节的意义从未发生过改变。它的实质就是一个"情"字。"海上生明月，天涯共此时。"一个月亮，缩小了时空的距离；一个月亮，让人间情思勃发。当人们把一切忧喜寄予一轮圆月，心中一切牵绊就都找到了应有的归宿。所以，中秋之月对国人有一种特别的魅惑，独对明月，即便是最理性的人也会陷入遐想，这就是中国式审美对一代代人产生的潜在影响。这种影响已经成为一种根植于血液中的强大基因，无法剔除。

中国人用千年的传统建造起中秋美学的灵宫，至今都把形式当作意义，重复着被奉为圭臬的传统。我母亲就是把中秋节的形式当成意义来看待的。虽然平时吃喝已经很丰富，但是到了中秋节，一定要置办一桌丰盛的筵席，用俗话讲：过的就是节！节前，她就告知我已经把冰箱填得满满当当。到了中秋节的早晨，她还会把肥硕的河蟹拎回家，屋子里飘着炒油酥的香味，烙好的月饼外酥里嫩，整整齐齐摆在盘子里。在中国百姓的心里，团圆就要满桌丰盛，团圆就该饕餮大餐，那缥缈的意义层面的东西只有在欢聚之后，沏上一壶香茶，举头望月时，才能去细细琢磨。

　　然而，谁又能说在这种热闹的形式之中不含有特别的意义呢？如果没有意义，为什么国人这么兴致勃勃地迎接一个又一个中秋的到来呢？或许就在觥筹交错、饭香袭人的夜晚，中秋的意义才能接上地气，嫦娥才会降临人间，中秋佳节才会带着它牢不可破的中国古典美深入千家万户，这种古典美才会代代传承下去。

母亲的中秋节

中秋节当天，母亲早早就起了床。她用力推开卧室的窗，丝丝凉风像长了翅膀的精灵扑进屋来，她佝偻着腰背向窗外张望。昨夜下了一场雨，赶走了持续不退的热气，树上的石榴红了，秋意正爬上树梢。为了过节，母亲已经筹备了半个月，像唱戏选角儿一样采购了各种食材，今天，她手底下所有的角儿终于要悉数登台了。

一大早，第一个角儿亮相在砧板上，那是一堆青丝玫瑰和果脯馅料。母亲把这些成块的馅料一点点切碎，稳稳地下刀，切得无声无息，似乎是怕惊扰了馅料们未尽的好梦。母亲把切好的馅料收进不锈钢小盆里，然后掺上白砂糖，倒进各种坚果碎和半碗桂花酱，再加少许白面。母亲用一双竹筷搅拌着这一盆红黄蓝绿，浑浊的老眼映上一抹清亮的光。哦，也许你已经猜到母亲要干什么了，对，她要烙月饼。这不，馅料准备好了。

接着，第二个角儿上场了。母亲在铁锅里倒进面粉，加进花生油，油多得把面粉都浸透了。她打开煤气灶，调到小火，然后不断地搅拌着锅里的油和面。油和面的颜色一点点加深，在某个只有她自己知道的节点，她果断关了火，搅着热油热面的手却一刻不停。此时，油香面香早已跟满屋的秋风汇合，四下飘飞。炒油酥是母亲的拿手好戏,不老不嫩的油酥就像给中秋的月饼喷上了香水,闻一闻,有一股冲鼻的香。

等我们从各自的小家赶到母亲身边,香甜酥脆的月饼已经出锅了。失了中年稳重的儿女们,人手一个月饼,急急地咬上一口,立即点着头,赞不绝口。母亲在一旁安详地笑着,似乎在看一出期盼已久的喜剧。

从我记事起,每年中秋节母亲都要烙月饼。那时,我们还住在一个小村子里,母亲种着几分自留地,开着一个小型养鸡场,忙着所有的家务;父亲是小学教师,学校离家远,中午不能回家,平时家里家外只有母亲一人操持。只读过三年小学的母亲,文化程度不高,却把中国的传统节日记得清清楚楚,春节自不必说,中秋节是仅次于春节的大节,一样要恭敬隆重地对待。那时,无论她是顶着一头露水从农田里回来,还是蹬着三轮车从镇上拉回几包鸡饲料,回到家里就脱去一身脏衣,洗去一身尘土,张罗着烙月饼。这一年一次的中秋,因为母亲烙月饼,家里有了一种欢欣的气氛,孩子们有了一种期待的心情。

小时候,我把烙月饼当作好玩的游戏,母亲擀面包馅,我举着月饼模子给滚圆的面团扣上图案。有了图案,这些面团就像光屁股的塑料娃娃穿上了新衣,楚楚动人起来。那些年,我和母亲一起度过了很多个快乐的中秋,不过,如今每逢中秋来临,回忆泛滥之时,我首先记起的总是母亲的不开心。即便这样的不开心只有一次,却像漫上沙滩的潮水,足以淹没那些中秋节的所有快乐。

那是哪一年我不记得了,大概我还上小学,中秋节那天,母亲跟往年一样忙着烙月饼。那时的月饼,没有现在这么多馅料,红糖拌上面粉,如果再有一勺桂花酱、一把花生碎就不错了。炒油酥是件奢侈的事,因为费油。可是没有油酥,月饼的味道就差远了，所以母亲只炒小半碗，这些油酥摊到一大块擀开的面饼上，如薄云一层。

母亲的月饼还没出锅，我的叔伯哥哥来了，他比我大三岁，是我大大家的孩子。为了什么事登门，我早就忘记了，只记得母亲留他吃月饼，他回答说，不吃了，刚才在爷爷家吃了百果月饼。叔伯哥哥走了，母亲却对着一锅月饼伤心起来，过节的笑脸变成了负气的阴云。

母亲为人单纯，从不以恶意揣摩人，所以当某件事大白于眼前时，她很难接受。那天，一个秘密被母亲发现了，而曝光这个秘密的竟是小孩子的一句话。母亲一边翻着锅里的月饼，一边忍着眼眶里的泪水。一锅月饼烙熟了，她颓然滑坐到炉灶旁，没有了一点儿精气神。这样的母亲我还是第一次见。

母亲的伤心跟我爷爷有关。

每年中秋节，母亲都会给爷爷买二斤百果或五仁月饼，这是中秋节当天她的头等大事。拜望过爷爷，她才能安心给我们烙月饼。每年中秋，她买了月饼都直接送到爷爷家，从不往家里拿，也许她是怕我们嘴馋偷吃，也许她是担心我们看见了买的月饼会嫌弃她烙的月饼。母亲舍不得给我们买月饼吃。可是，对待老人，她从不抠门，该买的买，该花的花。这些年她送去的月饼，爷爷是自己吃了还是给了人，谁也不知道，母亲也不多想，叔伯哥哥的一句话却把那些月饼的去处泄露了。一时间，母亲单薄的身子被气愤、委屈、不公填满。这些年，她的孩子从没吃过长辈的月饼，不过分地说，连月饼渣都没见过，妯娌的孩子却能吃到，归根结底，不就是因为她的丈夫是人家的继子吗？那年中秋，母亲坐在饭桌前，抹着泪跟父亲说："这些年，我从来都舍不得给孩子们买一块月饼吃，我从来舍不得……"

次年的中秋节，母亲照旧给爷爷买了二斤月饼，去年的委屈她像是忘记了。不过，她多买了两块，一块百果，一块五仁，她把月饼切成小块，摆在盘子里，和她烙的月饼一起端上了中秋节简陋的餐桌。从那年起，每个中秋我都能吃到买来的月饼，为此欢天喜地之余，敏感的我有所领悟：母亲的伤心、委屈、愤怒、不平，不是为了她自己，而是出于对儿女们浓浓的爱。其实，吃过了买来的月饼，我更觉得母亲烙的月饼好吃，烙月饼的过程本身就是难得的娱乐，而刚出锅的月饼，外焦里嫩，还没吃到嘴，香味已沁入肺腑。过节的趣味加上热气腾腾的月饼香，这才是中秋的味道。

小村子的时光缓慢悠长，可是再慢的日子也敌不过时间分分秒秒的啃噬，母亲的鬓角白了，眼角松了，眼睛花了，背脊弯了。我们度过了很多快乐的中秋，这些用她烙的喷香的月饼堆积起来的快乐，也许早把母亲那一点儿伤心的记忆挤没了。可是，母亲在中秋节唯一一次落泪的情景，却牢牢嵌进了我幼小的记忆，就像儿时扣在月饼上的图案，深刻而有形。在以后的一个又一个中秋，我总是暗自为一位贫穷的母亲的无力而伤怀，为一位平凡的母亲的慈爱而感动。

对待生活，母亲是个很有仪式感的人，日子捉襟见肘时如此，如今生活富足了，还是如此。必须承认，有个充满仪式感的母亲，是儿女的福气。母亲记得我们每个人的生日，就连儿媳妇的生日都准确记得。总是她提醒我们谁的生日快到了，然后问我们打算怎么安排。若是我们的生日恰逢节假日，大家就都聚到母亲那里，她亲手打卤，做面条，若是生日赶上工作日，她就把做好的卤、菜、面条送到每个儿女家里。逢年过节，往往离节期还有个把月，她就会给我打电话，让我为节日餐出谋划策。起初，我觉得母亲

23

有点儿小题大做，就随口说一些菜名，不承想，她认真地追问我每道菜都需要什么食材，并且拿笔一一记在纸上，然后就直奔超市而去。母亲对待节日的态度如此郑重，俨然筹备大典一般，让我常觉得自己对生活的漫不经心是一种罪过，也就再不敢怠慢。

如今，已过古稀之年的母亲，身体硬朗，说话响亮。中秋节的早上，她一个人烙了五十多个月饼。穷日子早就过去了，再不为吃喝忧虑了，按理说，母亲应该天天开心才对，可谁知她又添了新的惆怅。

母亲的惆怅源于她那远在西半球的大姐。

这两年，每逢佳节，母亲就心心念念着她的大姐，如坐针毡地等着大姐的越洋电话。我让她试试用微信通话，她不接受，念叨着："不行啊，十三个小时的时差，咱们这里是白天，那里是晚上，不知道她是不是方便，我还是等电话吧。"自从我大姨跟着独生女儿定居国外，母亲就知道了时差这个词，虽然她不清楚为什么东西半球会差十多个小时，但她记住了大姐告诉她的话，这里的白天就是那里的晚上。一对老姐妹，越老越亲起来。每次大姨打来电话，母亲都会兴奋地把通话内容复述给我们。母亲问她大姐："你们过节了吗？"她大姐说："这边不过中秋节，我们几个中国家庭聚聚。"于是，母亲就有点儿黯然神伤，心疼起没有节过的大姐来。再听大姨说，中国的八月十六才是那边的八月十五，母亲又会惊讶半天，怎么同一个月亮，照在同一个地球上，却不同时圆呢？虽然搞不懂，但母亲通人情，会跟大姨嘘寒问暖很长时间，把她做的好吃的一样样向大姨汇报。

听着她们聊天，我不禁哽咽。同胞姐妹，从各自的命运中走来，曲曲折折，终是九九归一，那些理不清的仇怨，说不出的凄苦，姐妹俩都尝了，彼此对照，孰祸孰福，各有各的心得。如今，安慰了或折磨了她们许多年的一切，终是落于无人问津之地，如薄薄的尘埃，一声叹息就可以将其吹散。

母亲和大姨相差九岁。母亲幼年还无记忆时，姐俩就生生分离了。她们的父亲到外地谋生一去不回，很快另有了家室，后来，无依无靠的孤儿寡母只能回到一贫如洗的娘家。临行前，她们的奶奶留下了九岁的大姨，年幼的母亲跟随我姥姥回到了农村。从此一对姐妹的命运如一根皮筋的两端，越抻越远。大姨和奶奶跟着城里的姑姑生活。姑姑一家都是知识分子，在这样的家庭里长大，大姨凭着过人的天资考上了北京的名牌大学，毕业后当了医生。母亲自幼家贫，姥姥是个小脚女人，无法下地劳动，再嫁后又给母亲生了弟弟妹妹，于是母亲被迫辍学务农，成了家里的主要劳动力，跟着继父终日劳作。一年夏天，听说青草能卖钱，母亲就跟着一群男孩去打草，第一次使镰刀，差点儿把自己的手指头削掉。为了挣钱糊口，即便是在生理期，母亲也要背着小山高的青草，蹚过齐腰深的水塘。整整一个夏天，十几岁的母亲靠打草为家里挣了几十块钱。母亲的继父人好，知道女儿辛苦，可是在饥寒交迫的生活面前，无力改变什么，只能用一声声哀叹来纾解内心的苦楚。

那时候，母亲和大姨的关系是生疏的。在母亲看来，她大姐在天上，她在地上，大姐远得如星辰，她低得如尘埃。偶尔，她们有的那一点儿联系，就像将死之人细若游丝的脉搏，若隐若现，一个不小心就会消失不见。

姐妹俩亲昵起来是在她们步入老年后，退休的大姐有了闲暇时间，而母亲的生活境遇也有了极大改变。那时，老姐俩坐在一起说得最多的是过往。她们把各自知道的碎片似的往事从记忆里掏出来，一点一点往一起拼接，像拼一幅被撕碎的珍贵画卷，忽然她们发现，失去了谁的那一部分，整幅画都不会完整。无数个静谧的午后，温馨的黄昏，她们倾吐着自己的心绪。大姨幽怨地说："当初妈妈为什么要你，不要我？"母亲说："妈妈哪是不要你？要了你，你就跟我一样，在农村吃苦受累。"大姐说："可是，你们不想想，别人家的饭碗好端吗？"母亲叹口气说："以前我累得受不了的时候总想，我要是你该多好，那样，奶奶留下的就是我。"此时，母亲盯着自己那双因干活过力而关节变形的手。原来她们都奢望过成为对方，一场谈话让姐妹俩都流下了忍耐已久的泪水。

当姐妹俩理解了对方的苦楚，一切郁结心底的愤恨、怨怼、自怜就都灰飞烟灭了。一个家庭破碎了，这个家里的人谁能不受伤害？身在其中，无人逃得过这一劫。她们受伤的心从对方那里获得了治愈，此后，姐妹俩聊得更多的是家常。她们错过了太多应该一起度过的时光，小女孩、少女、新妇、中年女子，她们要补上那些岁月的缺欠，用当下把过往填满。可是，前几年大姨移居国外，起初是帮着女儿带孩子，后来年岁渐长，不得不以异国为家。从此，母亲的牵挂就飞越了重洋，整天盼望大姨能回来与她相聚。

八月十六，母亲等来了大姨的电话。听大姨说决定明年回来，她挥舞着干枯的手臂激动地喊起来。可是，对大姨回来的原因，她只是轻描淡写地带过。我们都明白，她不愿面对一个伤感的事实：明年，想必就是姐妹俩今生最后的团聚了。大姐告诉她，明年回来要把国内的房子卖掉，多余的话自不必说，所有人都懂。母亲天天盼着大姨回来，姐妹团聚，可如果那是最后一面，她还能希望那个时刻快快到来吗？想必思念在她心底早已长成了荒草，此时却又生出一层苔藓般的纠结，让那个相聚的时刻慢一点儿到来，再慢一点儿到来吧。

明年母亲七十三岁,她的大姐八十二岁,七八十年的光阴,回首时,倏忽一瞬而已,然而当她们穿行在这段属于自己的光阴里,那些少年艰难的时光,那些身心负重的岁月,那些来自方方面面的压力和桎梏,她们都得一点点去忍耐,去克服,去挣脱。几十年光阴中的每一分、每一秒,她们一丝不苟地呼吸过,煎熬过,直到光阴把她们带进风平浪静的老年。

明年以后,大姐将在西半球想念她遥远的妹妹,母亲将在东半球惦念她亲爱的大姐。母亲的惆怅是一生一世的,是无人能解的,不像她的儿女当年没吃上的那口长辈的月饼,可以由她自己来补足。

八月十六的夜晚,母亲独自站在窗前望月。皓月当空,疏朗明净,母亲浑浊的眼神却愈发浑浊。夜风袭来,单薄的外衣在她胸前抖动着,像心脏在猛烈地跳动。那曾经以为漫长的,如今忽觉短暂的岁月,多像这一缕挽留不住的夜风,悄然而至,又将无声而去。瞬间,伤感袭遍全身。明知不可能,我仍然做起了理想主义者——如果月能常圆无缺,人能常聚不离,那该多么好啊!

(注:此文写于 2019 年秋,母亲的大姐至今未能回国。)

谈美

你熟悉美吗？这个问题若是认真回答，是不是很难？我们每天都在接触美、感受美、分享美，似乎对它很熟悉，可是仔细想想，我们对于美实在所知甚少。美是一个很广义的词，朱光潜先生在《谈美书简》中提到了亚里士多德、康德、黑格尔等许多名流大家对美的理解，但分析来分析去觉得各家之言也都存在偏颇。如上升到概念的高度，美很难被抽象的词汇定义，缺少"人情味"的叙述对美本身就是一种冒犯和折损，毕竟美是需要人类花费情感、动用感官去体会的。

就美的类别而言，有大自然之美、艺术之美、心灵之美、人性之美、容貌之美等，每一种美都有它的妙处，却也是见仁见智。我说周润发最帅，他却说比不上刘德华，竟责怪起对方审美有问题；他说毕加索的几何图形和大色块最美，我却更喜欢莫奈的印象派。所以，美并非客观的存在，它需要人的配合，才能被发现、被感知、被传扬。

对于各种类别的美，每个人都有自己的独家体验；对于各种类别的美，每个人也都有自己的偏好和侧重。有的人喜欢到自然风景中去，感受名山大川的壮阔或秀美，呼吸些清新的空气，便有心旷神怡的美好感受；有的人热爱绘画、书法、吹拉弹唱，在艺术中培养情趣，开阔视野；还有人努力追求个人智性的提升，把美好的心灵作为毕生的追求，等等。这些都是美，人们都在追求美，然而这些美都是有一定灵性自觉的人才能做到的。大多数普通人即便去名山大川也是走马观花，即便看一场书画展也是浮光掠影，对于自身智识的提升更是混沌不知。而作为这大多数中的一员，我们每天接触最多的是人，无论在家庭中、邻里间，还是在学校里、职场上，人与人打交道是必然，在形形色色的人中，我们感受到美丑恶、善恶，并逐渐形成自己的审美，自己的判断。

因此，对于具有社会性的人来说，美最直接的来源是人，在绝大多数时候审美是在审人，这个"人"是自我之外的他人，他人是美的主体，而自我是美的受体。对"人之美"的探讨自人类有了文明之后就成为一个话题，时至今日也没有话休语尽的意思。那么，我们还是谈谈每天接触最多的人吧。

对于人之美的两个层面——外表和内心，我们再熟悉不过，很多时候，人们喜欢把这两个层面对立起来。白雪公主的后母，美丽却很邪恶；《巴黎圣母院》中的卡西莫多，丑陋却很善良。人性的多面和难以捉摸往往成为艺术表现其张力的最好途径，带来感染力极强的效果。可是，在现实庸常的日子里打转的人们，哪有那么多大恶与大善，无非是点点滴滴的琐碎，不过，也正是这些不起眼的琐碎日常，勾勒出最本真的人性，体现了最实在的美。

不像文学作品里的对立反差，在我接触的人中，有很多朋友既有美好的外貌，又有善良的内心。他们就像阳光，温暖着周围的一切，以坦率和真诚收获着他人的真情和喜爱。我的老同学、多年挚友，是一位"美目盼兮"的美女，我们在十六岁的花季离开贫穷的农村，各自奔赴不同的前程。几十年过去，她早已成为一名节目主持人，无论是严肃的新闻节目还是轻松的娱乐节目，都驾驭得游刃有余。她带队制作的系列专题片更是充满了文化内涵。她十九岁那年参加工作，彼时我还在上学。工作第一年的春节，她用工资给我买了一条白色的丝巾，这条丝巾我一直戴到现在。一晃二十多年过去了，那条丝巾仍然被看见的人们夸赞漂亮，我想那是因为有一份情谊如星辰般闪亮吧。生活中的老同学喜欢书法，每逢节假日在家，就端出笔墨纸砚，素颜素心，屏气凝神，挥毫泼墨。多年前，正当红时，有人告诫她，趁此时机应该更上层楼。她说，想想自己，一个农民的女儿，能有今天，就应当感谢命运和时机了。在无欲无求的心态中，她找到了另一种平衡，对人生的失与得有着更深刻的体会。

物以类聚，人以群分。我的另一位美女好友是一位医生，我们相识于孩子的英语培训班。那时，她女儿和我儿子还是幼童，因为两个孩子学习英语，我们每周都要见上一面，并且聊得很投机。我们自然地加了QQ好友，看到奥黛丽·赫本的QQ头像，我想，是的，她的气质太像赫本了。她高高的个子，总是挽着乌黑的长发，露出洁白的脖颈和俏丽的脸形，身姿端庄挺拔。时间倏忽而过，我们在各自的生活里都经历了许多，然而友谊历久弥坚，清澈不改。她是一位尽职尽责的医生，受到许多病人的赞许，工作之外的大部分时间都花在阅读上，这样的生活让她整个人散发出一种与众不同的美。

我的第三位美女朋友是个小朋友，比我小十几岁，清新美丽，就像一颗透明的朝露。我们相识于蓟州的一次文学采风活动。住宿时，我和三个女孩子分在一屋，其中就有她。她们三个早就熟悉了，我跟她们因为年龄差距，交流并不多。可是那天晚上，我们都打开了话匣子，我和她聊得最投机。夜深了，另外两个女孩子都疲倦得昏昏睡去，我和她还在聊。她能动情地背诵汪国真、顾城、北岛的大段诗句，二十岁的女孩子对二十世纪八十年代的诗歌如此谙熟，令我极其惊讶。她说都是父亲教的。她父亲是一位充满激情的文学青年，进入中年后当上了一所大学的一把手，然而不幸英年早逝，成为她心头始终无法愈合的伤。随着接触的增多，我越来越喜欢她。这个靓丽的素颜美女，是货真价实的不拼容貌拼才华，对许多诱惑嗤之以鼻，一边做着自己的专业——开发电脑游戏，一边写专业方面的书，间或写小说。她写的专业方面的书在当当网卖得不错，当出版社编辑看了她的书稿约请她见面时，无不惊讶于她的年轻。

我为平生能有机缘遇到这些外表美丽、内心纯美善良的朋友感到无比幸运。从她们身上，我感受着美，欣赏着美，对于生活中的善和美有了更多信心。她们的存在让我相信这世界总有美好，所以要心怀热爱与希望地活着。

当然，生活中也有一些只顾着外表美，不懂得内在美为何物的人。这样的人能用一时的外貌诱惑人，早晚会露出马脚，最终收获一堆虚情假意，还不知问题在哪里。年轻时，外在美可以成为一个人缺点的挡箭牌，获得别人的宽恕，随着年龄的增长、外在美的减退，许多缺点就显得愈发刺眼。此时，厚厚的脂粉似乎成为一种必需品，涂抹在脸上，像可笑的面具。一位多年的老同事，年轻时爱跳舞爱打扮，性格活泼可人，几年前突然安静下来，拾起了画笔，借着一点儿童子功，画起了国画，而且画得很有生趣。她说，岁数见长，不能只是整天往脸上涂脂抹粉了，要多读书，培养些涵养和情趣。经历了一次令她痛彻心扉的失败婚姻，她在现在的婚姻里不再苛求什么，而是静心享受生活中的美。作为芸芸众生中的一员，能彻悟此理，算是极其通透之人了。

记得我自己年轻时特别喜欢看帅哥，把偶像的海报贴在宿舍的床头，对周围帅气的异性也颇多留意，就像现在的许多女孩子，喜欢某个明星到了疯狂的地步，道德人品全被抛在脑后。过了那个年龄段，我开始检讨自己的幼稚，并为此脸红。看似高大英俊、衣着光鲜的美男，吐出满嘴渣滓，行事猥琐，上不得台面，金玉其外，败絮其中，你愿意跟他站在一起吗？除非只让他摆个姿势吧。朱光潜先生在《谈美书简》中引用车尔尼雪夫斯基的话说，在整个感性世界里，人是最高级的存在物，所以人的性格是我们所能感觉到的世界上最高的美。人的美体现在哪里？穿过外在的伪饰，最终体现在人格、人品、涵养、素质上。内在美是时间和环境无法摧毁的美，它透过肉体的躯壳漫溢出来，让一个人不施脂粉，自带魅力，不洒香料，自带馨香。

如一个人拥有先天的外在美，再有这样的内在美，就像我的那三位朋友，来世间一遭，该是多么幸运的事啊！

扑蝶

　　若有人问我，世界上什么最美，我会毫不犹疑地脱口而出：蝴蝶。我喜欢蝴蝶，痴迷于它的美丽，它是飞舞的花朵，与那些静默的花朵相比，它有着翩然起舞的灵动，更何况那一身出于天然的霓裳彩衣，绝不会输给任何一朵盛开的花。

　　儿时，我住的小村子以南全是田野和农田，我和小伙伴们每天都去田野里玩耍。暮春季节，日光充沛，田野里氤氲起热气，蝴蝶蜜蜂嗡嗡嘤嘤在花间草尖飞飞停停，把田野搅得如市场般喧闹。流连于花香弥漫的天地，我们小心地躲着蜜蜂，却无比欢喜地亲近着蝴蝶。那时，蝴蝶的种类可真多。白色的蝴蝶像圣洁的仙子，淡黄的蝴蝶端庄如大家闺秀，蓝色的蝴蝶则像精灵。它们身材小巧，在花丛中舞蹈，而那些橘黄色的蝴蝶，身形较大，满身黑色的花纹，像一个个披着豹纹皮草的美女，在 T 台上展示着一身贵气。

　　我们这群调皮的孩子，看到蝴蝶的第一反应永远是扑上去，捉住它。我们冲进田野，然后轻手轻脚地接近落在花朵上的蝴蝶，双手猛地一捂，或者用一只手的拇指和食指突然一捏，蝴蝶就成了我们的俘虏。失去自由的蝴蝶被孩子们举到眼前，我们惊奇于它纤细的身材，优雅的触角，同时感叹它身体的单薄。我们惊奇地观赏它翅膀上奇特而美丽的花纹，因为手指的触摸和它奋力的挣扎，美丽的花纹如美女擦拭在脸上的粉，扑簌簌掉落，一会儿花纹就变得模糊不清。于是，一松手，我们又放它蹒跚飞去。这样的蝴蝶是好命的。

很多时候，我会把捉住的蝴蝶装进一个塑料袋提回家去，这些被我挑选出来的美丽蝴蝶，将成为我手下的实验品。我把一只只蝴蝶取出来，用一根根大头针穿过它们的头部和尾部，把它们固定在一块泡沫板上，这些可怜的生命慢慢死去，枯干，成为我想要的标本。可是我无处收藏这些标本，蝴蝶标本越来越干，越来越脆，轻轻一碰就会有翅膀或小腿儿掉下来。美丽的蝴蝶变成了残缺的"败花"，我对这些经常掉落粉末的尸体失去了兴趣，于是一股脑扔掉。第二年，当蝴蝶在田野里起舞，我又重复着同样的行动。我陶醉于这样的游戏，年复一年，却从来没有想过自己是一个残忍的凶手。

几年前的一天，我带着已经上小学的儿子去博物馆看蝴蝶展。博物馆的一间展室里，四面墙上和展柜里摆满了大大小小绚丽夺目的蝴蝶标本。我惊奇于这些标本竟然保存得如此好，而我小时候连一个标本都保存不下来。我徜徉在这些色彩缤纷如百花绽放的蝴蝶标本中，仔细观赏着每一只蝴蝶翅膀上绚丽的花纹，不禁感叹造物主的鬼斧神工，同时，儿时扑蝴蝶的情景在我心中慢慢复活，我似乎又置身于草香花香沁入肺腑的田野，奔跑着追逐轻盈飞舞的蝴蝶。就在这时，儿子突然拽着我的手问："这些蝴蝶是死的还是活的？"我告诉他："当然是死的，是人把它们捉住，做成了标本。"然后，我扬扬自得地告诉儿子："我小时候常去田野里扑蝴蝶，回家也做标本。"儿子紧张地望着我，又问："为什么做标本？"我笑着说："玩啊！"此时儿子噘着小嘴说："你们为什么这么残忍，把美丽的蝴蝶都杀死呢？"我突然就傻在那里，

从儿子的目光里我看到了悲伤和埋怨。

儿子在城市里长大，小时候上幼儿园，然后上小学，他只有在公园和一些旅游区才能亲近大自然。他从小就有一颗慈悲心，我从泥土里捉到一只昆虫给他看，他会叫嚷着哀求我："快把它放了吧，多可怜！"有几次，我看见蜻蜓在空中低飞，就伸手去扑，他死死拽住我的胳膊喊："妈妈，让它们好好飞吧，别捉它们。"起初，我很不知所措，本来是想让儿子体会一下我儿时的快乐，没想到他的反应如此悲切紧张。后来，我再也不敢当着儿子的面杀死任何一只昆虫，连一只蚂蚁都不敢碾死，想想儿时扑蝴蝶、扑蜻蜓的快乐，再看看儿子悲悯的表情，就有一种罪恶绕身之感。那天，在博物馆里，儿子面对蝴蝶标本的态度让我发现，对于世间生灵，我们母子有着截然不同的态度。

在我的孩童时代，孩子们习惯于把喜欢的东西据为己有，尤其是大自然中没有归属的万物，更是诱惑着我们不断地拿来，然后再无情地丢弃。我们把自己视为主体，从来不去考虑一只蝴蝶的命运，我们从破坏中收获着乐趣，并觉得这是天经地义的。可是，我的儿子是在另一种环境下长大的。在他们眼里，小熊会说话，小马有感情，小鸡会生病，一切生命都是脆弱的，需要百般爱护，友善对待。因此，他们绝不会去扑蝴蝶，惊吓这些美丽的仙子，更视剥夺蝴蝶的生命为残忍之举，不能接受。他们的游戏是去游乐场里坐旋转木马，去游泳池里戏水，在不伤害任何生灵的前提下，谋求自己的乐趣。

短短二十几年，环境的改变，让两代人的观念和行为产生了巨大的差异。扑蝴蝶，从一个欢天喜地的游戏，变成了一场无情的杀戮，是谁在定义着人类行为的对错，人类如何才能超越环境，达到绝对的美善？而这个世界上，又有绝对的美善吗？对于诸多深奥的问题，我有思考的能力，却没有作答的智慧。不过，在几十年磕磕绊绊的人生路上，我逐渐悟出，一个人无论多么强悍、尊贵，都该心怀悲悯，少些利己和妄为，而这恰恰是现实中许多成年人很难做到的。

四季情话

误入春天

有点儿猝不及防，春天突然就来了。花开了，树绿了，天空像一块淡蓝的幕布，把地上的一切推到台前，明艳绚烂。那一池春水绿得如绸缎一般，在微风里卷着细浪。河岸边的杨柳荡着枝条，整个身躯被一层毛茸茸、绿莹莹的光罩住。猛然感觉自己误入了另一个世界，与之相比，曾经的那个世界太暗淡了。

似乎应该怪罪冬天，它太漫长了，把一颗原本脆弱敏感的心冰冻在数九寒天里，麻麻木木，直至春来。本以为此后的世界都是冰天雪地，却不料春天强行用拂面的暖风、悦目的色彩、氤氲的花香把一颗闭锁的心敲开。一时间，到处都喧闹起来。街上的人，路上的车，喧哗着，拥挤着，空气膨胀起来，丝丝温热中夹着泥土的腥味和清甜的花木香，鼓动起热烈的情绪。春天是个能够治愈坏情绪的季节，在秋天滋生、冬天成型的那些抑郁感伤、冷漠暗淡，在春光的照耀下，立即如尘埃毕现，无可躲藏。那些曾经无可名状的隐秘心思，就像生了羽翼般，突然都飞走了。

记得那一年，暮春时节，越洋归来的亲人匆匆收拾着曾经温馨的家，一片落地窗下摆满了各式工艺品：藤编的花瓶，彩瓷的山羊，水晶的高脚杯……这些以前摆在工艺品架上、书柜玻璃窗里的物件，如今像一堆弃婴，等着自己未知的命运。"看看有什么喜欢的，可以拿走。"亲人幽幽地说，"已经进入倒计时了，什么都没用了，不留了。"蜻蜓点水般的话语狠狠啄疼了我的心，我正逡巡的目光戛然止住，一时间木在那里，不知如何接话，再看那些高高矮矮、姿态各异的工艺品，顷刻间蒙上一层如雾的哀伤。那是个斜阳欲坠的傍晚，一楼的房间里已经昏暗下来，室内没开灯，书柜、工艺品架黑压压地矗立着，其上空空，格外荒凉。

一个春天很快就过去了。冬天最冷的时候，我收到了亲人越洋发来的消息，一位亲人病逝他乡，再也无缘相见。

接下来的日子，我不止一次梦回那个暮春的傍晚，亲人在屋子里收拾着东西，面色淡然、平静。在梦里，我才看穿了那平静的面色和幽幽的语调下的落寞、无奈和哀伤。时间真的很可怕，原本活力四射的人，转眼之间就垂垂老矣，生命的热力和激情如潮水退去，世间万物渐渐都失去了诱人的光泽，匆匆人世，爱恨情仇，到最后只剩下一脸的波澜不惊。似乎就是在那一天，忧伤的种子埋进了我的心底，可是，当我试着设身处地去理解亲人的情绪时，却又为现世的生活所纠缠。是的，我实在还不够老，在懂得其中的道理和感同身受之间还有一段不近的距离。不过，奇怪的是，从此，亲人那声无可奈何的轻叹始终尾随着我，像我自己的影子，躲不开，又捉不牢。

经过了夏的闷热，秋的萧索，冬的严寒，当又一个春天悄悄来临的时候，我努力超然物外地活着，避开一切欢喜、悲伤、希望、失望，我相信这就是处世之道。对这个身着盛装的春天我视若无睹，早早出门上班，在办公楼里工作一整天，很晚回家，倒头便睡。我逃避着春天，就像逃避曾经那个单纯如白纸的自己。其实，我是惧怕，惧怕某颗种子再次破土，我使劲按住它，却又惊觉它的悄然生长。我躲闪着春光、春风、春雨，我惧怕这个鲜嫩的春天会让我重新变得一无所知，没心没肺，甚至兴高采烈。

然而，我终究没有逃过春之手的抚摸。当我背着粗布书包走在十里春风中，明丽的阳光、馥郁的花香就像甘冽的葡萄酒把我浸透，一颗心怦怦乱跳，如小羊跳上碧绿的草场，那些隐秘处的抑郁、委屈、哀伤、自怜……如蚁爬行，它们爬离我的肉体，倏忽不知所踪。

"你终究不是一个忧伤的人。"我僵硬已久的脸上突然有了淡淡的笑意。是啊，我的生命还有一段路要走，不管世间种种如何不如自己所望所想，甚或会被那些自认为美好的情感狠狠弄伤，但终究还是不能就此冷起脸来。我会哭，我会笑，我会任性，我会撒娇，我仍然眷恋路旁丁香那扑鼻的香，会竖起耳朵捕捉清脆的鸟鸣，还有那如洗的阳光，湿软的泥土，空气里鼓噪的生命的热力……它们让我不由自主地雀跃，不由自主就笑容满面。

春天来了，这是我的春天，也是你的春天，这是与每个人有关的春天，以为是一次误入，却是你我他躲不开的定数。为了又一个春天的如期而至，欢欣吧！年老的，年少的，卑微的，高贵的，都有权享受这美好的春光。沉闷过后，萧瑟过后，冰冷过后，把春天迎进生命里，与春风一起重新上路，此后，再不纠缠于过往的晦暗，亦不问终点是远在千里之外，还是近在眼前。

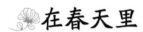在春天里

一

春天的早晨总是水灵灵的，走在上班的路上，所有的感官都不够用。每天在这条路上来回，对周围的一切熟悉到可以闭着眼睛感觉，无论是人还是物，在哪一刻该遇见谁，都已经心中有数。

终于可以做一做深呼吸，春光赶走了雾霾，盎然的绿意吸走了汽车尾气。街角的烂尾楼孤独地伫立着，在大好春光里兀自哀愁。车站旁边的一片杏花开得沸沸扬扬，地上的残瓣铺出一条粉色的道路。

这样的季节让心情欢快起来，早起不再是负担，而是一种冲动。走进春天的晨光，即便知道生活依然是往往复复，心里还是不自觉充盈着喜悦和希望。

二

事务型的工作总是让人感觉不到成就感，大家都陷在其中，又受制于某些环节，没完没了。即便完成了，或许已不是预期的结果。这就好比人生，我们总是在努力活着，却总是活不出自己

想要的样子。

最开心的事是在春日的暖阳里，走在单位的那条小路上。暂时脱离电脑，从阴冷的屋子里走出来，像一只快活的爬虫钻出泥土，抖落着身上的潮气。马路两旁的树木跟我的工龄一样长，看着它们发芽、茂盛、枯败，一年又一年，知道自己的岁月也刻在了它们的年轮上。如今，枝上的嫩叶像一朵朵绿色的小花，抱着团儿，又在迎着东风微笑。

想想日子原来这么好过！一晃经年，我也从小妹变成了姐姐，走过了一段曲曲折折的路，仍然还在这里，仍然有迎着风奔跑的冲动，心里说不出有多开心，为了自己还拥有一份孩子似的单纯。

三

多年的好朋友在微信里说："有事你一定说话。"我回："嗯。"朋友说："你知道咱们这个年龄的人都是有一点点小能量的。"我回："哈哈。"

见过削尖脑袋求人帮忙的，没见过赶着上门要帮别人的，可是我遇到了。我知道朋友是真心希望能帮我，然而关键是我不知道有什么事需要朋友帮忙。每天的日子都是那么简单，一如我对生活的想法。这大好的春光已经让我足够满足，还能有什么额外的欲求？

春天让我想起朋友，想起许多童真岁月的细节，可是我并无眷恋。那时的我那么青涩拘谨，那么在乎别人的眼光，以至于自己常常痛苦。相比之下，我更喜欢现在的自己，不取悦任何人，却愿意真心爱每一个我所遇到的人。

世界对每个人都是一样的，不一样的是我们对待世界的方式。

春天来到世上，每一个角落都会温暖，唯独心扉需要自己向春天敞开。

四

坐在回家的车上，一簇簇迎春花一闪而过。那明亮的黄色让我想起春天带儿子去公园的情景。也是迎春花盛开的季节，儿子和花合影。如今，小男孩已经长成了小小少年，对衣服有了自己的审美眼光，对亮丽的色彩带着男孩子特有的排斥。

一想到孩子，周身就注满了力量。春天真好，傍晚还有阳光，再不用顶着月色回家。小区里，年轻的妈妈用童车推着孩子出来玩，让人看了心里充满幸福感。一个生命依赖另一个生命，反之亦然。相互依赖，才是亲情的核心。

春天的夕阳给一切涂上一层温暖的色彩，我的心里也是暖暖的。

五

我是一个受制于精神世界的人，是一个思想的怪物。个子矮小，见谁几乎都需仰视，但小小的身躯总是努力把背脊挺直。因为这个世界没有我的依靠，我必须自己担当自己的祸福。

周末的夜晚，看吉本芭娜娜的小说到很晚，少女们喜欢的文字却诱出了我的许多眼泪。都市里，人的情感总是不容易敞开，离我们最近的亲人也会离我们远去。现在的亲情，现在的平静，人生的价值……一切终会离开，在我们还有感觉的时候，只能选择偷偷哭泣。

"人生是一列开往坟墓的列车，路途上会有很多站，很难有人可以自始至终陪着走完。当陪你的人要下车时，即使不舍也该心存感激，然后挥手道别。"宫崎骏的动画片《千与千寻》告诉人们。

很久不杞人忧天，很久不为未来忧虑，很久咬紧嘴唇学着坚强，这一刻却全然崩塌，原来有时人脆弱得抵不住一句简单的实话。

六

周末的晨光不容许人睡懒觉，素着一张脸，让每个细胞呼吸春天的气息，享受自由的时光。街上尽是些老人，拎着早点，匆匆走过，不知这个季节是否改变了他们的心境。世界上大多都是些摇摆的灵魂，躲在自己的躯壳里，并不安分，然而自己又难以觉察。

鸟儿唱着婉转的歌，在楼顶，在树梢，拍打着翅膀，梳理着羽毛。卖房子的广告一夜之间又贴满了路边的围墙和路灯杆，马路已经打上了一块块柏油补丁，人行道还没有铺完新砖。春风吹着我干涩的眼，昨夜的情绪涌进脑海，想抓住却只剩零星的片段。

老豆腐的味道被东风送进鼻孔，煎饼果子的香气随后赶到。世俗的气息有着强大的吸引力，顷刻让一切情绪化为齑粉。一头钻进买早点的队伍，烟雾卷着飞尘，弥漫在每个人的头顶，饥饿冲淡了其他所有的感觉。

这不是一个应该抑郁的季节。春风和暖，生活如常，世界无须我们去对抗，知道身体终会化为乌有，就更想死死攥住眼下的真实。

🌸一个人的雨季

　　一个人撑一把伞，漫步于春天的细雨中，强劲的东风拍打着树枝上刚开的花朵，单薄的花瓣摇摇曳曳，楚楚可怜。湿漉漉的街道，湿漉漉的建筑，湿漉漉的心情，湿漉漉的世界。然而，城市的车水马龙掩盖了一切湿漉漉的静美，将雨中的景致包裹在一片沸腾的生之景象里。

　　沿着芥园道从吕祖堂出发走到北门，天津这座城市的往昔和今朝，古典和现代，市井与典雅，一览无余。吕祖堂是一个地标，更是一段历史，修葺一新的青砖建筑古朴却不沧桑。院子里的桃花探出了墙，鲜艳的花苞在细雨中娇媚妖娆。青墙红花，在都市的一隅凝然独立，如一道历史的剪影，保留着自己独特的情怀。

　　街上经常有不打伞的人默默走过，任凭春雨洗礼，神态怡然。不知他们是否也像我，没有别的目的，只为来邂逅一种心境，或是缅怀一段岁月。总是在春雨突来的季节，想起多年前的那个傍晚，那时我们还都是懵懂的女孩，总以为能凭一己之力改变一切，带着许多不甘心的情绪走出校门，便开始了又一段学习的旅程。自己挣钱供自己读书，是一件艰苦却值得骄傲的事情。每天下班后再去上学，与一场春雨不期而遇。放学的路上，我猛蹬着车子，狠狠地咒骂着该死的春雨。同学惊讶于我的坏情绪，赞叹着春雨的舒爽。我们对春雨相反的态度，让我发现不知何时自己已经掉进了一个糟糕的旋涡，正滋生着败坏的情绪。于是，我改换了心境，放缓蹬车的速度，试着去感受春雨带来的温润和舒畅。那一年春天，我在学习上又收获了一个"第一"，也永远记住了那一场春雨。

雨中的西北角跟往常一样以美食诱惑着路人。这座大都市的小小一隅体现了民以食为天的最高境界。穆记卷圈前的蜿蜒长队像一列可以御敌的士兵，在雨中不屈不挠地坚守。盛兴斋牛肉、大鼻子烧鸡、桂顺斋糕点……只看字号就足以多吸几口这里的气息。在这些市井气十足的街边小门脸对面，是独具后现代风格的水游城———一片集餐饮、娱乐为一体的大型购物区，那泛着金属光泽的建筑在雨中透着冷峻之气。现代的疏离感和市井的亲切感聚集在西北角，对立而又相安无事，人们都可以在此各取所需。

前面就是高楼林立的老城厢，叱咤的高层建筑提醒人们这里是寸土寸金之地。路边粉嫩的桃花被春雨打湿了脸庞，颤抖着一张张惊怯的小脸，却无一人前来抚慰。常常怀念小时候住平房的日子。细雨蒙蒙的季节，戴一顶草帽跑出去玩耍，用孩童的笑声填满静谧的雨中时空。暴雨突降的时候，安静地坐在窗前，看着眼前的地面和屋顶沸腾起层层白色雨烟，一股安逸感充斥全身。尤其喜欢邻居家探过墙来的桃枝，雨后落地的残瓣常常被我们采集起来，收在玻璃瓶里，成为手中的玩物。

那时的日子简单且满足，而如今的生活常让人心生不安。各种隐忧潜伏在平静的表象之下，猝不及防地撞击脆弱敏感的神经，莫名生出许多嗟叹和愤懑。每个人都不能避开自己的雨季，心里常常被许多烦扰纠结，正如这座充斥着各色气息的对立又融合的城市，是选择吕祖堂的古朴，还是西北角的市井，抑或水游城的现代，所有的情绪交织在心城里，喧嚣聒噪却无人知晓。

北门的右边是鼓楼，左边是大胡同商业区，即使闭着眼睛，我也能找准方向。如果人生的方向也能如此明确，可以预知，我们是否都不会再迷茫？阵阵东风把细密的雨丝吹到车窗上、行人的脸上，汽车和行人仍然都是不急不缓的速度，这样的雨季是不是也触动了人们的情怀？我不知道人生的雨季有多长，不过我总以为，如果一个人可以像孩童般自由地选择在雨中来去进退，那就是人生的至高境界了。可是世间又有几人能活到那样的境界呢？被许多迷惘模糊了眼睛，我们的人生总是在一个个雨季里挣扎，左冲右突，然后疲乏地站在原地黯然啜泣。光阴，便在那样的啜泣里悄无声息地流过。过去的奋斗终究没有连接成一条道路，铺至幸福的彼岸。

从吕祖堂到北门，不同的风景，却是相同的雨季，人生也不过如此，虽有百般跌宕，终归只是沐浴在一场春雨中的旅程，静静的，自生自灭，痛苦和欢乐恰如车轮溅起的点点水花，一闪即逝，落地无踪。于是，心里有一种坚韧的情绪弥漫开来，一个人走在自己的雨季里，即便毫无意义，也该把那朵属于自己的水花溅得耀眼一些。

沿着原路回家，看见邻居大爷正弓着腰站在草地里侍弄着他那株一人高的月季。每年春天，这株月季都会开出饱满鲜艳的硕大花朵，引来周围的大人小孩驻足观赏，拍照赞叹。每当那时，大爷总是安静地站在一旁，眯着眼微笑。把自己能做的做到极致，然后独自闪到一边，留下美景任人欣赏，这就是邻居大爷的幸福吧。

想想那样的幸福，一个人在雨中的付出也就带着难得的满足和惬意了。

花开花落

　　一年四季，最喧闹的季节莫过于春。春的喧闹既不在人声鼎沸，也不在路上的车如流水，春的喧闹是花儿们的无声斗艳，是暖风送来的氤氲芬芳，是团团包围着人们，又让人们应接不暇的色与香。

　　迎春花在料峭的春寒中颤抖着最先开放，丛丛簇簇的黄像一团热烘烘的小太阳。随着风儿一点点暖起来，桃花抖着单薄的花瓣羞答答地开了，梨花、海棠、玉兰紧随其后，白的、粉的、红的花朵像一群群吵闹的小鸟，驻足在一棵棵原本光秃秃的树上，拿出最靓丽的装扮，欲语还休地等一位忠诚的知己。倏然，一阵风拂过，那些轻薄的花朵如振翅的鸟，羽毛轻颤间，一些花瓣不知不觉零星飘落。

　　当这些在三月的春光里早开的花沸沸扬扬于枝头，渐露盛过将衰的颓相，丁香花却迎来了一年中的好时候。那串串花朵连缀成一团团，小花组成了大花，大花包含着无数朵小花，宛如一位位紫裙少女手挽手蹁跹起舞。每当丁香盛开的时节，一对对年轻的恋人总会在树下徘徊，他们执着地寻找着五瓣丁香，据说五瓣丁香代表着幸福，找到它的人就会拥有幸福。然而，在密密麻麻的四瓣小花中找到那朵幸福之花谈何容易呢？

　　人间四月天，紫藤花不经意间已经爬满了高墙，梧桐花、槐花次第盛开，空气里充盈着一股甜香，在风的带动下，浓一阵淡一阵地袭击着人们的鼻孔。走在这样的春天里，无论是谁都有一种少女怀春般的情绪，它勾连着天地万物，勾连着身体内的每一根神经，这种快感如清脆的虫鸣，敲击着人们的耳膜，喧闹声从心里喷涌而出，像节奏轻快的鼓点，催促着人们的脚步不断加快、加快……

等到这吵吵闹闹的花事一拨又一拨过去，春天犹如一幅重彩油画，已经从起初的清新娇嫩渐入老练深沉。苦荬菜花铺满了绿草地，像璀璨的星辰缀满了碧色的天空。金银花黄的、白的花朵在绿叶间姿态婀娜，犹如女孩子巧手折叠的千纸鹤，一副欲飞的样子。五月暮春光景，街角、矮墙边那些并不引人注意的蔷薇科植物花苞突然鼓胀，一夜之间开出各色妖娆的花朵，无数双眼睛被这突来的美丽弄得惊慌失措，饱览之余，举着手机咔咔一顿乱拍。"荼蘼不争春，寂寞开最晚"，一季花事走到此时，已近终了，春天开始悄然退场。一阵风起，一场雨落，花儿们化作红泥碾作尘，那娇媚、那妖娆、那羞怯、那优雅倏忽间飘逝无踪，恰似已经渺远的香气，似有若无，似无若有。

人间一季花开花落，喧闹一场，寂寞一场，沸腾一场，空寥一场，人们睡睡醒醒，晨光依旧，每一天复制着过去的一天，花儿们带来的惊诧和兴奋淡了、没了，喧闹声远了、逝了，人们低着头继续赶脚下的路，向前，只顾向前……

没有人会去悲悯一朵花的命运，黛玉葬花早已成了世间绝响，更没有人会感叹一个春天的流逝，因为还会有很多个春天降临。这是一个匆匆的世界，人们省俭着使用自己的感情和精力，每个人都像坐在旋转木马上，飞快地环顾着周围的光怪陆离，然后飞快地离去，一圈又一圈。不过，离去的还会回来，回来了却是依然如故的景致和心情，习惯了如此往复的人们，只管不动声色地等着，等着，一圈，再一圈……

可是，总有一个春天值得某些人去纪念，就像我们生命中的某个年份，它的些微不同应该被刻于心版，如一枚秀美的中国篆字图章。在同样喧闹的花季里，在同样氤氲的香气里，在同样悦目的春光下，总有那么一点点不同的心绪，不同的点滴，在一个敏感的人心底留下一丝微痕，抑或一道长风过境般的尘迹。那是一份独特的感受，无可诉说，无法诉说，却真实地存在着，于是，许多话语变为一声轻叹，慨叹那花的喧闹，香的迷离，春光的妩媚温柔。

花开花落，往往复复，晨钟暮鼓，一程又一程，在忙碌而麻木的人群中，总会有一些人雀跃着，忧伤着，矫情着，认真着。飞快地，一季又过了。然而，一季总不会白过。

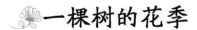一棵树的花季

在明媚的春光里，我为一棵树的花季悲伤着。它看似璀璨如霓，倏忽已是颓败。每天一个样貌，花朵迅速老去，时间在它那里转动得太快，像如飞的子弹，它比钟表更让人恍惚。

因为疫情防控，我驻守在单位，每天早晚在单位的大院子里转转。那几棵开花的桃树成了我每天必去探望的老友。初见它们时，蓓蕾初绽，花朵盈润欲滴，许多紧闭的花苞衬托着早开的花朵，花瓣随风轻颤，撩着人的眼目心弦。花朵一天天开得热闹，像无数只鸟在枝头聒噪。偶然一场夜雨，落红满地，树上花朵更艳，整棵树如出浴的少女，身姿秀丽。

最喜欢那一棵枝杈细密的山桃树。远观，一条条枝杈犹如身披白雪的窈窕淑女，载着雪花轻轻摇晃，酒后微醺，步履袅娜。近看，花苞粉红，盛开的花朵颜色趋近于白，自带圣洁之美。花朵开到繁盛时如一群群蝴蝶翩跹飞舞，密密麻麻的一堆纯净清澈的脸，磕头碰脑地挤在一起，迎着春风含着微笑。夜雨过后，星星点点的花瓣在树下散落，然而，夜雨摧花花不残，枝上的花朵仍然娇羞可人，粉扑扑的脸凝着泪珠，哭中带笑的模样。记得听人说，这粉嫩的花朵可以食用，一瓣瓣摘回家，洗干净，和上玉米面，烙出的饼子香喷喷。可是，这么一来，总觉得这如梦似幻的花朵

少了些诗意。我倒是很喜欢另一种做法，把花瓣收集到一个锦囊里，挂在室内或衣橱里，家里的一切都会染上花香。

不过十来天，山桃树的花朵就败落了。清明前夕，离开单位前的那天早晨，我去看望花期将过的山桃树。但见花瓣宛若一层细雪在树下随风轻荡，恍惚想起葬花的黛玉，心里难免几分怅然。树上几近光秃，一度淹没在花朵里的枝杈显露出来，向天伸展，有些苍茫之气。只是花朵落尽的地方，枝杈上生出了尖尖嫩嫩的叶片，那是吐绿的新芽。这些承载希望的绿色，一扫花落伤春的感怀。

临别之际，我不禁感慨于一棵树短暂的花季。匆匆的美丽，在这世上究竟有多大价值？这棵陪伴我十几日的山桃树，将最美的容颜跟我这个孤独者分享。在树下徘徊流连，看它盛衰的全貌，让我每日枯燥的生活得到滋润和鼓舞，也许这正是它的价值的一部分吧。

三月三，上巳节，春风如剪，阳光和煦。路边，一些人在挖野菜。一棵榆树下，几个女孩子踮着脚尖在捋榆钱。馋虫一下子被勾起来。想起儿时，也是这样明艳的季节，和小伙伴一把把捋了榆钱装进裤兜衣袋，一边捋一边往嘴里送。最喜欢吃榆钱饼子，洗干净的榆钱和上玉米面，放些盐花，烙成脆脆的饼子，香酥可口。彼时，我是个不知思考的孩子，大快朵颐是首要之事。而今，望着孩子们叽叽喳喳捋榆钱，我忽然冒出一个问题：榆钱是榆树的花朵还是果实？问题一出，猛然想起单位的山桃树，想起它圣洁如仙子般的花朵，想起那一地的花瓣，想起它钻出嫩绿叶片的枝条。想必榆树跟它一样，是先开花，花落之后才长新叶，我在心里兀自推算。那么，榆钱一定是榆树的花朵了。对于这样的逻辑推理，我自感满意。

走在氤氲着大自然的清香的春天里，我努力吸吮着风儿送来的各种气味，那是各种植物混合的味道，是各色花朵绽放之际生命散发出的如虹光彩。不同的树木，它们的花朵在人类看来有着不同的价值。对于那棵山桃树的花朵，我极不情愿将它与吃连接，可以把它做成香囊，把它捧在手心里一点点碾碎埋葬。从它那里，我感知一种情绪，一种精神，一种与现实不搭调的满足。对于榆树上的榆钱，我首先想到了吃，这种感觉是那么自然，那么接地气，让人踏实，那是一种充满人间烟火气的温暖。每一棵树都有自己的花季，它们的花季早已被奉行实用主义的人类派以不同的功用，它们侵入人类的视觉、嗅觉、味觉，挑动人类的各种欲望。随季节流转的植物，万万不会想到人类会被它们牵制和左右，又因为被牵制和左右，它们被划归不同的用途。

一棵树的花季，正像一个举办着盛大婚礼的青年，站在舞台的中心，喧哗耀眼，自信满满。这样的时节，是英姿少年，是挥斥方遒，是勇者无惧。一棵树的花季固然短暂，但明年还可以再见，一个人最美好的光阴过了却不能再来，一季青春，消逝之后便是寻常的生活。站在明艳的春天里，为一棵树的花季悲伤的人，不是太蠢就是太无聊吧？因为置身于轮回之中，一棵树实在要比一个人幸运很多，幸福很多呢。

 # 自由

是鸟儿的啼啭招我走了出来，走进明艳的春光里。晨光醉眼，鸟儿对唱，凉爽的风裹着花香钻进鼻孔，我如饮清泉，一阵感动如汹涌的波涛，在心中激荡。

这世界在我眼里如此生动，我的嗅觉还是如此灵敏，生命在蛰伏了一个冬季之后并未僵死，而是突然间复活，这复活的生命带着新鲜的泥土的质朴和芳香。

几株桃树花开得正盛，浓艳的桃红，淡雅的浅粉，一树树，一枝枝，还没顾得多看几回，花就将落。满地粉白的花瓣，像一层薄薄的细雪，随风翩跹，轻盈多姿。几棵松柏绿了枝叶，浓郁的树香和花香混合，夹着苏醒的泥土香、破土的草香，汇成自然界特有的气息，馥郁芬芳。

站在一片鸟语花香的春光里，不自觉就伸开双臂，给美好的人间一个大大的拥抱。愉悦在心底升腾，脚步愈发轻快，如跳踢踏舞。自由啊，这是自由在舞蹈。

因为疫情管控，驻守在单位，这并未给内心带来多大烦扰，平静地工作，安静地思考，沉静地观察，任时间流淌。当我站在厂区的一派大好春光里，更是恍然领悟，心若自由，便无所阻挡。厂区里小小的一片景致，足可以让一个融于自然中的人插上翅膀，

向着光明飞去。

耳畔有鸟鸣，还有远处机器嗡嗡的声响，心底有歌声，那是自由在歌唱。千百年人来人往，许多过往者证明了心之自由的力量。约翰·班扬入狱十三年，写出了被誉为西方《西游记》的《天路历程》，影响了一代代人。木心在狱中写下几十万字的书稿，终成一代文学大师。我们没有他们那样身心交瘁的经历，不过是当意外事件来临时，安之若素，一如既往，做当做的事，心安身安，或许也能有一份不错的收获。

然而，这个春天依然不可错过。不能出门，可以临窗远望，万物在阳光下生长，蓬勃的气息带着冉冉升腾的希望，让人不知焦躁为何物。春风不改当年，依旧是清凉中带着点点温热，扑进窗口，在你的脸上留下一个轻浅的吻。若是能够去楼下转转，你会发现，小小的区域里，一棵树、一株花、一束草都有着难以言喻的美。枝上正在吐绿，嫩绿的叶片抱着团，像一朵朵绿色的小花，小草顶出潮湿的泥土，湿漉漉的，如刚出壳的小鸡。这个世界如此精致美好，不自觉就对造物主生出无限的敬畏。

换个角度想想，当不可抗的外力让世界慢下来，也让每个人慢下来，这也不失为另一种独特的体验。人类太急于求成，太忙于奔跑，时常迷失了方向。歇一歇飞奔的脚，辨一辨出发时的方向，捧读一本书，轻啜一口茶，静听窗外雨，细看阴与晴……就当暂时按下的暂停键是一次对系统的修复。

信步于厂区的小花园，远远可见几株老树仍然枯着枝杈，挺过了寒冬的鸟巢在树上依旧安稳，冬的苍凉萧瑟犹在。鸟儿们肆意地拍打着翅膀，起飞、降落、唱和，这群欢快的生灵，像是从美好的心灵里飞出，把春天点染得明亮清新。喜欢群居的飞虫一团团飞舞，它们抱团扑过来，又抱团飞往他处，像一阵无定向的风。

大自然中的生命，渺小脆弱，却有着持久的耐力和不可击败的顽强。

　　清晨，当春光一泻万里，再浓的雾霾也会消散于春风里、阳光下。在厂区的小花园里徜徉，完全没有被捆锁被束缚的压力，反倒有种被释放被接纳的欢愉，人生三万天，每一天都应该像走在春天里。

　　既然发生的必然发生，不如不惊不扰，对于周遭心怀热爱，万般皆笑纳，就像那些越冬的鸟儿，在冬天里隐忍，在春天里欢唱，任凭风来雨去。只道是顺应自然，常怀旷达，守护心之自由，这不就是最大的智慧吗？

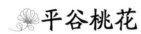# 平谷桃花

　　春天，去平谷看桃花是很有诗意的一件事。我们去时，大多数桃花已经开过，几棵花朵晚开的桃树倒像是特别为我们预备的。

　　平谷桃花的美在于它的色彩。从远处看，粉嫩的花朵像无数只栖息在树上的蝴蝶，扑扇着轻薄的羽翼，似要飞翔。走近了，发现每一朵花的色彩都鲜艳得极具层次，从花心的深红到花瓣的粉红，色彩一点点晕开，只有技艺高超的画师才能掌握这样的技巧。一根根红色的花蕊从深红色的花心里探出来，顶着黄色的小帽子，像女孩子的长睫毛，微微眨动，灵光四射。在以粉色为主题的枝干上，刚刚萌发的嫩绿叶片恰到好处地点缀其间，每一片叶子都像女孩子脚上精致的舞鞋，托着女孩子翩翩起舞。

　　平谷桃花的美更在于它的神韵。平谷桃花不是当今流行的骨感美，它美得丰腴，美得成熟。它是个情意浓浓的懂事女子，绝非尖酸刻薄的脂粉俗妇，只有看过了平谷桃花才知道小家碧玉和大家闺秀的区别。小家碧玉的美精致但小气，像早开的杏花、李花，单薄的花瓣犹如娇嗔的小女子，嘟着一张小嘴，招摇着自己的可爱。大家闺秀的美优雅且大气，就像平谷的桃花，一张粉扑扑的脸迎着风微笑，让人不禁想起古人的佳句："眉上冬天出柳，颊中早地生莲。

千看千处妩媚，万看万处嫏妍。"

行车百里寻访平谷桃花，就像古人不辞路远来到美人的绣楼前。美人不必多，只要一位就足以吸引一群君子。平谷桃花也不必多，几棵桃树上的花朵已经把平谷桃花的美淋漓尽致地展现出来。这样的美的确是平谷桃花所独有。拍几张平谷桃花的照片，带回去做电脑桌面，于是美人被带回了家，视觉的极大满足让我们深感不虚此行。

这个夏天就快过去了

　　立秋的早晨，一场急雨突然来袭，霰弹般的雨点并没有带来半点凉爽的感觉，黑沉沉的天空，湿热的空气，身体的感受仍然是黏腻。早晨打开朋友圈，大家都在报着立秋的消息，人们的心思不约而同地放在同一件事上，盼望这个夏天快快过去。

　　这是一个不同以往的夏天，据说是自 1951 年以来这座城市又一场旷日持久的高温。1951 年，很多人还没有出生，很多人还是无知的孩子，对于那场高温缺少切肤之痛，然而这个酷热难耐的夏天，人们无论如何是忘不了了。这座闲适安逸的北方城市成了一个大蒸笼，所有的空调设备几乎二十四小时运转，不仅怕热的年轻人躲在空调房里不出来，就连最耐热的那些老人都不得不亲近空调。

　　一位朋友跟我讲了她父亲的一件趣事。她的老父亲不喜欢吹空调，每天一条毛巾吊在脖子上擦汗，有一天，突然感到胸闷憋气，以为心脏出了问题。朋友赶紧把他送到医院，做了一通检查，并没查出什么毛病。医生问老人："哪里不舒服？"老人说："感觉喘不上来气儿。"医生又问："现在好点儿了吗？"老人点头说："到这儿就好点儿了。"医生说："回家把空调打开吧，您这是热的。"朋友回到家开了空调，一会儿，老父亲就喊起冷来，非让她关了空调，然后又把毛巾吊在脖子上。朋友磨破了嘴皮子，老人也不同意再开空调。没有办法，朋友仓皇逃回自己开着空调的家，留下老父亲独自对抗酷暑。临走时她跟父亲说："要不您去超市门口坐会儿吧，那里不凉。"老父亲摆摆手，抓着脖子上的毛巾继续擦汗。

下雨闷热，不下雨燥热，柏油路有被烫化的危险。过去，每逢这个季节，即便是晌午，街角、树荫下，也能看到扎堆的老人摇着蒲扇聊天，或者摆开阵势杀一盘象棋。然而这个夏天，街上空空荡荡，不得不出来的人一个个都像水渍的酸菜，蔫头耷脑，浑身湿漉漉。朋友的父亲知道自己没有器质性的毛病，继续在酷暑中鏖战，这样的人已属个别现象。人们都疼惜自己的血肉之躯，绝对不会去跟大自然顽强对抗，妥协成为唯一选择。这样的选择让空调成为必需品，尽管大家都清楚空调的使用会加剧室外的炎热。

因为暑热，人们的许多计划泡了汤，大家都被折磨得一副颓废的样子，像一只只睡不醒的猫。这座城市里最精神抖擞的人要数外卖员，他们骑着电动车，驰骋在大街小巷，下了车提着外卖奔跑。为了在指定时间内把饭菜送到客户手里，收获自己的劳动所得，他们把酷热置之度外。幸亏有了他们，这座城市无数放暑假独自在家的孩子有了饭食，许多厌倦了大热天做饭的主妇得到了解脱。也因为天热，外卖员们有了更多送外卖的机会，能够挣到比以往多一些的钱。也许他们对这个酷热的夏天有着更多好感，也许他们是唯一不愿让这个夏天快快过去的群体。

然而，这个热得令人憎恨的夏天就快过去了，人们会铭记它的热，但绝对不会只记住它的热。这个夏天值得记忆的东西太多了。除了那些爱与不爱的儿女情长，那些不能明说的私情孽缘，那些家家户户要面对的人生大事，还有一些看似不属于个人，但牵动着每个人的喜怒哀乐的事情。当人们坐在空调房里，吃着冰激凌，刷微信朋友圈的时候，当人们捧着西瓜，边啃边做"吃瓜群众"的时候，那种事不关己、作壁上观的惬意中，有满足，有愉悦，恐怕还有愤恨、嫉妒、幸灾乐祸。在一座热得要开锅的城市里，在一栋栋水泥房子的狭小空间里，一双双眼睛凝视着小小的手机屏幕，就像无数摄像头窥探着世界的角角落落，整个世界都在这种注目中沸腾着。

如今，这个夏天就快过去了。不是秋雨驱走了闷热，其实，雨后仍然是闷热，而是光阴自己在往前走，现在的热不久就会成为过去，就像去年冬天的冷早已被人们忘记。网络上，新的文字覆盖了旧的消息，不必担心什么会被记住，也不必担心什么会被忘记，网络可以留下一切，也可以淹没一切。

在匆匆的光阴面前，所有情绪都是多余，这个夏天就快过去了。还好，一切都会过去。

❀秋起

夏的溽热还未退去，天地已然换了节气。黏腻感仍贮存在每个毛孔里，一丝飒爽的风把清凉之气轻描淡写地送入了肌肤。一晃处暑到来，忽然之间，天地豁然，夏的沉闷被悄无声息地打破。伏天已过，空气干爽，从此以后，秋风吹，秋光照，秋水漾。处暑，正是名副其实的秋起时。

《月令七十二候集解》说："七月中，处，止也，暑气至此而止矣。"然而，此时的秋是那么隐晦，如处处退让的君子。夏的余韵犹在，秋像是不好意思独占了这偌大的舞台，于是，阳光依旧强烈，晌午仍是炎热，万物照样葱茏茂盛。只不过早晨和傍晚有了些许凉意，正是人们俗称的"秋秋天"，天空也不再是混沌一片，天光浩荡，全无遮挡，眼中的一切都被炽烈的光线洗得耀眼夺目。浓绿的树木在微风里晃动着叶片，明亮的光影如碎金散银披挂满身。高层楼房的玻璃幕墙折射出金属质感的光泽，有种拒人千里的寒彻。看似繁盛的草木实则走到了生命的顶峰，显出下滑的颓势，犹如壮年的汉子，被头上一根细细的白发预言了衰老即来的命运。可喜的是，老了叶子，红了果子，树上的青枣换了一张红彤彤的面庞，在白亮的日光里低调地绚丽着。

记得儿时生活的那个北方小村庄，每当处暑节气，农妇们总免不了把一句有意无意的话放在嘴边："出伏啦，处暑啦。""是啊，都处暑啦。"简单的寒暄里，透着一点儿喜悦，抑或是一点儿对光阴的不舍。儿时的我把这些话听在耳中，并不思索节气为何物，只琢磨着，夏天就要结束，田野里的草木很快就会枯黄，要抓紧时间去玩耍。

小村庄周围的田野里拥有孩子们想要的一切欢乐。一块块整齐的农田，一道道蜿蜒的沟垄，被许多野草、野花、野树包围着、点缀着，而那些活跃其间的生命，正是小孩子一心探寻的快乐。仍然记得，一年处暑过后，我和几个小伙伴去田野里捉蚂蚱，那些在闷热的伏天里后腿健壮、身手灵活的蚂蚱，此时突然失去了原有的生命力。它们伏在草尖上一动不动，像虚弱的病人，即便觉察到危险来临，拼尽逃命的力气，也是气喘吁吁，失去了敏捷。面对这样的对手，谁还有捕捉的兴致？于是，几个孩子沿着乡间土路一直向前走去。路上，我们遇见一辆装满麦穗的马车，就偷偷跟在马车后面，不时猫腰捡起从车上掉落的麦穗。农谚有云："处暑阴，主早稻丰收。"那天我们捡起的麦穗偏偏都是干瘪的，看来处暑少雨不仅影响早稻，也影响了麦子的收成。失望之际，我们才发现夕阳西斜，时间已晚，缓过神来，转头回家，家已经遥不可见。几个孩子惊慌失措地往家的方向奔跑，与将落的夕阳赛跑，晚风像一只无形的手钳住我们的脖颈，冰凉坚硬。那天以后，田野里的嬉戏停止了，上学的孩子们把自己关在屋子里，补写一个假期的作业，为秋天开学做着收心的准备。

而今，地球的版图上已经没有了那个小村庄的痕迹，人间万物万象都与它再无关系，它就像一幅印象派的油画，常驻在我的记忆里，越来越美，也越来越模糊不清。许多年来，处暑节气过了一个又一个，我却再也没有涉足过田野，更没有去逗弄过一只疲惫的蚂蚱。

居住城市年深日久，出门很喜欢抬头望天，尤其是早秋的天空。俗话说"七月八月看巧云"，处暑一过，天空的云彩生动起来。在天宇蔚蓝的背景下，洁白的云一朵朵、一道道、一块块、一层层，明的、暗的、深的、浅的，在空中轻飘漫卷，如仙子身着霓裳起舞，呈现给观众百般惊艳的美。古人有云："处暑有三候，一候鹰乃祭鸟，二候天地始肃，三候禾乃登。"偏居一隅，尽管不能感受处暑所有的气象，只因这头顶的一片天空，也能消解些许夏日里的积闷，身心瞬间畅快很多。

处暑时节是喜食海鲜的人们开心的日子。每当此时，沿海许多地方会举办渔节，在隆重的祭祀庆典后，一条条渔船向大海驶去，返程时则载满了肥硕鲜美的鱼虾贝类。那扑面的海腥味，夹在徐徐秋风里，和渔民们的喜悦一起送上饕餮者的餐桌，把刚来的秋弄得喧闹热烈。地处渤海之滨，天津得天时地利，处暑节气一过，海鲜大量上市。天气转凉，清淡了一个伏天的嘴巴热切地盼望着吃口荤腥，于是人们张罗着买鱼买虾，咸腌、红烧、水煮、清蒸，家家户户都少不了一股浓郁的海鲜味。处暑，把肚子里的馋虫勾了出来。

处暑，暑消秋起，终点即起点。有人说，秋，乃离人心上愁。然而，刚刚脱离暑热，处暑给予人们的是舒爽，是惬意，是天高地阔的旷达，而绝非无端的闲愁。浅秋时节，无哀无惧亦无愁，有的无非是一双看不够流光溢彩的眼睛和一颗充满期待的心，即便是向着秋愁深处走去，也是满心雀跃着。这就是处暑特有的气质吧。

迎"秋"

一早晨打开微信，朋友们都在感叹"天凉好个秋"。因为穿着裙装，本来就有的丝丝凉意，此时被这么一句话弄得更重了几分。喜欢这个不出汗还可以穿裙子的季节，长筒丝袜沉寂了一个夏天，终于派上了用场。早晨的微风轻拂脚踝，却隔着一层纱，恰如初醒的眼睛隔着薄薄的雾霭，探望着整个世界。

树上的叶子还绿，地上的草还青，可是秋已经被晨风送来，高远寥廓的天空湛蓝，把浅秋的意境传达到每个人心中。没有了云的遮挡，阳光肆无忌惮地直泻下来，满眼都是刺目的强光。阳光穿过茂密的树叶，被撕裂成碎银般的星星点点，随着风儿在枝叶间跳跃。法国梧桐手掌般宽大的叶子折射着白晃晃的光，活像一棵棵缀满银币的摇钱树。秋已经悄然无声地把手伸进了世界，触摸着万物，撩起每个生命不同以往的情怀。

在一年四季之中，我认为春秋两季最招人爱，而春天更甚。因为有冬在前面埋下深深的伏笔，万物沉睡之后的猛醒，总是令人欢呼雀跃。百鸟争唱，花团锦簇，暖风缭绕，谁能抵挡春的爱意温存？相较之下，酷夏之后的秋则来得迟缓羞涩。是啊，谁都容易喜欢靓丽的青春，而迟暮的美人则逊色得多。然而，那已经孕育成熟的圆润果实和燃尽青春的悲壮，有着更能撼动人心的力量。所以，秋是为懂它的人预备的，不懂它的人只能怆然感伤。

　　丰子恺在三十二岁的时候真正认识了秋，对于春则开始厌恶。在散文《秋》中，他说："我只觉一到秋天，自己的心境便十分调和。"而迎送了三十几个春来春去，对于争荣竞秀的花事，丰先生说："每当万象回春的时候，看到群花的斗艳，蜂蝶的扰攘，以及草木昆虫等到处争先恐后地滋生繁殖的状态，我觉得天地间的凡庸、贪婪、无耻，与愚痴，无过于此了！""生荣不足道，而宁愿欢喜赞叹一切的死灭"，这是丰子恺先生借由春秋两季阐述的认知哲理。

　　然而，我辈总是俗人。纵然活到四字头的年纪，对于春依然怀着雀跃和期待。即便深彻地认识了春的凡庸、贪婪、无耻和愚痴，即便了解一季花事的轻薄与造作，可我还是狠狠地爱着每一个轮回里的春天。在苦短的生命中，无论是二十岁、三十岁、四十岁，还是将来的五十岁、六十岁，我都会为这一去无回的生命中的一季兴高采烈，只因为生命既赋予这样一个季节，我便愿意紧紧拥抱它的存在。

　　始终爱着春的人，并非就不懂得秋。秋是春所孕育的一切事物的终局，透过秋才能彻悟春的滑稽和浅薄，才能看清每一个生命的来路与归处。正如人生，峥嵘一季，最终都难免归秋。从懵懂的青春走来，汇入生活的洪流，当迎来秋的时候，恍然知觉生命并非无尽无休，再往前走，便是死寂的幻灭。这份冰冷的体感是秋对每个生命的预警。然而，秋并非生命的落寞与潦倒，生命的果实是饱满，是丰足，是谦逊悟达，是壮丽恢宏，全要由秋去展现。秋是生命的高潮，是浪花的顶点，懂得秋之意蕴的人，对浮云世事自然会有不同凡响的认识。

　　生的葱翠和死的壮丽，往复轮回才构成了这个世界的繁荣，所以到了知生死的年龄，忽然不再惧怕。每一个生命都是从春走来，无知过，矫揉过，庸俗过，唯有经历这个过程，在秋到来时才能脱尽丑陋虚伪的外袍，显露坚定旷达的品格。于是，在秋日的清晨穿上最靓丽的裙装，在凉爽的秋夜静听一只孱弱的虫的鸣叫，用自己别样的果实装点秋的辉煌，欣欣然迎接秋的光临，然后大限一到，端庄地转身退场。

听秋

记得多年前，我刚搬到现在住的地方，一个寂静无声的秋夜，突然听到窗外传来秋虫的唧啾，那声音微弱却欢快，从一个弱小的身躯里发出，给人自得其乐的悠然和满足。融入城市多年以后，猛然听到这么曼妙的歌声，我幸福得几乎掉泪。与我仅隔一扇窗的露台上，一只秋虫在歌唱，这秋的独有旋律直击人心，这秋的美妙韵致耐人寻味。

小时候，家住乡村，每逢秋夜，秋虫们的歌声嗡嗡嘤嘤汇成盛大的合唱。这些自然界的歌手，只闻其声不见其形，在黑暗的天幕下不知疲倦地夜夜演出。偶然，会有一只想独唱的虫儿大着胆子跳进屋里，躲在屋角引吭高歌，从那娓娓道来般的歌声里，可以听出它多么想把自己的快乐跟人分享。这是属于一只小虫的季节，是它放情表演的时刻。躺在秋夜的温床上，在密不透风的合唱背景下，听一只秋虫近距离独唱，这一台独享的音乐会，让人对一个渺小的生命产生了由衷的敬畏和怜惜。

秋天对于不同的生命有着不同的意义，于一只唧啾的秋虫是正得其时，于一只在夏天的田野里蹦跳的蚂蚱则是一首迟暮的哀歌。儿时，我和伙伴们常去田野里捉蚂蚱。盛夏时节，蚂蚱们蹦跳得灵巧有力，想要捉住它们，颇费些周折，但也因此其乐无穷。

秋天一到，蚂蚱们一下子衰老了，它们的后腿不再强健，每跳一下都显得艰难，小孩子们不喜欢捉秋天的蚂蚱，因为没有了追逐的乐趣。失去了活力的蚂蚱常常趴在草尖上一动不动，静默无声地等着季节收割它们的生命，而我每每从这份静默中听到来自羸弱身躯里的哀鸣。这一首秋的挽歌，凄凉又酸楚，绝不同于秋虫欢快的啁啾，却把秋的形象深入骨髓般刻进了记忆。

秋天处处都有歌声。真的，秋不仅仅要用眼睛去看，更要用心去听。从初秋的天高云淡、秋风飒爽，到仲秋的果实累累、满眼金黄，再到深秋的落叶飘零、枯树昏鸦，秋天有太多的变换和亮点。放眼秋天，似乎可以看到上帝的手正握着一支巨大的画笔，每天按时给天地刷上一层油彩，世间的色彩渐深渐浓，就像一首曲调悠扬的歌，袅袅娜娜自远处飘来，逐渐清晰、雄浑、壮阔。

喜欢秋天的人习惯用收获来形容秋天，讨厌秋天的人习惯用肃杀描写秋天，其实这都是对秋天的片面理解。秋天就像一个人，别人怎么看它、说它，都不能概括其全貌，因为秋天实在比春、夏、冬三季拥有更多的内容。春天里，蛰伏了一个冬天的生物，喜欢群体出动，喧闹的踏青队伍，氤氲的花香，像一场肤浅的狂欢，而夏天的酷热和冬天的凄寒都难免让人畏怯，对它们的印象也总是热或冷的生理感受。秋天则是一个适合静默独处的季节。因为那些有声无声却又无处不在的旋律，秋天的每个角落都值得花心思去品味，去琢磨。无论是清凉的早晨，明媚的午后，还是微寒的深夜，也不管是一泓秋水，一片黄叶，或一缕残阳，秋在哪里，哪里就魅惑着人们，人们被引向它，并被牢牢抓住。秋宛如一位优秀的歌者，用触动人心的旋律撩拨着听者的情绪，让人站在此时，把记忆伸向彼时，又把盼望投向未来，忽而感慨光阴的易逝，忽而又不甘于所谓的宿命。

秋景宜人，当人们用目光捕捉着绚烂的自然，常常会不自觉地反观内心。每个人都是四季的缩影，而秋天是一个格外显眼的季节。秋天，正如人生的某个拐点，在捧得丰盈的收获时，又难免隐隐忧伤，在享受大自然如画的馈赠时，又倏忽升起一股淡淡的落寞。

秋是一首欢乐的歌，也是一首悲伤的歌，是一首丰收的歌，也是一首失去的歌，它是一首壮丽的交响曲，把各样情绪呈现了又轻轻抛弃。好好听一听秋的歌声吧，从这曲调繁复的旋律里，每个人都一定能找到属于自己的某种情绪。

秋天，一起来看云

秋天看巧云。

秋天的云是一幅色彩明丽的油画。蓝白二色，干净清亮，互为底色，互做主角，宛如一对纯洁的恋人，缱绻恩爱。秋天的云乖巧伶俐，像烂漫活泼的女孩，在碧蓝的天幕下，展现着万千姿态。一会儿长发一甩，一会儿细腰一扭，裙裾飘逸，天空薄纱漫卷，浓淡相宜。

我喜欢站在秋风里仰望天空，让目光极力穿透蒙尘的眼眸，接受蓝与白的洗礼，眼眸便明亮如孩童。我喜欢在仰望天空时张开双臂，揽一朵祥云入怀，靠近白云，靠近远方，靠近一个至真至简的地方。我喜欢张开双臂放声歌唱，我把每一句歌词献给浅秋里的云，赞美它的明澈生动，讴歌它的纤尘不染。

我喜欢秋天的天空，湛蓝之中难寻瑕疵；我更喜欢秋天的白云，洁白之中不含杂质，无论大地如何污浊，它始终独善其身。

我喜欢在秋天的早晨看云。镀了金光的云海，像手臂舒展的千手观音，地与天浑然一体，万千辉煌。一片片明亮的云层，像沉积了亿万年的贝壳，经过光阴的打磨，色泽极富质感。若有一条河在天地中间穿过，必是一条华美的珠链，与云在远处交汇，双臂一挽，光芒四溢。

  我喜欢在明媚的午后看云。天蓝得透彻，云薄得轻浅。天地高阔，云恰如一位温柔精致的女子，滚滚红尘之上，来即来，去即去，不惊不扰，从容优雅。若有风来，云便在天空曼舞，把自己一点点铺开，又一次次收拢，脾性柔和，直到风儿厌倦了游戏。

  我喜欢在夕阳西下的傍晚看云。云宁静端庄，等着夕阳来牵它的玉手，一起沐浴光明，也一起面对黑暗。即便渐渐遁于无形，即便黑暗吞噬光明，云儿依旧淡定从容。

  秋天，一起来看云吧！这世界的色彩太多太杂，你我都需要把自己滤净涤清；这世界的喧嚷声太高太密，你我都需要掩耳闭目，凝神静心。在云的天地里，翩跹舞蹈，树梢上的落叶飘在秀发上，那是云给予的嘉奖。在云的注目下，欢快奔跑，当一切匆匆掠过，那是丢掉的尘世的烦恼。像云一样，把纯白袒露给世界，以简对繁，世界能奈我何？像云一样，随风舒卷，天空是家，别无所求。

  秋天，一起来看云吧。秋天看巧云，真是！

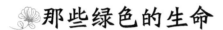那些绿色的生命

霜降节气一到，秋色渐浓，潋滟的秋光里，最扎眼的是街边的树木。

在天津的城区里，每一条街道都种着不同品种的树木。这条街被法国梧桐占据，那条街则是银杏树的天下，这边柿子树上柿子正红，那边黄澄澄的鸭梨缀满枝头。不同的树木荣枯时间各有不同，往往这条街上还是绿意盈盈，一个拐弯，那条街上已是金黄满树，落叶飘飞。

树是有生命的精灵，树叶是它飘飞的灵魂。这些绿色的生命在春天里复苏，在夏日里茁壮，在秋光里成熟。

每到一座城市，我总是喜欢先寻觅树的身影。如果满眼绿树，我对这座城市便会生出无限好感。初来乍到，树木好似一座城市的迎宾员，给予来客热烈的欢迎，让人心里不由暗生喜悦。一座城市如果没有树木，满眼的水泥城堡，给予访者的则是冰冷和不安的感觉。树木是带着感情的，它站立不动，它缄默不语，所有的感情却表露无遗。粗糙的枝干、葱翠的树冠，是一种姿态，更是一种表达，是一座城市的情感之源。

记忆最深刻的是在洛阳，一条不知名的街道被两边树木遒劲的枝丫围拢，形成一个绿色的拱形华盖，阳光穿不透，小雨淋不着。

六月里，远远望见这条凉棚似的街道，惬意的感觉如风拂面而来。这是一条蓊郁的长廊，远观引人遐想，宛若一条幽深的密林通道，让人禁不住诱惑；进入其中，则似置身于林海，呼吸着四周绿色生命制造的温润空气，感觉城市已经不复存在。

遗憾的是，我不知道那些树的名字，也没有看到它们秋天的模样。深秋时节，它们会怎样把生命肆意燃烧？又怎样把自己的灵魂一片片抛向大地？我只能凭着想象，把它们辉煌的样子揣摩了又揣摩，然后像个心满意足的小孩，对那片遥远的绿色生命含笑致意。

并非所有的树木都躲不过秋的凄冷，比如长青的松柏，它们是树中的精英。几年前，也是一个六月天，有幸在青岛胜利疗养院与两棵参天的松树相遇。这两棵松树比肩生长，树干笔直，枝丫伸开，形成美丽的塔形。它们苍翠又秀丽，挺拔又婀娜，走进疗养院的第一天，我就喜欢上了它们。每天我都要从树荫下走过，第一回走到树下时发觉有些粘脚，细看地上，一层松脂覆盖，举目仰望，恍然觉得自己渺小如一只蚂蚁，于是竟担心正欲滴落的松脂会将自己包裹，成为一个千年的琥珀，赶紧拔脚走开，心里又有许多眷恋和不舍。

深秋到来，松树不会落叶飘飞，尖细的松针把树的灵魂紧紧包裹，它们一声不吭地抵御着寒冷。与那些哗哗作响唱着绝望之歌的树木相比，松树的沉默是一种固执，一种隐忍，一种不惧。

然而，不管是在秋风中飘飞，还是在寒冷中收拢，我都喜欢这些绿色的生命。它们并非是一座城市的点缀，而是一座城市的魂魄。它们的存在，让城市拥有了会心的笑容、飞扬的神采；它们的出现，让城市有了多张面孔，给城市注入了饱满的情感，让城市迸发出鲜活的生命力。

　　生活在城市里多年，认识了众多城市中人，这些人恰如城市里的树木，虽然各有各的不同，但都有着生命蓬勃的质感。他们有的年少，有的衰老，有的美丽，有的普通，无论境遇如何，身份怎样，都在自己的生活中执着着、努力着。市场上那个卖菜的老农，每天天色微明就把新鲜的蔬菜摆满了摊位；街边地产中介公司里的年轻人，早早地开了店门，把房源信息立在门口；还有急匆匆向地铁站奔去的学生，提着早点蹒跚而行的老人……这些人就像城市中的一棵棵树，他们使城市的脉搏有力地跳动，把城市变身为多面女郎，让它幻化出千般姿态，万种风情。这些行走的绿色生命与城市中屹立不倒的绿色生命一起，交织成一首节奏铿锵的乐曲。

　　树木的生命今朝衰败，明朝还会复苏，而人的生命则一去不回。然而，正是这一去不回的遗憾，让生命更加可贵动人。晨钟暮鼓，一朝一夕，在埋首的奔忙中来了又去，人们坚韧、蓬勃、乐观，看似短暂停留，却是永无止息。

　　我愿自己也是一棵树，一棵拥有绿色生命的树，默默地行走在城市的街心，默默地在春天里袅娜，在夏天里浓绿，在秋天里燃烧，然后把灵魂嵌进城市的骨髓，任谁也找不到我，却怎么也忘不了我。

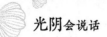

秋日四题

一只歌唱的小虫

刚刚睡熟，就被一阵唧唧啾啾的声音吵醒。寂静的秋夜，被黑暗包裹的声音格外具有穿透力。唧唧啾啾，在耳畔掠过，近了，远了，轻了，重了。

这是一首久违的熟悉的歌谣。在遥远的记忆里，曾有一片唧唧啾啾的声音，在每个秋夜汇成一首首合唱曲。每夜伴着合唱入眠，梦却格外香甜。

如今只有一只小虫，我不敢轻易判断它是蛐蛐还是别的什么生物，它在秋夜里孤独地唱着，微弱的声音却搅醒了我的梦，那单薄的歌声让秋夜显得格外清冷。

不知秋虫自己是否感到寂寞，它不停地歌唱。是啊，秋给了它最后的激情，它怎能不唱？秋过去了，它也该谢幕了，于是趁着秋意正浓，努力吟唱，就像一个跋涉在沙漠中的人，就算没有观众，也要把生命最后的激情燃尽。

一盆五彩椒

春天，我种下一盆五彩椒。等着种子破土发芽，看着芽苞长成挺拔的茎秆，我越来越急切地盼着结出美丽的五彩椒。从春天盼到了仲夏，油绿的茎秆上终于结出了青色的辣椒。我每天疼爱地关照着我的五彩椒，打量着它的变化，像多情的新郎呵护自己的新娘。从仲夏又到了初秋，可是辣椒依旧是嫩绿的颜色。五彩椒原来不是五彩的，我的失望迅速蔓延。

许多天过去了，一天我偶然瞥见五彩椒的绿叶间有隐约的紫色。之前，我已经很多天对它漫不经心了。我隔着窗仔细端详，原来青色的辣椒有的变成了紫色，有的变成了红色，有的青紫、青红相间。我兴奋地把五彩椒抱进屋，因为以前的怠慢，心里竟生出几分自责。

我怎么忘了，成熟岂不是一个漫长的过程？只有等到时间到了，青色的辣椒才会慢慢转红。在整个成长的过程中，我又怎么能只关注结果，却忘记了磨炼走向成熟的必备品质——忍耐呢？

出逃的心情

是不是每个人都想生活在别处？我不知道。反正我知道兰波和米兰·昆德拉都有这样的想法，我也想。生活在别处并不是要逃避现实，只是想让自己的心境处于一种更闲适的状态，让自己的灵魂能暂时跳出常规环境之外。

秋天是一个最能唤起"生活在别处"之渴望的季节。我叫它"出逃的心情"。随着秋风的缠绕，思想不时开开小差，一会儿跳跃到果实累累的枝头，一会儿游荡于激滟的秋水之上，让肉身徘徊在熟悉又陌生的都市街头，真的想谁也不认识我，我谁也不认识。一张张脸从我面前经过，我只当他们是陌生的游魂，而我也是一个游魂，谁和谁也没有交集，平行而过，安享自己孤独的快乐。

有时候，真的需要孤独的心境。不再需要扮演各种角色，让灵魂携着这副必需的皮囊到处游走，回归本真的自己。周围的一切都有了新的质地，我们也可以更清楚地看自己。

秋给了我们一种氛围，在收获之后，让凄凉显得更加凄凉。所以，如果在这个秋天，有人愿意跟你一起"生活在别处"，那么在孤独的旅途中，搭个伴也好。

秋天的眼泪

落叶是秋的眼泪，一阵秋风或是一场秋雨后，扑扑簌簌，枯叶像黄色的蝴蝶在空中飞舞，挣扎着默然落地。怎么舍得就此退场？秋，因为无奈地退场落下了眼泪。

谁又舍得退场呢？可是谁又能够立定时空，永不退场呢？无论生命曾经如何辉煌，我们不得不承认自己只是匆匆一过客罢了。

马可·奥勒留在《沉思录》中感叹："所有事物消失得多么快呀！在宇宙中是物体本身的消失，在时间中是对它们的记忆的消失。"所以，伟大的哲人让我们抓住现在，因为过去已过，将来未来，而唯一属于我们并且能被夺去的只有现在。

踩着满地"秋的眼泪"，秋又发出窸窣的哀声。每个生命的退场不是都能像秋这样辉煌，染黄所有的土地，哭干每一根碧绿的枝条，让落叶献祭。而我们，只求默默无声，既然注定是过客，又何必去惊扰别的生命。

怀念秋天

秋天又一次降临到世界上。

小区围墙上的爬山虎由绿转红，像燃烧着的一团火。路旁的柿子树上灯笼似的果实一个个汁水饱满，把甜甜的感觉流淌进驻足仰望的舌尖。空气沁凉，阳光干爽，老梧桐树下，拿着剃刀的大爷正给人剃头，几位年岁相仿的老人或坐或站，你一言我一语地聊着，头上枯黄的叶子无声飘落。时间在此放缓了步伐，每个路人都能嗅到宁静闲适的味道。

这就是秋天！它无声地闯入呼吸，闯入眼睛，闯入耳朵，闯入所有感官。色彩的变幻，果实的饱满，人心的安宁，汇成一首庞大的交响，让人无不为它的丰饶欢呼赞叹。

喜欢在秋天的凉爽空气里行走，喜欢把脚下的落叶踩得哗哗响，喜欢梧桐树的叶子从肩头滑落，喜欢听秋虫在静谧的夜晚不住地吟唱……然而在所有的喜欢之上，我更喜欢儿时那些关于秋天的游戏。

"拔老根儿"是秋天里孩子们经常玩的游戏。把梧桐树和杨树的叶片退净，只留下叶柄，两个孩子手里各执一根，然后把两根叶柄勾在一起，两个孩子两手较劲使劲拔，谁的"老根儿"先断成两段，谁就输了。每年秋天，孩子们乐此不疲地玩着自创游

戏"拔老根儿"，在秋天里淘取无尽的欢乐。

采集火红的叶子做标本是女孩子最爱做的事。在叶子上写上美丽的诗句，夹在一本书里，或者把叶子固定在日记和诗集的扉页上，周围再以各种彩色的图画做装饰，火红的秋天便随着一片叶子进驻一颗柔软的心，给幻梦中的人带去更惬意的幻梦。

秋天让草丛中的蚂蚱失去了力量，这些可怜的家伙在黄绿色的草尖上颤抖，俯身捉住它们不再是件难事。把碧绿的蚂蚱穿成串儿，比谁捉得多，一直被男孩子们视为秋天的一件大事。整个夏天都在"杀戮"昆虫的孩子们，获得了自豪与满足之后，再把它们放掉，这些劫后的孱弱身躯尚可在秋风中残喘片刻。

儿时的秋天，总是在与自然的亲密接触中快乐地度过，那份情感就像饮过了一杯香醇浓郁的酒，回味悠长。

如今，面对秋天，我仍怀着一颗欢快的心。年龄渐长，心境却一如从前，没有败落感，也从不抑郁。秋天赋予我的是顽皮童真，亦是成熟满足。再没有哪一个季节会唤起俏皮的小女子情怀，少女般缱绻的情愫，以及为成熟而欢歌的喜悦。

离儿时越远，越怀念儿时秋天里的游戏；离儿时越远，越感谢儿时的秋天对一个灵魂的铸造。也许秋天本是无意，我却深信在这寰宇之上定有一双手在操控，四季轮回，在每个生命上留下痕迹，如树之年轮，路之辙印，再也无法抹去。

越是亲近秋天，越是怀念秋天。我的心为秋天欢唱，我的眼为秋天涌泪，我的精神为秋天勃发生机。在这秋的缠绵意境里，我愿以一地枯黄为床，与秋拥眠于秋风微拂的天地，唯有如此，不安的肉体和灵魂才得永世安息。

离歌

立秋的次日夜里，一场大雨突临天津。闪电密集地列队而来，划破黑夜，把重重的雨点摔打在地面上。听不到雷声，只有雨点忽疾忽缓地坠落，连成一条倾泻的瀑布。还记得刚刚睡下时窗外是何等静谧的夜，秋虫浅唱，那轻得近乎缥缈的歌声在夜色里飘荡，一丝离愁不断发酵。一首离歌在心底唱响，无人聆听，唯有自己听得真切而感动。

刚刚到来的秋天，还只是一个不能逞威的婴孩，夏的威慑力仍在，秋没有立足之地。树木仍旧葱郁茂盛，知了仍旧唱着呆板的歌，人们仍旧出来纳凉，穿着背心短裤，手里摇着蒲扇，西瓜和桃子仍旧堆积在路旁，像一个个鲜亮的小山包。既然夏不退场，秋只好驻足空中，于是一立秋，天空一下子高远了很多，天色湛蓝，白云轻扫。秋居高临下窥视着夏的逐渐老迈和衰弱，伺机将它赶走，占领所有的地盘。

秋的到来昭示着夏的离开，虽然缓慢，但无法阻挡。一首离歌轻轻唱响，这首歌会日渐响亮，直至占领蓊郁的树林，青青的草地，湿热的空气，乃至每个人的身躯。在这样的季节里，我羡慕那些悠闲自得的人，他们在街边的烧烤摊前小聚，吃着喝着聊着，似乎这个世界的一切变化都与他们无关。等到天冷了，在街边坐不住的季节到来时，他们便缩进自己温暖的家，继续悠闲的生活。他们也会哭，甚至是淋漓畅快地大哭，但是在他们的世界里没有离歌，离歌是什么样的曲调，他们也从不去寻觅。

然而，有一些人，比如我这样的异类，常常能听到那一首离歌。哇哇啼哭着来到世上的婴儿，离开了母亲安全温暖的子宫，便唱起了人生的第一首离歌，只不过那是出于本能。小时候，我并不懂得别离的滋味。慈祥的奶奶去世时，我只有五岁，对于生离死别毫无准备和提防。奶奶躺在堂屋的中央，人们匍匐在她周围痛哭，我揪着母亲丧服上的白色腰带，茫然地看着这一出意外的"戏剧"。突然，一只巴掌重重地落在我的屁股上。一位我熟悉的邻居老奶奶，平日慈眉善目，如今却横眉立目地瞪着我喊道："你奶奶死了，你还不哭！"我捂着疼痛的屁股顿时大哭起来，嘴里喊着："妈！"

这是留存在我记忆里的第一首离歌，出于不情愿，根本也是不懂得，多年之后想起，觉得就像一出滑稽的戏剧。虽然有一点儿对慈爱的奶奶的大不敬，但是说实话，我心里没有太多悲哀，甚至滑稽大于悲哀。

当我逐渐长大，迎来又送走了很多个春夏秋冬，善于总结的我发现，人生是一首又一首离歌，而我也学会了唱这一首离歌。姥爷去世的时候，我十几岁了，母亲红肿着眼睛回家来接我去参加他的葬礼。一路上，我努力酝酿着悲哀的情绪，告诉自己，姥爷死了，应该哭，可是一滴眼泪也挤不出来，因此心里充满了自责和恐慌。一路惴惴不安，进了姥爷的村子，远远看见大门外钉着一把白纸钱，不知为什么，我的眼睛瞬间被泪水覆盖。直至进了堂屋，看见姥爷躺在中央，我竟泣不成声。这是一首发自内心的离歌，我找到了它的存在，在那样的年龄，我必定要把这首歌放声高唱。从此，这个世界的一切都不再硬邦邦，一片飘落的秋叶、一朵在手心融化的雪花，都会勾起我心底的那首离歌，它常常在我耳畔回响，每一个音符都带着感伤。

独自骑行在雨后的清晨，空气湿润清凉，喝饱了水的高大树木不时落下水滴，砸在下面的灌木上，落进草丛中，水珠在绿叶上滚动、落下，像一滴滴清澈的泪。在如此潮湿的清晨，眼泪可以忽略不计了吧，一首离歌在静谧的晨光中隐约响起，我却可以紧闭着嘴，不发一声。从牙牙学语的孩童开始，人们就心存一个信念：要努力长大，变得成熟。二十岁时，每个人都努力充实自己，重塑自我，希望变成别人喜欢的模样。到了四十岁、五十岁的时候，人们却又说，做自己就好，回归本真。曾经努力建设的，如今又要努力拆毁，在不断的建设和拆毁中，其实每个人早已不是原来那个自己了。比如，痛快地唱一首离歌，对于一个不断建设又拆毁自己的人是多么艰难啊。从容地分别，把眼泪留给自己，谁与谁相遇都并非偶然，不过，有些人的离开不关我们的痛痒，有些人则会让我们不舍，可是你已学会闭口不说。离歌，就在心里低吟吧，免得打破这静谧温润的空气晕染出的惬意氛围。

小时候，我很喜欢看夕阳。那时，我家住在村子最南端，视野开阔。每个黄昏，我都站在院子里的台阶上，眺望夕阳西下的美景。西边的天空浓墨重彩，如一幅辉煌的油画，太阳从整张红脸变为半张红脸，再从半张红脸完全沉入地平线，热力逐渐减弱，天空的色彩或明或暗，其间的变化之美让人惊叹。偶尔，一只归巢的鸟划过深沉辽阔的天空，给那凝重的夕阳美景平添一份灵动的生机。我被这样的美景深深吸引，每天痴痴地踮着脚尖望天，直到黑暗笼罩村庄。后来，我家房前要盖新房，拉来的新土堆成一座高高的土山，每天傍晚，我就爬上土山，坐在"山尖"上看夕阳。一些和我年龄相仿的孩子在土山下奔跑玩耍，他们的欢笑声惊扰不了我聚精会神的凝望。当夕阳的最后一抹余晖接近地平线时，村里传来家长此起彼伏的喊声，我才恋恋不舍地下了土山，跟着伙伴们跑回家去。以后的很多年里，我总是习惯在黄昏时张望天空，寻找一天作别时大自然呈现的美景。那是一首壮美的离歌，日光唱给白云，白云唱给天空，天空唱给来接班的月亮和星辰。很多人像我一样热爱这首离歌，因为它会消逝，不可长存，正如一个人的生命，因为有限，才显得弥足珍贵，才被不断歌咏和赞美。

雨后清晨，路上没有什么行人和车辆，自行车的车轮亲吻着马路，在湿漉漉的马路上划过一道印记。这道印记在车轮下绽开，在车轮后闭合，像一首短小的离歌。哲学家告诉我们，没有人能两次踏进同一条河流。这么说来，也没有一辆自行车能两次亲吻同一条雨后的马路。时间改变着一切，即便四季周而复始，这一个秋天也已经不是去年的那一个了。至于芸芸众生，更是在时间的轮回与交替中，被层层碾压，成为看不见的尘埃。

中国人忌讳谈死亡，明知道人生有很多条道路，每一条都通向同一个目的地，可是仍然固执地不愿触及。这种自欺，让一首首离歌无法痛快地唱响，只能在心底默默回旋，或者干脆在思想里被排斥打压。我们的含蓄，让我们闭口；我们的恐惧，让我们躲避；我们的绝望，让我们灰心，以致自暴自弃。于是"抓住当下"的声音变得强烈，也让我们得以暂时摆脱恐惧绝望等情绪，并对今生产生略显真实的印象。

人生是一首首离歌，在时间的包抄围堵之下，我们遇到的人、经历的事，不论当时多么重要、紧急，都将慢慢失去它的作用力，甚或离我们远去。就像这个夏天，刚一入伏，居高不下的气温笼罩城市，就连最不怕热的人也躲进了空调房，暴露于室外的一切接受着刑罚般的炙烤，整座城市都有度日如年之感。然而，十几天后，天气突然由热转凉，怪异的转变令人惊讶，而今，秋已经预告了它的来临，不久这个世界就会变成它想要的模样。可见，在时间之内，没有什么事物可以永恒，离歌总会唱响，这是一条绝对公平的定律，它必定存在。

雨，再一次淅淅沥沥下起来的时候，自行车已经到了目的地，昨夜的闪电没有来。猛然想起昨夜做了一个短梦，梦中有个身影坐在我的床头，那扑面而来的呼吸像一只温柔的手，抚摸着我的寸寸肌肤，黑暗中我伸出手去捕捉，床边的身影却倏忽消失。这梦如此清晰地重现，我心里不由一凛，秋雨正扫过脸颊。马路上空旷无人，街边的店铺门窗紧闭，唯有一家亮起灯，敞开门。老字号的面馆透着温馨，如一位面容亲切的故人。丝丝暖意传遍全身，惆怅开始瓦解，心绪转为宁静，生命的真实感复燃。

新的一天已经到来，离歌每天都会响起，而欢迎之歌也在此时唱响，时间送来离愁，也送来喜悦，新生命诞生的欢欣总是大于旧生命逝去的哀伤。故人远行，也许此刻的分别并非失去，而是意味着永远地得到——各自得到一份永存的情谊。正视生命之离歌，并尽早跨越它，才能从人生的喧哗中找到灵魂的安宁。

还是绽开笑脸迎接新的一天吧，趁我们还在，而死亡还远的时候。

（注：此文因 2017 年送 Z 君远行而作。）

那些年的雪

　　初冬的早晨，记忆带我重回童年，重回那个巴掌大的小村子。也是个冬天的早晨，一夜过后，大雪封门。我蜷缩在被窝里，怀念着童年的大雪，记得那时的平房很冷很冷，房顶上常能看到下垂的冰凌，然而此刻，回忆里的一切都包裹在橙色的暖光里，泪水不听话地流下来，沾湿了枕巾。

　　记忆中，童年的冬天总有下不完的大雪，我家的两扇木门经常被大雪封住，父亲和母亲小心翼翼地拉开门，门外的雪猛地堆进屋子里。小院里的雪没过我的小腿，我艰难地走在雪中，试图用笤帚推动厚厚的雪，却总是徒劳。父亲用铁锹把洁白的雪一锹锹收到柳条背筐里，母亲把一筐筐雪背出院子，堆在街道的一边。我在雪地上欢跳玩耍，一会儿凑到窗台上细数雪花晶莹的花瓣，一会儿抓起一把雪团成坚硬的雪球，一会儿用脚扬起地上细细的雪，看它们在风中飞舞，一会儿使劲跺着脚，把脚下的雪踩成冰板。童年，是无忧无虑的简单，就像轻盈飘落的雪花，顽皮，不带恶意，又毫无心事。那时，母亲的面庞光滑洁白，父亲的身形挺拔矫健，虽然看上去他总是很疲倦的样子。

　　大雪，在我童年的世界里是轻飘飘的美，是可爱的洁白，是冬天给予小村子的优雅装饰。在雪地里玩累了，我跑回屋子里，屋子里不像如今有暖气的房子这么暖和，不过，只要围在火炉旁，就有无限的温暖和满足。我在火炉旁烤着冻得通红的手，手暖和了，搬个小板凳坐在火炉旁再烤脚。棉鞋头湿了，袜子湿了，大脚趾冰凉，我把脚凑到火炉跟前烤着，脚尖不停地动着，看薄薄的烟雾从脚尖升起，那是一种惬意的享受。

　　童年的我特别盼望冬天下雪，下大雪往往是快过年的信号，一想到春节将至，我的心就像小鹿般欢跳。大雪，在我的世界里是喜讯，轻盈又美好，带着音乐的韵律无声落下，落在我清澈的心灵之湖里。可是，幼小的我不知道，在年轻的父母身上，大雪却是一副重担，险些就把他们压垮。五年之内盖房搬家的命令像悬在他们头上的达摩克利斯之剑，寒光闪闪。

　　父亲的疲倦不是没有缘由的。他做民办教师，工资微薄，实在难以攒够盖房子的钱，母亲在生产队的工分成了一笔可观的收入。春节前的冬夜，窗外雪花飘飞，结算了一年工分的母亲会把分到的工钱数了又数，然后自言自语地盘算着还差多少钱才够盖起三间砖房。于是，明年的计划在她脑子里成型，对三间砖房的期待也愈发迫切。

　　每个月计划着吃油吃盐吃米，白面是绝对舍不得吃的。几只散养的母鸡下了蛋就被母亲搜集起来，攒够一篮子，提到市区，走街串巷跟市民们换几十斤粳米，再徒步几十里不辞辛苦背回家。冬天，白菜、土豆、山芋、粳米饭、玉米面窝窝头是主要食物，这样的日子过了一年又一年。

　　童年的幼稚掩盖了生活的一切苦，大雪更把许多艰难遮蔽。现实对一个孩子来说总不至于那么残酷，因为孩子的眼睛总是追逐着欢乐和美好。对于成年人却不是这样。再美丽的景色也不能让他们忘记生活的残酷，即便是轻盈的雪花，落在他们肩上也会成为重担，一直压到心底。我年轻的父亲母亲就是在这样的重压下，度过了五年，攒够了盖三间砖房的钱。

小村子早在多年前就已面目全非。旧地重游，我们一度梦寐以求、无比珍视的新瓦房成了一堆破烂不堪的瓦砾。在这之前的一些年里，父亲和母亲就开始盼着快些拆迁，因为房子的一角将要坍塌，已是岌岌可危。还记得新房初盖起的情景，上梁的鞭炮声响彻整个村庄上空，硫黄的味道在空气里弥漫，我贪婪地吸着，像个犯了烟瘾的人。我没有加入抢糖果的人群。随着鞭炮声四起，从房梁上抛下来的糖果被蜂拥而上的人们一抢而光，我只是站在一边看着，心里揣着喜滋滋的满足。这是我家盖房子啊，我家有了新房子。

多年之后回忆起来，父亲母亲不免常常感慨，人这一辈子没有过不去的关啊。当年，继父残忍地将一对年轻的夫妻和两个幼小的孩子赶出家门，并给出五年"大限"的时候，他以为他们准会饿死吧，他以为他们准不会盖起新房子吧？还有那一个个寒冷的冬天，他们怎么能过得去呢？借给他们住的那两间房子，梁上没有草把子，不过是檩条加上青砖，风一吹就透，雪一下就结冰凌，屋子里俨然一个冰窟，而一家人的取暖设备就是一个小小的铁皮炉子。

如今，我依然喜欢把自己紧紧裹在被筒里睡觉，这是童年留下的习惯，把自己包裹得严严实实，抵御被窝以外的寒冷，也抵御一切不安全。那时候，每天睡前，父亲都会装两玻璃瓶子热水，放到我和弟弟被窝里。我用热水瓶暖着脚睡去，并不觉得有多么冷。次日早晨醒来，我喜欢拉开窗帘看玻璃窗上糊得厚厚的冰花，每一块玻璃上的画面各不相同，有的像森林，有的像群山，有的像沟壑。我躺在床上，静静地等着太阳一点点升起，看它们一点点融化。先是玻璃的四角，然后逐渐向中间蔓延，森林、群山、沟壑缓慢消逝，一摊摊清水顺着玻璃流淌，宛如一行行眼泪。

搬进了新房子，我对雪的记忆就模糊了，甚至不记得下过大雪，更不记得曾经大雪封门。所有关于雪的记忆都在那寄人篱下的老屋，那里本不是我的家，可不知为什么，关于雪的一切往事都在那个不是我家的"家"里。对新房子的记忆是清爽宜人的春天和绿油油的夏天。暑假，父亲母亲买来米黄色的塑料天花板，自己动手吊屋顶。整个假期里，父亲用一块块砖垒起高高的墙头，安上厚重的木门。屋里屋外一点点收拾，做了新家具，盖了小厢房，院子里漫上了红砖，花池里种上了草茉莉。

雪，永远封存在了我的记忆里，直到有一天，我们回到遍地瓦砾的村庄。

站在一堆瓦砾前，我竟然没有认出老宅。几十年前，它是我们一家的盼望，一度是我们温暖安稳的家。小小的村庄因循着自然的规律，昼醒夜寐。清晨婉转的鸟鸣，傍晚母亲呼唤孩子回家的声浪，像一首首音韵优美的歌曲，构成了小村子悠长岁月的一部分，而我们的家，就是这首歌曲中的一个美妙音符。

几十年后的今天，我才明白，家并非一个地理意义上的存在，家是随着人挪移的，人在哪里，家在哪里。人们始终惦念的故乡，有一天会让你认不出它的模样，让你怀疑是否有一群充满活力的人曾在这里悲喜过、奋斗过、挣扎过。它的荒芜、落寞、孤寂，投射到你的心海里，让你生出无限怅惘和虚空之感。

眼前破败的小村子就给了我这样的感受。村庄被大雪覆盖，不，应该是成堆的瓦砾被大雪覆盖，有零星几座房屋挺立着，门户紧闭。那是我们过去的邻居，他们对拆迁后楼房的分配不满，坚持不搬迁。一晃几年，乡村败落，他们就像被时代抛弃的婴孩，在一艘不明方向的破船上摇晃，而我们跟他们的距离已经不是时间可以丈量的。

我们曾心心念念的新房子，早已完成了它的历史使命，连同小村子一起湮没在岁月的尘埃中。只是在我们对它满怀期待的那五年里，我们是如此执着，也许正是父亲母亲传递给我的这份执着，让我对那些年关于雪的记忆格外深刻。

怀念大雪封门，怀念童年的单纯无知，正是那漫天漫地的雪和孩童的单纯保护了我，让我免受世间许多无情的伤害。在孩子眼里，雪永远是洁白的，雪落在人世间，整个世界就立刻圣洁美好了。孩子的心不会琢磨雪下埋藏着什么，不会把雪看作一种假象，这也正是孩童快乐的缘由。正如尼采在《悲剧的诞生》里所讲，因为真理和理性会危害生命，所以若要肯定生命，就必须否定真理和知识，拥抱谎言。不知道我年轻的父亲和母亲是怎么看待这一切的。那时的他们对于苦难有着明晰的认识，他们不会被雪洁白的假象迷惑，就此忘记自己背负的重担。面对压在生命之上的厚厚的雪，他们能做的就是一锹锹铲，一筐筐背，一点点把重担挪开，辟出一片属于自己的安身立命之地。

那些年的雪啊，给了我们不同的感受，不同的记忆。于我，那是清明与美好；于父母，那是桎梏与重担。在此后的人生中，我再没有遇到过童年那么大的雪。对于雪，我也有了不一样的认知。不过，我仍然怀恋童年的大雪封门，还是巴望着能重回孩子般的眼光，欢喜于雪的洁白，世界的圣洁，人间的美好。

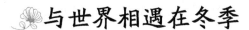与世界相遇在冬季

北方的冬天可以用一个"冷"字总结，近几年又多了一个"霾"字。而在我眼里，冷和霾还算不得冬天的要义，"无色彩"才是冬天有别于其他季节的最大特点。

一年中的春、夏、秋三季，要么郁郁葱葱，要么花红柳绿，要么金黄遍野，空气里弥漫的是泥土、植物与世俗烟火混合的气息，生命的蓬勃苗壮随处散落，俯拾皆是。冬天却是另一番模样。所有世间之物都隐藏起锋芒，穿上灰头土脸的衣袍，空气干冷，没有任何味道，万物的个性被"无色彩"消弭于无形，达到了最大的共性。

我出生在"无色彩"的冬天。一个寒冷的冬日清晨，一个渺小的海中沙似的生命与世界相遇。不喜欢冬天的无色彩，但喜欢皑皑白雪的世界；不喜欢冬天的干冷，但喜欢一家人围炉而坐的温馨。这就是我对冬天最初的态度。

总感觉儿时的冬天比现在冷很多，土地冻成一块块硬疙瘩，小村子的夜晚静得连狗吠声都没有。闲下来的人们用整夜不熄的炉火煲一盘瓜子或一捧花生，坐在床沿上，商量开春的农活，谈论世间的生死。人们有口无心的话语和吃瓜子花生的脆响在房梁上飘荡，四溢的香气温暖了冰冷的屋子，于是，喝够热茶的人们

心满意足地甜甜入梦，第二天清晨醒来，望着窗玻璃上结得厚厚的冰花发愣。

冬日清晨的薄霜是个诡秘的来客，它没有冬雪气势浩荡，在无色彩的季节里却是一个不小的惊喜，枯树蒿草都化身为白衣天使，让清晨惺忪的睡眼倏然一亮。喜欢小村子里冬天冷冽的空气。踩着苍白坚硬的地面，走进冷冷的怀抱，没有一丝味道的冷空气瞬间钻进鼻孔，把鼻黏膜刺激得不轻。在"三九不出手"的季节里，口中呼出的气息化作一团团哈气，犹如白色的雾霭在每个人眼前缭绕，不尽不绝，给生存平添了浪漫的诗意。

儿时的冬天，大地荒凉枯败，天空却湛蓝明澈，凛冽的北风把天空打扫得干干净净，为夜晚繁星的璀璨登场准备了舞台。白日里灰头土脸的世界，在黑夜里变得旖旎多姿，"无色彩"的冬天此刻有了清澈灵动之气。寒风呼啸的寒夜，穿窿之下的人们坐在窗前，用手指轻轻抹去窗玻璃上浅浅的雾气，遥望天际，总不免浮想联翩。过去的故事，将来的希望，都流淌进当下的心绪里，浑身充满向前的力量。

离开了淳朴的小村子，告别了儿时的简单，站在当下，回望往昔，许多曾经视而不见的冬日片段猛然就鲜活起来。那是冬天赋予我的特别礼物，因为我与世界相遇在冬季。于是，心里曾经对寒冷的憎恶，对单调的无色彩的反感，一扫而光，取而代之的尽是缱绻的怀念。

听说最近有的城市为了装点冬天无色彩的市容，给枯树安装假枫叶，为此还引发了公众的争论。看来好心未必做成好事。在众生眼中，无色彩正是冬天的特点，抹杀这份独特本就不该。这个世界已经有了太多的姹紫嫣红，何不让冬天素颜亮相呢？在春、夏、秋三季里，不同的人、事、物已经张扬了太多个性，展现了太多不同。在寒冷的冬天，让一切被无色彩同化，让骄傲的、卑微的、张扬的、压抑的、美丽的、丑陋的都有机会穿上同样的衣袍，看到彼此的共性，或许对谁都有裨益。这么一想，我反倒喜欢上了冬天的无色彩，它似乎在昭告天下，除去附着在身的浮华，世间一切完全一样！

与世界相遇在冬季，总觉得自己的性格也沾染了冬的脾气，恰如冬迥异于春、夏、秋，多少有些特立独行。在世间待得久了，人人都披上了一层无形的甲胄，有的薄，有的厚，生在冬天的我也难成例外。磕磕绊绊在世间走过几十个寒暑，终于学得乖巧驯顺，然而，冬天赋予我的"无色彩"，时常撞击我的灵魂，让我不能把无形的甲胄牢牢披在身上。

如今，冬天不冷，北风无力，雾霾时常笼罩城市。白天照样无色彩，夜晚看不到熠熠星辰，被尘世的雾霾阻隔的灵魂，和天宇之间的距离越来越遥远。抛开了中庸之道的人们，一会儿偏向这边，一会儿偏向那边，在物质的挤压下，精神世界独有的丰富没了立锥之地。

珍惜与世界相遇在冬季，所以总忘不了冬天本来的模样。怀念"无色彩"的世界里清澈的繁星，怀念瓜子花生的香气，怀念美丽的玻璃冰花，怀念眼前缥缥缈缈的哈气，怀念一个个捡不回来的久远的梦。

 # 大地的印章

　　睡前，我去厨房喝水，透过窗，看见露台上白亮亮的。把脸凑到玻璃上细看，我发现露台上覆盖着一层洁白的细雪，心里一阵激动。今冬的第一场雪，终于在人们的翘首热盼中，含羞带怯地露面了。

　　清晨六点下楼去赶班车，整个小区在黑暗中泛着白光，路上的雪还没有被人踩过，我成为第一个践踏白雪的圣洁身躯的"恶人"。厚实的雪在脚下发出咯吱的细响，像一首歌伴我前行。突然有在雪地上打个滚的冲动，可是，我的脚步没有停止，只有回忆如鹰展翅高飞。

　　记得我上小学时，有一年雪下得格外大。那时，我们村的小学早已跟旁边村子的小学合并，所以，我们每天上学要多走些路。那天的雪太深了，而且越往村外走越深，我和几个同学走到村口，雪已经没过了我们的小腿。村外的路崎岖不平，白雪隐藏了一切，也让我们对熟悉的路失去了判断力，白茫茫的天地如浩渺的海洋，我们要迷失其中了。在两个村子的交接处有一段路很洼，像一个浅坑，可是现在我们不知道它会在哪里出现。雪抹平了一切，呈现出来的是一张平整的白色大床，假象让人心生恐惧，洁白下面会不会有一个吃人的黑洞？我们个个惴惴不安。那年秋天，我姑

姑刚刚从师范学校毕业，分配到我们小学当老师，每天她走得比我们早，这一天她却没有自己先走，而是在村口等着我们。当我们看见她站在一片苍茫之中，真像遇到了救命的天使。

姑姑一步步试探着在前面走，我们排成一队在后面跟，她每在雪地上踏出一个脚印，我们就踏上那个深深凹陷的脚印。在村外白茫茫的荒野里，我们就像一群小鸡跟着老母鸡。我们走进了那片低洼地，雪瞬间没过了我们的膝盖，接近大腿窝，每走一步都要做高抬腿的动作。我们侧着身子，拉起手，相互借力，踏着姑姑踩出的雪坑，艰难地走出了那片深雪区。站住回眸，我被那一串深深的脚印吸引，它们就像一枚枚印章，清晰地刻在洁白如纸的大地上。

下雪的天气并不冷，冷的是化雪时。过去，道路上不撒融雪剂，白雪皑皑的景色要驻留很多天，那些以雪为模子"刻"出的印章，因寒冷而冻结，得以暂时保留在大地上。它们如衣服上的流苏，床单上的花朵，给纤尘不染的世界印上了人类的痕迹。于是，尘烟入侵，白雪不再高高在上，冷艳孤绝。每个阳光充足的午后，雪缓慢地收缩着，那些因雪而生的印章，一点点浅淡模糊，大地逐渐显露出本色，黑褐色的土地冰冷深沉，大地的印章隐进黑褐色里，就像精灵隐于黑夜中。

走在撒过融雪剂的马路上，黑乎乎的泥水纠缠着我的脚步，我的裤腿上留下许多肮脏的泥点儿。在冬天的城市里，雪是酿造车祸的罪魁，阻挡人们出行的元凶，必须及时消灭。被强行融化的雪，经行人踩踏、车辆碾压，如烂泥一般，大地的印章无法存留，而我只能从回忆中回来，在一片沸腾和匆忙中狠狠地吸几口清冽如泉的空气。要知道，在一座现代化大都市里，这样的空气也是很宝贵的。

恋恋乡土

会唱歌的树

在我的童年，曾经有一片会唱歌的树。

那时，我只有六七岁的样子，家里盖了新房子，在村子的最南端。新房前是成片的菜地和田野，饱满滚圆的圆白菜，丛丛簇簇开着各色花朵的野生植物，辗转飞舞的蜂蝶，恰好跟篱笆小院的格调调和，清新写意。

每天早晨拉开窗帘，我都要趴在窗台上往外张望一会儿，几只鸡在小院里啄食，豆角爬满了篱笆，越过它们，天地广阔。整齐的耕地，弯曲的小路，青翠的田野，直到一片浓密的屏障挡住我的视线。那是一片蓊郁的大树，从遥远的地底冒出来，像一条平展的横线，切断了天与地的连接，黑压压地凝立着。

我对这片大树产生了极大的好奇，走近看，它们究竟长什么样子？它们后面又藏着些什么？我向往着有一天能破解心中的谜团。

温暖的季节很快过去，北方的冬天让万物肃杀，土地袒露着褐色的胸膛。窗外的那条横线不再浓密，在如刀的北风下，树干清癯地裸露着，像直立的围栏。每天清晨，我躺在床上，静静地感受阳光一点点暖起来，玻璃上冰冻的窗花慢慢融化成水，那一片遥远的树木就又呈现在眼前。它们的枝杈遒劲地伸向天空，让人联想到孤独、绝望这样的字眼。

待绿意重回大地，又一个花儿与蜂蝶竞相媲美的季节到来时，我下定决心去探险。

一天下午，我从午睡中醒来，约了几个小伙伴去田野里玩。我们掐野花，捉蝴蝶，一直向南走去。那条模糊的横线渐渐消失，太阳偏西的时候，一棵棵粗壮的大树像士兵一样整齐地列着队迎接我们。然而，我们万万没想到，瞬间我们几个小孩子就被歌声包围了。隔着一条小河，树冠上正在进行着一场震撼人心的演唱会。这真是一场气势恢宏的音乐会，无数只知了组成的歌唱团把单一的音调唱出了长短粗细不一的风格，空气中充斥着无数个大大小小的音符，而只有一个音节——"吱"。

我们站在原地呆愣了半天，手里的野花掉落在地上，才知道回头向村子张望，一座座砖红色的房子像一个个火柴盒。我们虽然惊讶，走得实在太远，但是脚步没有停下，跨过小河，我们用胳膊去搂抱那些树皮皲裂的大树，仰望参天的树冠，寻找着栖息在树上的"歌唱家"。

我们投入了音符的怀抱，那群体性的沙哑音符，在每一个细小的空间乱窜，渗进每一个看不见的细胞深处，在那里胀大、分解，再发散出来，于是世界被更多的音符充满。我们似乎也成了一个个跳跃的音符，全身的血液都要迸出来参与演唱。

在两列望不到尽头的大树之间是一条乡间土路，茂密的枝叶挡住了阳光，从枝繁叶茂的缝隙里仰望天空，天空狭小逼仄。土路略带潮湿，空气清凉，可是树上的歌声总让人忘不了季节时令，我们看不见那些歌者，只有耳朵里灌满的歌声。

我终于看到了大树后面隐藏的世界。

直挺挺的玉米秸秆，微微低着头的麦穗，不是一根一束，而是与天地相接的一大片。我恍然大悟，原来这些大树是一道分割线，把田地分成两边，一边种蔬菜，一边种粮食。我们常能看到各种蔬菜，却从未见过处于生长状态的庄稼，只因距离的原因。

大树仍在歌唱，歌声像千万根丝线，从无数个方向发射出来，紧紧缠绕着我们的心。在这片撼动人心的歌声中，一辆驴车从我们身边缓慢悠然地行过，赶车的人手里攥着鞭子，身体松弛地靠在麦秸堆上，看都没看我们一眼。

我们目送驴车沿着土路向东，忽然，几缕麦穗从驴车上滑落下来，于是大家跑上去，争着捡起麦穗，拿在手里像举着骄傲的战利品。我们跟在驴车后面前行，贪婪地希望驴车上还能掉下麦穗。我们不敢伸手去驴车上拿，都单纯地认为掉在地上的捡起来不算偷。

大树上的那些歌唱家丝毫没有疲惫的迹象，歌声一路伴着我们前行。然而，日光越来越暗，当我们意识到时间不早，回头望向身后的夕阳，夕阳已经只剩下半张红扑扑的脸。

我们惶恐起来。可是谁也不敢把内心的惶恐与人分享。我们停住脚步，寻思着赶驴车的人可能是给我们撒了蒙汗药，正计划着把我们几个孩子引到很远的地方，再动手行凶。这是大人们经常给小孩子讲的故事。心里一怕，脑袋清醒了很多，我们扔了麦穗，撒腿往家的方向奔跑。

那天晚上，我们回到家里，每个人都少不了被家长一顿数落。几家的大人倾巢出动，四处找我们。德高望重的抗日老兵祁大爷是村广播站的"主播"，饭碗端在手里还没吃，又撂在饭桌上，一溜小跑到大队部的广播站，拧开喇叭，呼喊我们几个孩子的名字。可是我们走得太远了，根本听不到。

那天我们走得真远，以后的日子我们再也没有去过那么远的地方玩耍。虽然挨了批评，但我依然为那天的探险而沾沾自喜，因为我认识了许多会唱歌的树。

我想要一棵会唱歌的树，我希望把它栽在家门前，每天仰望它的高大，聆听它的歌声，让它做我最可靠的伙伴。

又一个春天来临的时候，我终于把自己的愿望说出了口。经过几次跟父母软磨硬泡，我家门前种下了一棵小树苗。父亲说，它叫椿树，叶子可以吃。然而它的叶子太少了，谁舍得再去吃呢？我希望它到了夏天能够长成一棵枝繁叶茂的大树，有许多知了栖息在树冠上，我就坐在它的树荫下读书，享受一个夏天的惬意歌声。

然而，一切并不迎合我的想象。椿树的树冠太小，挡不住炽热的阳光，更没有知了愿意在这棵低矮的植物上安家。我很失望，开始不喜欢这株椿树，却也无奈。

一个夏天的傍晚，我正在椿树下无聊地观察地上的蚂蚁，小表姨经过我家门口，站住向我招手。"表姨带你玩去。"她神秘地对我说。好奇心驱使我向她走去。

村西有一个马厩，马厩旁边有几间平房，窗子糊着报纸，门总是紧闭着。我曾和小伙伴来这里玩过，却不知道这几间平房是干什么用的。小表姨打开一个房门，屋子里阴暗潮湿，屋中间是一个巨大的石磨，一头蒙着脸的驴围着石磨转着圈。我看了一会儿，有点儿眼晕，小表姨拽拽我，把我领到另一间屋子。屋子里有一口巨大的锅，里面盛着深褐色的黏稠的东西。她从桌子上拿起一个白铁皮大勺子，把黏稠的东西舀了满满一勺，递到我眼前。我不解地看着她。她笑着说："喝吧，糖稀。""糖稀"两个字我听得清楚，也听得明白。那时，小孩子们经常花五分钱从小商贩那里买一块软软的糖稀，举在手里，一边吃，一边搅拌。

我捧着大勺子猛喝起来，甚至没有仔细咂摸那甜腻腻的滋味，一大勺糖稀已经进了肚子。小表姨心满意足地在旁边的一把椅子上坐下，编织起她的毛活，我坐在旁边的小板凳上看着她飞针走线。

屋子里很静，隔壁的石磨发出低沉的摩擦声，驴子喘着粗气。虽然自小在村子里长大，但我是破天荒第一次体验这样的生活——真正的农家生活，新奇的事物原来离我这么近，这一发现让我兴奋得心突突狂跳。我只想这么静静地坐着，直到累了闭上眼睛，在石磨的摩擦声和驴子的鼻息声中安然睡去。突然，窗外的广播喇叭刺啦一声响，接着祁大爷熟悉的声音传来，他在喇叭里"喂"了两声之后，喊起了我的名字。我腾地从板凳上弹起来，小表姨也着急地撂下手里的毛活儿。"太晚了，快回家吧。快跑！"她的话已经是多余，因为我早就冲出了屋子。

这次当然又免不了被父母一番埋怨。靠着细小的椿树，我大口大口喘着粗气，胃里翻江倒海。父母越是刨根问底，我越不愿意回答任何问题，我绝不能出卖一番好意的小表姨。然而，孩子在父母面前永远藏不住秘密，哇的一下子，喝进肚子的糖稀全都吐了出来。母亲给我拍后背，父亲给我端白开水。温情最能打动人，我断断续续把事情向他们交代了，又免不了听一番说教。

就在那时，我听到椿树上传来知了的叫声，那声音开始很微弱，似歌手试唱，而后便大胆嘹亮，响彻树梢。

我不喜欢这棵瘦弱的椿树，也不喜欢树上曲调单一的独唱，声音单薄没有气势，而此时更像是在嘲笑我的狼狈。我狠狠地踹了一脚细细的树干，向院子里走去。"你不是要一棵会唱歌的树吗？"母亲拽住我，指指椿树说。"谁说我喜欢它！"我头也不回地答着。身后是母亲的一声轻叹。

不久后，我家垒起了高高的围墙。后来，我家房前盖起一排排新房，耕地、田野、大树从我的视野里快速消失。我如飞般与童年告别，又逃也似的逃出花季岁月，然后决绝地离开故土，向着自己也不知道的未来奔去。

凄凄然很多年飞逝而过，忘了许多旧事，也忘了会唱歌的树。在都市的壁垒中生存，学会了麻木，感官也变得冥顽不灵。

直到不久前偶然回到童年的村庄，我才想起那些会唱歌的树，想起那棵不被我待见的椿树，想起蒙着脸的驴子、沉重的石磨、褐色的糖稀……然而，它们早已融在光阴里。

印象中生气蓬勃的村庄早已变了模样。原来整齐的房屋全都倾倒在高高的地基上，比灾难片里的情景还要骇人。劫后余生的鸡冠花在废墟上不知所措地孤立着，椿树早没了踪影，剩下一个树墩，被碎砖掩盖。我站在一堆瓦砾之上，心里涌起莫大的哀伤。我儿时的家已经面目全非，并即将从地球上消失。

房屋倾倒，眼前的视野再次开阔，可是那排横线似的大树已经消失在地平线上，一些汽车在那遥远的地方快速移动着，原来我自己刚才也是经过那里来到了小村庄。宽阔的马路替代了原来的大树，滚滚车轮让远方不再遥远，谁还会被蛊惑去探险呢？

秋雨淅淅沥沥下了起来，像我心底的眼泪，落在废弃的家园之上。

我的童年闪过我的脑海。我的耳边又响起知了恢宏盛大的合唱。怀念是一个奇妙的东西，我开始怀念椿树，怀念椿树上那只歌唱的知了，怀念一切过往，包括我曾经强烈讨厌、深刻不屑和极力逃避的东西。

很久以来，我一直以为自己脱离了故土，并且脱离得彻底。当我重回儿时的村庄，才恍然明了，一个人永远也走不出自己的故乡。无论他怎么融入周围的喧嚣，无论他如何抹去身上的尘土，灵魂始终不能脱离原乡，过去总会在不经意间影响着当下。这一次归来让我意识到，无论我走到哪里，故乡都会跟我到哪里，它是我身后无法换掉的一幕背景。

没有人能背叛自己的故乡。当我开始对生命进行许多思考，并试着把思考融进文字时，我惊诧地发现，思考的起点永远都是儿时的村庄，那里的风景人物，当时的细节经历，在翻腾的记忆里越发清晰，经过缜密的思维整合，都有型有款地重现在眼前。每当夜深人静，一个人陷入那样的思考时，我愈发深切地感到自己真是无比幸运，在无知任性的岁月里，能饱听一只知了在家门口的椿树上歌唱！

人性充满了吊诡。我们对拥有的东西常不以为意，当被我们抛弃的一切只能在回忆里复活时，它们却有了精金一般的意义。因为对遥远的会唱歌的树怀着强烈的向往，童年的那棵椿树和椿树上单薄的歌声遭到了我无情的轻蔑，不料多年以后，当我面对家园的荒凉，想起曾经和我一起存在过的椿树，竟然百般神伤起来。它对我重要吗？曾经不重要，现在却绝顶重要。

深秋时节，我走进大山，为失去家园的灵魂重新找一处安歇之地。树上果实饱满，树下落黄铺地。踩在蔽路的枯叶上，脚下传来沙沙的吟唱。我被脚下的歌声吸引，肆意迈开脚步，让那歌声更加响亮。

沙沙沙，沙沙沙，它们在为我歌唱。我爱这美妙的歌声，我熟悉它们的歌唱。它们曾在枝繁叶茂的地方歌唱，而今又在我的脚下复活，唱着更加动人的歌。

每个人都有纯朴和青涩的过往，每个人都在美善与丑恶间挣扎存活，每个人都活在当下又连接着历史和未来，每个人也将无一例外地走过生命的茂盛和衰残。但歌声仍在，生命就会不死，不管是那些会唱歌的树，还是那棵孤单的椿树，一旦在一个人的记忆里扎根生长，它们就要不停地欢唱，因为获得释放的灵魂是它们肥沃的土壤。

到田野去

我喜欢田野。田野让我自由。奔跑在田野上，我就像甩掉了
辔头的小马，身心获得最大的舒展和释放。田野里的绿草如浪翻滚，
像一条铺开的绒毯，各色野花星星点点、团团簇簇，像织在绒毯
上的美丽图案，而跳跃在草尖上、隐藏在泥土中的昆虫，是这个
绒毯上最幸福的居民。我羡慕这些居民。

我儿时的大部分光阴是在田野里度过的。我住的小村子南边
是成片的野地和农田。在天津这个大都市的郊区，有谁会想到，
多年以前也曾有这么一片世外桃源。一年之中，除去萧瑟寒冷的
冬天，春、夏、秋三季，我都在田野里玩耍。田野就像我枕边的
布娃娃，从头到脚都是那么熟悉。

春天，草木吐出新绿，田野像一个刚长出胎毛的小孩，清新
可爱。我和小伙伴们奔跑在湿软的土地上，呼吸着泥土的馨香，
把蜷缩了一个冬天的筋骨抻开。在开满金黄的蒲公英的野地上，
我们采摘早开的花朵，插在头上，别在耳边，一阵风来，头上的
花朵纷纷飘落。春风越来越暖，草木越发旺盛，田野里的乐趣开
始增多。拔下一种不知名的蒿草的嫩尖，剥去它的表皮，把一缕
鲜嫩的、带着甘甜气息的绒毛放在嘴里咀嚼；在刚刚翻过的农田
里仔细观察复苏的爬虫，看它们没头没脑地爬来爬去；在清冽的

小河边折一支柔软的柳条，在河面上轻轻荡出圈圈涟漪……天气越来越热，田野里的花次第开放。到了夏天，野草没过脚踝，牵牛花、田旋花、刺蓟花等把田野装饰成了斑斓的大花园。这时，田野里的乐趣更多了。在小河边抓泥鳅、逮小虾，在草尖上捉蚂蚱和螳螂，采摘苍耳扔在彼此的头发上、脖颈里，欢笑声、尖叫声在田野里回荡。玩够了，还要捧一束野花回家，用田野里的欢声笑语和清新之气装点沉闷的房间。等到秋天来临，野雏菊把田野染成片片紫色，蚂蚱在没膝的蒿草尖上无力地喘息，田野由绿转黄，浓浓淡淡的色彩像一幅饱满的油画。我们蹚着蒿草追逐受惊的蚂蚱，掐下芦苇在嘴里吹出婉转的笛音。运气好的话，会捉到一只正在午睡的蛐蛐，把它带回家去，白天和小伙伴来一场斗蛐蛐比赛，晚上听它无休无止地吟唱。

田野，是孩子们的天然游乐场，美丽的人间天堂。到田野去，这是田野无声的召唤，我们的腿回应着它的召唤。奔向田野，就像鱼儿滑入了海洋。

我对田野的感情是复杂的。它给我带来了愉悦，可是也让我时刻心怀恐惧。因为我惧怕田野里随时出没的蛇。这种用腹部爬行，周身布满花纹的生物，给人阴森恐怖之感，不用碰触都能感受到它传递给我的冰冷。我害怕蛇，可是我抵挡不了田野的诱惑，所以每次去田野里玩，我都怀着惴惴不安的心情。在田野里遇到蛇的概率很高，往往我们正在掐野花，伙伴大喊一声"有蛇！"扔下手里的花仓皇而逃，其他人也赶紧跟着跑。亲眼看见蛇的伙伴比其他人更惊恐，站在小路上或田埂上，让心平静下来，再也不敢回去。于是大家离开此处，去找另一片有趣的田野。

有一年夏天，我和几个小伙伴去田野里玩，发生了一起蛇咬事件。那是个仲春时节，阳光明媚，我们在田野里掐着茅草鲜嫩的尖。掐着掐着，我就忘记了对蛇的惧怕，正在开心惬意时，突然一条青花蛇在我脚下扬起头来。这是一条挺粗的蛇，它扬起头的时候，冲我吐出细细的分叉的舌头。我愣了一下，大叫一声"有蛇"，扭头就跑，小伙伴们也跟着跑。跑到小土路上，我浑身不住地打起哆嗦来。以前，我见到的蛇不是盘在低矮的树上，就是匍匐在蒿草下的泥土中，从来没有一条蛇冲我仰起头吐舌头，也许我侵占了它的领地，搅扰了它的大好春梦，它不高兴了吧。我们再也不敢踏进这片田野，商量着去别处。可是，一走路，我隐约觉得右脚面有点儿疼。我坐在地上，脱下袜子，见脚面靠近大脚趾的部位有一道红色的痕迹。我告诉伙伴们，我可能被蛇咬了，不玩了。

那天回到家里，妈妈出去了，爸爸还在上班，要到晚上才能回家。我一个人不知如何是好，在屋子里转来转去。突然想起妈妈曾经用盐水给我擦拭红肿的眼角，告诉我淡盐水有消炎作用，于是，我端出洗脚盆，倒上半盆温水，加进一勺盐，坐在一张小板凳上，把脚泡进盐水里。

我家住的房子在村子的最南端。房子盖起来不久，我们就搬了进来，还没来得及盖院墙。爸爸用竹竿子围起一个间隙很大的篱笆小院，篱笆很矮，坐在堂屋里就能一眼望到远处绿油油的田野。我坐在堂屋里泡脚，把门敞开，目光投向篱笆院外。我死死盯着远处的羊肠小道，妈妈回家必定要踏上这条路。我不时看看自己脚面上的那道伤痕，一阵阵黯然神伤。我听人说过毒蛇可以咬死人，所以我想我可能会死掉，而且很快就会死。我急切地盼着妈妈回家，不想在她回家之前死去，然后我又琢磨，如果我死了，爸妈得多伤心啊，他们会受不了这个打击。想到这一层，我不禁抱着右脚呜呜哭起来，眼泪扑簌簌落在洗脚盆里。当我再次抬起头来，小路上出现了妈妈的身影。

妈妈看了我的脚伤，听了我的诉说，不敢怠慢，领着我去找村医，我们村唯一的大夫是比我大两岁的强子的妈妈。她看了我的脚说："咱们这里还没发生过这种事。"然后给了我妈一小盒药膏。回到家，我像个病人似的爬上床，擦了药膏，躺在床上，可是又担心自己一躺下会死去，就站在床上来回走动，不断地细细体会右脚和右腿有无丝毫变化。

我被蛇咬的事很快传遍了村子。白天无事可做的女人们都来看我。有的妇女很聪明，对我妈说，给她脚脖子上系根红绳，免得蛇毒往上走。我妈从一块红布上剪下一段，给我系上，可是红绳系得并不紧，感觉就像是生孩子的人家大门上拴的红布，主要为了除心病——辟邪。晚上，男人们陆陆续续从单位下班，或从农田里收工回家，从女人们那里听说了我的事，也都跑来看我。我爸爸是第一个看到我的脚伤的男人。他看了我的脚，用怀疑的口气问："是不是野草划的？"我说："不对，我穿着袜子呢。"他说："这可就怪了。"然后就忙他的去了，好像我的脚伤没什么大不了。可是，我心里仍然担忧。

吃过晚饭，我三伯来了。他一进门就说："咱们这里的蛇哪有咬人的？"然后捧起我的脚端详着说，"蛇咬的齿印不是这个形状，你这像草划的。"三伯年轻时在海南岛当过水兵，他说岛上常有毒蛇出没，他亲眼看见过战友被毒蛇咬伤，蛇毒散得很快，我要是真被毒蛇咬了，不会一个下午都没事。他撂下我的脚，跟我爸爸聊起他当兵的经历。三伯的话像是一道赦免令，我的心踏实了很多，脸上露出了笑容。我妈嗔怪地对我说："都是自己吓唬自己。"可是，我坚持认为不是草划的。于是，我的脚伤成了永远的悬案。

　　蛇咬事件就这么平息了。我在家里老实了几天，每天都有小伙伴来约我去田野里玩，我以各种理由推辞，因为心有余悸，害怕再遇见蛇。那几天过得了无生趣。每天，我站在篱笆小院里，望着远处青翠欲滴的田野，点缀其间的斑斓色彩，想着藏在其中的各种奥秘，心里就有一只小手挠啊挠。一天上午，田野里的露水刚刚被阳光蒸干，小伙伴们又来约我了，我再也忍不住，跟着他们就跑出了院子。到田野去，到田野去，像一首歌冲击着我的胸膛，到田野去的欲望胜过了对蛇的恐惧，我重新奔向它。

　　如今，小村子已经荡然无存，儿时的田野只能在我的记忆里延续着一季季荣枯。在熙熙攘攘的世界里，与形形色色的人相处得越多，我越怀念在田野里消磨的时光。人用肉身建造的环境，时常让我感到不自在，被束缚，只有与大自然面对面，我才觉得随性放松。草尖上的露水，草根下的黄土，坚韧的芦苇，不知来自何方的温柔的风，田野把它的所有呈现出来，任人欣赏，任人撷取。我无须揣摩造物主的心思，无须看任何人的脸色，把田野里的一切美好收进眼底，藏在心里，带着它走了一程又一程，在许多个毫无色彩和生机的日子里，慢慢享用，慢慢怀恋。或许，正是田野给了儿时的我一份纯朴的情怀，在以为被蛇咬伤，将要死去时，我最担心的是父母会何等伤心难过，这份担忧甚至超过了自己对死亡的恐惧。以后很长一段时间，我调皮的弟弟常拿蛇咬事件打趣，而我总是先想起自己抱着脚哭泣的情景，那是一个孩子如田野般纯净的心的袒露。

　　我喜欢田野。田野让我自由。在田野里，我成为我自己。我奔跑，我静默，我呼吸，我屏息，融入田野，我就像鸟儿展翅翱翔于天空。我就是一只蚂蚱，一只螳螂，一朵牵牛花，或者一根马唐草，田野是我的居所，我的精神软床。

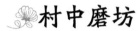村中磨坊

二十世纪七八十年代，每个村子里都有一间磨坊，我们的小村子也不例外。这间残破的房子里，集中了全村机械化程度最高的设备。

过去，农民们自种自吃，地里的麦子要去壳磨成面，玉米粒要磨成粉，因此，磨坊是村民们时常光顾的地方。来磨坊的一般都是成年人，他们提着或背着沉沉的口袋，口袋里装着小麦、玉米，而像我这样的小孩子到磨坊去，通常是为了压面条。

那时，想吃捞面的人家要自带面粉，去磨坊压面条。每次，妈妈都打发我去。我端个小铝盆，盆里盛着二斤面粉，手心里攥着零钱，沿街一直向北，不用走多远就到了磨坊。

磨坊是一间红砖平房，门很窄，用几块不结实的木料拼接而成，刷着绿漆，斑斑驳驳。白天，磨坊的门总是敞着，屋里光线暗淡，高高低低的金属机器加重了室内的昏暗，一步跨进去，要在门口缓一下。忙碌了一天的村民，通常晚饭做得丰盛些。那时，一顿打卤面就是大餐了，所以下午是压面条的高峰时段，去晚了要多排一会儿队。如果恰巧赶上某户人家次日办喜事或给孩子办满月宴，那么这天晚上的面条很有可能吃不上了，因为磨坊要压很多面条，而磨坊是有关门时间的。负责压面条的是村里的一个年轻

小媳妇，手脚麻利，一旦看见有小孩端着面盆略带失望地站在一边，就会同情地把盆接过去，给插个队。

小媳妇称了面粉的重量，把面粉倒进面缸里，加水和面，和好的面团被送上压面机，剩下的工作就由机器来完成。我喜欢压面机。它横躺在磨坊深处的高墙下，静止时一副沉稳冷静的样子，工作时则是一派持重老成的姿态。它有一个粗壮的圆柱形的辊子，辊子横卧着，缓缓转动，金属表面白亮的光泽一闪一闪，就像夜晚被月光照亮的冰面。面团经过它一次次不紧不慢的碾压，逐渐变薄，成为硬实的面片。每压一次，面片就光滑一点儿，似乎金属的光泽渗进了面片里。压匀的面片被送到切刀下，穿过切刀的獠牙，面片变成了一根根细长的面条，如窈窕的淑女。小媳妇伸手抓住切刀下的面条，把有些长的面条揪断，一窝面条就进了我端着的空盆里，接着是第二窝。付了加工费，我端着盆子高高兴兴回家去。

村中磨坊虽然简陋，但在当时绝对是一个重要的地方。它把地里的出产加工成灶膛里可用的主食，喂养着村中百姓，从它那里出来的粮食，经过家家户户房顶的炊烟，把香气送上天空。每个这样的傍晚，都像一次感谢上苍恩惠的大典，百姓的知足感恩被带到万里之遥的天际，居住在那里的神仙恐怕也会为这淳朴的馨香动容。

后来，那间小小的磨坊永远地关闭了，一把大锁永远地锁住了那些能干的机器。它们在黑暗潮湿的屋子里锈迹斑斑，这些缓慢滋生的锈痕就像人身上长出的老年斑。不久，那些畏惧人类、不敢放肆的老鼠在它们的身体里奔来跑去，把粮食的残渣吃得一干二净。压面机光滑如冰面的辊子失去了昔日的光泽，想让它再转动起来，恐怕已是不能，切刀的獠牙如嗜茶人口中的牙齿，布满褐色的污渍。磨坊里的一切，在默默老去，它的整个肌体干瘪，骨骼僵硬，暮气沉沉。村民们抛弃了土地，有的去工厂上班，有的出去经商。面粉、玉米面随处可以买到，就连面条都有现成的出售。进进出出磨坊的村民被路边的小卖铺诱惑去了，方便面、奶茶、面包、可乐……一切都可以买来，即刻入口。

门前冷落鞍马稀。可怜的磨坊望着小卖铺人如流水，唯有黯然神伤。

然后，小村子也老迈了，被抛弃在曾经鲜花着锦的土地上。村民离开了土地，又离开了村子，搬进了现代化的高楼，临走时，谁都没想起跟间接哺育过他们的磨坊道声再见。天上的星星越来越疏淡，袅娜的炊烟不再升起，傍晚馨香的盛典，成了留给嗅觉的美好回忆。每当落日染红西天，破败的磨坊就像个委屈的"老小孩"，孤零零地仰天喃喃：回去，如何才能回去？

黑暗的巷道

　　我是个胆小鬼，很怕黑。黑暗一旦覆盖世界，我就不愿意出门。尽管窗外城市的霓虹彻夜闪烁，我却从不为之心动。

　　我生长在天津的郊区，儿时那里是名副其实的农村，整个小村子被田野和农田包围，人们日出而作，日落而息，日子漫长又庸常。北方村庄里的生活受着季节的支配，春、夏、秋三季，人们活跃得如池中的青蛙。尤其是夏天，村子里无论白天还是傍晚，总响着孩子们的笑闹声，就像十指碰触到钢琴高音区的琴键，突然迸射出响亮的乐音。每个那样的傍晚，我也参与到笑闹中，跟一群小伙伴在街上玩踢罐电报的游戏。

　　踢罐电报的游戏规则是一个人站在明处，守着一个倒扣在地上的罐子，其他人都躲藏起来，守罐子的人要去捉藏起来的人，而藏起来的人要逗引守罐子的人离开罐子，并把罐子踢倒。守罐子的人只有抓到一个藏起来的伙伴，才能和对方交换角色。可想而知，谁都不愿意做守罐子的人，因为翻身很难。游戏开始前，我们总是以石头剪子布的方式决定谁守罐子，而在游戏开始后，藏起来的人则努力保住自己的角色，不愿被守罐子的人捉到。因此，哪里黑，我们就往哪里躲。

　　玩耍的时候，我对黑暗毫无恐惧，哪里僻静，我就跑到哪里，

114

因为很难被守罐子的人发现，心里还觉得无比安全。玩踢罐电报游戏的场所是村子的大队部门前，那里地形开阔，四通八达。大队部的一排房子和前面村民的住房之间隔着一道长长的缝隙，形成一条极窄的巷道，小孩子可以穿过，强壮的成人则无法通行。这条黑暗幽深的巷道成了我们最喜欢穿行的小胡同。穿过这条黑暗的巷道，是大队部的后身，那里隐藏着一个公共厕所。玩踢罐电报时，我们女孩子怕被守罐子的男孩抓到，干脆躲进厕所里不出来，其实就是一种要赖。

玩得兴奋的孩子经常忘记时间，直到家长们此起彼伏的喊声穿透黑暗传入耳中，才钻进黑暗的窄巷，把这次穿越黑暗之旅当作谢幕的玩耍，然后再往家里跑。在溽热潮湿的夏夜，黑暗是孩子们的护身衣，有了它的帮助，任何游戏都有了浓浓的生趣。

然而，冬天的黑暗是可怕的。寒冷催着太阳早早落山，黑暗长久地占领村庄。每到傍晚，小村子的街道上荒凉得只有北风在跑，孩子们蜷在温暖的家里，在昏黄的灯光下，吃了晚饭，便偎在炉火边，像一只懒洋洋的猫。窗外是伸手不见五指的黑暗和呼呼的风声，每当这样的夜晚到来，我都不敢一个人待在一间屋子里。多数时候，我缩在床上，听着收音机，看妈妈做针线活。偶尔尿急必须出去，我总是战战兢兢地拿着尿盆，跑到外屋，撒完尿提着裤子就往屋里跑，脖子后面冷风嗖嗖地吹，黑暗中似乎有一只手正从背后伸过来，要将我擒住。有时，吃过晚饭的邻居来我家串门，我坐在床上，听爸妈和他们聊天。他们聊天气，聊开春地里种的作物，最后总是聊到人的生死。此时，这些阅历丰富的大人会讲各种奇闻趣事，有些听起来十分吓人。我听得津津有味，又毛骨悚然，这时候，不管多么想撒尿，我都不敢出屋。我躲在床上，瞪大了眼睛，毫无困意。直到夜深了，茶喝完了，邻居走了，我才趁着妈妈收拾杯盏的时间，尾随着她跑出去撒尿，然后迅速跑回卧室爬上床。

　　那样的夜晚我常常做噩梦，每天都无法睡安稳。因此，我惧怕冬天一个人在黑暗中，哪怕只待一秒钟也惊恐得不行，我相信在每个寒冷寂寥的夜里，一定有许多鬼魂在四处游走，它们寻找着没有保护的孩子，把他擒住，像逗引一只老鼠一样戏耍他，然后把他杀了。这样的感受让我无法成为一个胆小的孩子。在我朴素的心智里藏着许多解不开的奥秘，它们是恐惧的投影，是对未知世界的惊慌。

　　随着年龄一点点增长，身体一天天强壮，我不断挑战着自己的内心。一个冬日的晚上，天已全黑，我在小伙伴家里听她姐姐讲完鬼故事出来，街上静得瘆人，我疾步往家走，一头钻进那条逼仄的黑暗巷道。以前，我一个人在黑夜里根本不敢走这条窄巷，那天晚上，不知我是慌不择路，还是受神明指引，竟然壮着胆子钻了进去。两边的砖墙蹭着我的双臂，发出簌簌的微响。高墙把我夹在中间，像两座山要倾倒下来将我挤扁，我则像一只蚂蚁在黑暗里爬行，前面是黑暗，后面也是黑暗，只有一双眼睛炯炯放光，犹如狼的眼睛。我的肉体似乎已经被黑暗溶解，只剩下一双眼睛和慌乱的喘息。我的脚步奇快。走出那段黑暗的巷道，我不由自主地回头张望，穿过漫长的黑暗，我看到在远远的另一端，巷道的入口处有一束明亮的光。那是月光把清辉洒在了巷口。我惊奇地仰头望天，高墙和房屋挡住了我的视线，没有月亮的影子，只看到幽深的天际璀璨的繁星，在寒夜里，每一颗星都亮如水晶。那一刻，所有的恐惧都从我心底消失无踪，我恍惚觉得自己被托在一只温暖的手里，安稳又牢靠。我向着家的方向大步走去，街道明亮而宽阔，我俨然一个得胜的勇士，心里溢满了喜悦。

　　那条黑暗的巷道，从此不再是黑暗的象征，我喜欢独自钻进钻出，越是黑暗越带来无穷的乐趣。我也不再害怕冬天寒冷的夜晚，一个人出出进进也没有了惊悚之感，我坚信那只托住我的大手会始终托着我，帮我赶走一切恐惧。我长大了，对世界少了许多光怪陆离的假想；我长大了，相信在世界上一定有一位神明掌权。

　　如今，我生活过的小村子早已成为一片砖头瓦砾的废墟，住进高楼大厦的乡亲们不知对那条黑暗的巷道还有没有印象。我时常想起那条仅能容一个孩子通过的漆黑巷道。想起它的时候，我常感到阵阵怅惘和遗憾。以后的孩子再也没有黑暗的巷道可以穿行，曾经托住我的那只温柔大手去了哪里？哪里还有胆小的孩子需要它的保护？我愿它能找到一个更美好的所在，在那里，有许多孩子因为与它同在，每个夜晚都能安然入睡，做个好梦。

🌸钥匙

拥有一把钥匙，证明一个人长大了。当一个成年人把钥匙交到一个孩子手里，对于孩子来说，不亚于举行了一次隆重的成人礼。钥匙，代表着一种信任，一把或者一串钥匙的交托，是一份责任的传递，从此谁也不能再小瞧这个孩子了。

跟我同村的小表姨在十八岁时拥有了一串特别的钥匙，这让我羡慕不已。一个夏日的傍晚，吃过晚饭的我看见小表姨从我家门前走过。她手里提着一个布兜，看见我，她扬一扬手里的布兜，跟我打招呼，然后得意地笑着，拉起我的手，神秘地说："表姨带你玩去。"我跟着她向村南走去。

村南有一片马厩，马厩旁是一片低矮的平房。小表姨带着我来到这排平房跟前，从布兜里掏出一把钥匙，钥匙上拴着一根编成辫子的红毛线绳。她用这把钥匙打开一把大锁，迈进屋子，拉开屋里的灯。

那天，我在那里喝完糖稀，和小表姨玩到村里的大喇叭里喊我的名字才跑回家去。小表姨独自留在那里值班，她要照顾驴子，磨完满满一桶黄豆，还要看守熬糖稀的大锅，免得老鼠偷吃。她长大了，拥有一把拴着红头绳的钥匙，可以自由出入如禁区一般的门；她守着一大锅糖稀，想必自己可以喝个够。一想到那甜腻腻的糖稀，我就更羡慕小表姨了。可是，那天因为喝多了糖稀，跑回家时又被凉风吹了，我呕吐得很厉害，爸妈再也不让我跟小表姨去玩，从此我只能把羡慕藏在心里。

学龄前有一段时间，我的脖子上也挂着一把钥匙。爸妈每天上班早出晚归，我和弟弟就在大街上游荡。于是，爸妈在一把钥匙上穿根红绳系在我的脖子上。我把垂在脖子上的钥匙看作好看的项链，在镜子前照了又照。每天我领着弟弟在街上玩累了、玩渴了，就用脖子上的钥匙打开门，回家喝水并找些吃的，然后锁好门，再去街上玩，直到爸妈下班。有几次，脖子上的红绳断了，结果钥匙也丢了，我沿着街道怎么找也找不到，只好等到爸妈回家。第二天，我的脖子上会挂上新的钥匙。

一年冬天，亲戚送来一些自家种的胡萝卜，那些胡萝卜非常好看，个头不大，橘红色，新鲜又透亮，如同一颗颗晶莹的露珠。我和弟弟在街上玩，心里惦记着家里的胡萝卜，于是，我俩招呼了两个小伙伴，用钥匙打开门，进了家，洗了胡萝卜吃。我们边吃边玩，过了一会儿，我和弟弟感觉不舒服，头晕乎乎的，在屋里不断地摔倒，还一阵阵恶心，刚吃进去的胡萝卜都吐了出来。我和弟弟相继爬上床，然后就不省人事了。等我醒来的时候，发现自己已经被妈妈拖到了大街上，我的头发湿漉漉的，像被水洗过。妈妈拖着我们，在邻居的帮助下，径直到了大队部的医务站——那时叫红医站。原来我和弟弟煤气中毒了。我家堂屋里有一个煤球炉子，火没有熄，压着煤球和一个铸铁的盖子，为的是晚上爸妈回家可以马上通开火做饭。就是这个炉子散发出的煤气，差点要了我和弟弟的命。那天，小伙伴也有些头晕，跑回家去把我和弟弟头晕呕吐的事告诉了她妈妈，她妈妈到上工的地方喊回了我妈妈，我们才逃过一劫。

　　煤气中毒事件发生后，爸爸摘掉了我脖子上的钥匙。他说，在街上玩，冷点儿、渴点儿总比被煤气熏死强。钥匙被没收了，赋予我的权利等于被收回了，但我不敢有丝毫不满和抵抗，死里逃生，我不得不接受自己还是个孩子的事实。

　　后来，我外出求学，有了宿舍的钥匙；当了学校的图书管理员，有了图书馆的钥匙。随着年龄的增长，我拥有的钥匙越来越多，单位的钥匙，自家的钥匙，父母家的钥匙……钥匙从一个变成两个，两个变成多个，大大小小的钥匙挂在一起，发出金属碰撞的脆响。于是，我给它们归类，分成两套，一套是单位里用的，一套是家里用的，而父母家的钥匙始终和我自己家的钥匙挂在一起。钥匙多了，拥有钥匙的兴奋感也就没有了。有时候，站在家门口，伸手往包里摸，拽出来的却是单位的钥匙；有时候，站在办公室门前，从包里抓出来的却是家里的钥匙，那时候，心里就不免有点儿烦。此时，每一把钥匙都像一个沉重的负担，让人看着就累。

　　小时候，对钥匙充满渴望，如今则希望钥匙能少一些，生活的琐碎消磨着我们的乐趣。早已成年的人，对于任何事或许都缺乏一点期待和幻想，就如一位耄耋老者坐在夕阳下，此时，即便给他一座金山，他也只是一脸含蓄的浅笑。

　　生活早已把我们带到了惯性里，而一把钥匙，再也不能带来任何激动。

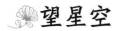

望星空

　　夜晚的天空，如一座宁静的森林，繁星像无数只萤火虫在林中飞舞。星光璀璨，把人的目光从地上吸引到天上，那清澈的光芒有种神奇的能力，能稀释心底的哀伤，治愈流血的伤口，给人以无穷希望。

　　很小的时候，我就喜欢仰望星空。那时候，家还在农村，小村子的夜晚是星光的天下。村庄被黑暗拥入怀中的一刻，巨大的穹窿就像一口盛满晶亮珍珠的锅，毫无保留地把一切倾倒下来。天一黑，大人们就把窗帘拉上，说是夜晚鬼魂们出来活动，阴气重，小孩子看见了容易受到惊吓。虽然听了对大人的话，心里略有畏惧，但我总是被满天星辰诱惑，坐在土炕上，忍不住撩开窗帘一角，偷望幽深的夜空。深沉的夜空是一块巨大的磁铁，把我牢牢吸住，我痴望着它庞大的身躯和它散发出的神秘光芒，直到脖颈发酸。

　　长了几岁后，我愈发喜欢仰望星空。夏天，晴朗的夜晚，暖风送来草茉莉的微香，熏得人略带醉意。我坐在一张小板凳上，托着下巴，凝望星空。星空美得炫目，深沉得让人窒息，而我却不知这美从何而来。冬天，我坐在暖暖的炕头上，扒着窗台，透过窗玻璃望星空，满天星辰像一颗颗凝固的冰珠，摇摇欲坠，由此我深信，星星肯定是有生命有感情的，因为它们也怕冷。大人们再也不担心我会看见鬼魂，而我心里倒是常有些疑惧，不过星空的美丽总能驱走从我脑子里涌出来的魑魅魍魉。

望星空，是一场视觉的盛宴、心灵的洗礼。星空之下，这个世界如此干净、圣洁、庄重。满天繁星，像一个巨大的秘密，让人费心破解，又百思不得其解，于是头脑里便生出许多斑斓的幻想。凭着一个孩子简单的心智，那时我以为世上的一切都会如星空般绚烂美好，对于地上与天上的不同毫无半点儿心理准备。

后来，我逐渐长大，在地上的脚步迈得越来越大，路走得越来越远，慢慢地，发现天上和地上是两个截然不同的世界。幽远宁静的星空让人不由自主心生神往，喧闹扰攘的地上则令人灰心丧气，常想逃离。地上的每个人都感叹活着太累，却又拼命地活着，每个人都认为自己被伤害，却又不经意地伤害着别人。如果人能像星辰始终各居其位，遵循自己的轨迹，又怎会有摩擦碰撞呢？然而，人不是安分守己的星星，星星聚集在天空，彼此间相距十万八千里，人散落在地上，却处处有交集。因为有交集，所以不断地纷争、吵嚷、互伤。不过并非任何人都能给他人带来心灵的重创，在这个庞大的地面体系中，能对一个人造成切实伤害的，一定是他最信赖、最亲密，甚至最敬重的人。买回家一个烂西瓜，找回来一张假币，人会叫骂同类无德，利欲熏心，表达的是愤慨，而不是悲伤，叫骂过后也就释然了。只有那些最信赖、最亲密、最敬重的人，才会成为插入人心的匕首，一旦受伤就是重伤。

学生时代，好友和班里一个男生谈恋爱，看着她顾盼生辉的样子，大家都能体会到她心里的甜蜜。可是，谁会料到，她遇到的竟是一个"渣男"。一个周末，她去商店买东西，转过街角，看见自己的男朋友正搂着一个女孩亲密地走过来。那个女孩她认识，跟我们同一个年级。好友是我们班女生里结婚最晚的一个，可以想象，她花了多长时间去愈合内心的伤口。

不久前，另一位好友因为父亲的房产继承问题，跟妹妹一家产生分歧。本来很简单的事情，弄得越来越复杂，妹妹搬进父亲的房子不出来，彻底伤了姐姐的心。好友不明白，在利益面前，为什么自己的亲妹妹突然像变了一个人。

还有一个小姐妹，跟丈夫闹离婚，她万万没想到曾经说要照顾她一辈子的那个人竟然在财产上跟她斤斤计较，偷着换了家里的锁，把屋里值钱的家具全都搬走。小姐妹的心一下子冷到冰点，婚离得更加决绝。

最信赖、最亲密的人给予的类似伤害其实在生活中有很多。从来不以过多的恶意揣度人心的人，此时往往受伤最深。在这个世界上，最无奈的事莫过于付出了真诚，却不能收回真诚，物质世界普遍存在的作用力与反作用力，在人际关系中并不适用，人心的复杂远远超过大脑的想象。

其实，人生在世，谁不是捂着伤口前行？如果生活让我们不快乐，就去望一望星空吧。与地上的纷乱繁杂相比，天上则是一片纯美祥和。听着虫儿在夜色下低吟浅唱，像个孩子一样一颗颗数星星，把自己融化在那醉人的光芒里，个体的烦扰在"1、2、3"的数字里一点点碎为齑粉。

伫立于巨大的穹窿下，人才能彻底看清自己的微不足道，意识到生命远不如一颗星牢固、长久，所以又何苦对地上的一切不依不饶？不管生活让我们遭遇了什么，我们总要提醒自己，绝不能让心变得坚硬，要继续相信真诚和美善，不失掉爱的能力。毕竟，我们的头上，还有一片星空，纯净闪亮。

被遗弃的树

一棵树，稳稳地站立风雨中，枝丫向上伸展，根系向下探寻，对高天和大地始终怀着无限痴迷。一棵树，独处不会孤独，群居不失个性，风姿绰约，把不息的生命力尽情张扬。树，为颓废的世界注入鲜活的绿意，因此给人千年不死的印象，常成为希望的代名词。每当我仰望一棵树，受一份敬畏之情的驱使，总想沿着它的根部向上找寻，在粗糙的表皮下，在浓绿的枝叶间，触及隐藏其间的闪亮灵魂。

可是，当我站立在一片断瓦残垣间，望着末日降临般的图景，对其间的那些树不由得生出悲悯的情怀。那些不能奔跑的树，就像一个个弃婴，缺少了人类目光的抚摸，一副褴褛的样子，失魂落魄，木然呆立。我看到了树的另一种模样。

这是我出生成长的小村子，多年前它还鲜活得像一条鱼，早晨的露珠和傍晚的夕阳如画般唯美，每一栋房子、每一条小街都充斥着人声，氤氲着馨香的生活气息。那时，每一棵长在农家小院里的树，都是一个家庭的宠儿，是一座庭院最美的风景。春天的花朵，夏天的蝉鸣，秋天的果实，冬天的枯枝，小院里的树赋予了一个家庭流转于四季的丰富情感，而树也从人的坐卧起行、喜怒哀乐中找到了不绝的生命力。早晨推着自行车走出小院的男主人，午后坐在树荫下吃西瓜的小男孩，院子里几只刨食的鸡，从早晨忙到天黑的家庭主妇——每天它看着这些生命把一幕幕重复的或即兴的戏剧在眼前上演，因此收获着满足，根拼命向下扎，枝努力向上长，从一棵羸弱的小树变成一棵苍翠的大树，浓荫覆盖了大半个院落。

自从树被栽入每一个小院，它就成为这个家庭的一员，参与着这个家庭的生活。它不吵不闹，不说不笑，却把关于这个家庭的所有故事刻进了年轮，深深缠绕，像包裹一个天大的秘密。

而如今，小村子荒芜成一片废墟，村子里的人如晨露被风吹走，吹进在小村几里外的一片新建高层小区。人们离开的时候，带走了能带走的一切，唯独留下了一棵棵不能移动的树。每一座房子都倾倒在地基上，过去干净的小院瓦砾遍地，野草和各种农家小院里常种的花在碎砖乱瓦间生长，废墟上开着鸡冠花、野雏菊，还有拳头大的小西瓜、毛茸茸的小冬瓜。秋收时节，眼前的景象却如此荒凉，一层忧伤的迷雾在小村上空盘旋缭绕，覆盖着每一个变成废墟的宅院，落在院中每一棵濒临枯败的树上。

秃四奶奶家的枣树突然就苍老了。满树的红枣无人问津，噼里啪啦落了一地，那些软烂的红像一滴滴伤心的泪，泣血般诉说着一棵树内心的委屈。在它脚下的废墟间，一些细小的枝子伸出来，那是埋在地底的根须孕育的新生命。老枣树似乎不甘于独自寂寞，于是繁衍出一些陪伴者，与它一起分享这份无以倾诉的凄苦。

孟奶奶家的桃树年龄比我还要大，每年春天开花的桃枝会越过院墙探到我家，我站在院墙下贪婪地望啊望，却舍不得折下一枝，生怕损伤了它的美丽。偶有花瓣落下，我就一片片捡起，收进一个小盒子里，然后夹在每一本书的扉页间。兴许是孟奶奶舍不得留下她的桃树独自孤单，搬走前，她让儿子把桃树连根砍断。如今桃树的老根掩在瓦砾间，清晰的年轮向着天，似在倾诉满腔幽怨，又似在咀嚼美丽的往昔。在那一圈圈扩大的岁月之痕里，不知有没有属于矮墙下一个小女孩的记忆。

刘老四家的梧桐树一副满怀心事的样子，院墙倒塌，粗壮的树干暴露在外。每年梧桐花开的时节，刘老四家的院墙下会吸引来一群喧闹的孩子。梧桐树的半个树冠伸展到街上，孩子们聚在树冠下，深吸着馥郁的香气，捡拾落地的梧桐花。刘老四家的院墙因为沿街，所以盖得高大，梧桐树犹抱琵琶半遮面，多年来它的树干给了人们无限遐想。如今，失去了院墙的遮蔽，梧桐树以全貌示人，它的形貌不免让人失落，一副耄耋老人的姿态，枝杈低垂，像垂着眼帘在晒夕阳。

还有惠儿家的苹果树，我家的椿树，以及所有曾经茂盛的树，此时都像失去了魂魄，它们被遗弃在荒凉中，孤零零地守着自家的废墟，落寞地等待着未知的命运。

人们常说，人挪活，树挪死。人的脚站在大地之上，不受制于大地。树把根扎进泥土里，只能受制于泥土。在这些被遗弃的树面前，我很想站立成一棵不能移动的树，朝夕守望着这片被遗弃的土地。人总是向往着远方，所以不断地抛弃眼前的家园，人在不断的迁徙中发展壮大着自己，无视那些不能移动的生命。这些被遗弃的树，虽然落寞哀伤，但始终坚持在原地，守护着永恒的岁月，把风雨收进一圈圈年轮，隐忍地存活于天地间。

我喜欢这样一种坚定的存活。于废墟中伫立，于落寞中生长，在他人眼里是寂寞哀愁，是衣不蔽体、食不果腹，然而，它心里的欢乐谁能知道？当风吹树梢，当夜雨来袭，你听，那哗哗哗沙沙沙的歌声，是优美欢快的吟唱，是潜伏于心底的不灭的希望。

在这些被遗弃的树面前，人难道不该脸红吗？

　　流连于熟悉的小街、狭窄的胡同，小村子的破败像一个不真实的梦，在梦境里游走的我，许多记忆如蝇飞舞，嗡嗡嘤嘤，我的耳朵发麻，心灵滚烫，我扑向那些飞舞的生命，捉住的却是满掌的虚空。

　　秋日的阳光赤裸裸地照耀着地上的"荒城"，那些被遗弃的树像即将秃顶的中年人，抖着稀疏的叶片，招摇着最后一抹神采。一座座宅院成为一个个砖头瓦砾堆，如腐朽的坟墓，阴森狰狞。曾经整齐的院落，划定着家家户户的界限，不可逾越的宅基地宣示着自己的主权。前院盖房子起地基，后院的人家必定要死死盯防，地基稍微往后挪一点儿，便侵占了后院人家的院子。为了这样的事，谁都怀着小心，不放弃自己的主权，也不敢侵占他人的利益。然而，仍有一些因此而起的争端，最可怕的一起竟然造成了轰动十里的血案。

　　我没见过那个杀人犯，可是我知道他长什么模样。他直率粗野，他急躁倔强，用我们家乡话说，他有点儿愣，认死理，不拐弯。在津郊的农村，这样的汉子比比皆是，你敬他一分，他敬你一尺，你若欺负他，他非要跟你痛痛快快干上一仗。他家在我们邻村，他的嫂子是我们村的姑娘，因此当他的嫂子回到娘家，把小叔子犯下的滔天大罪跟乡亲们讲述，我们无不怀着悲痛的惋惜。

　　事情的起因是前院盖房子，起地基的时候往后挪了一点儿，这一点儿挪移缩小了后院人家的院子。后院的婆婆媳妇去跟前院理论，据说前院的女人平时就很跋扈，此时自然是蛮不讲理，因此婆婆媳妇灰头土脸地败下阵来。前院的房子盖起来了，后院的气却一直没消。婆婆媳妇天天跟那个既做儿子又做丈夫的男人唠叨，说他窝囊，一家子都跟着窝囊，受前院的女人欺负，在村子里抬不起头来。一句句话像一桶桶油，点燃了他心里的怒气，怒气越烧越旺，周身的血像一股股热浪汹涌。他恨死了前院那个趾高气扬的女人，她让他在家人眼里成了窝囊废，在全村人面前成了笑柄，不出这口气，他还怎能再做男子汉？一个初冬的早晨，被心里的火烧灼的他，瞪着猩红的眼，提着一把菜刀冲进了前院。

也许当时真的有魔鬼钻进了他的心，支配着他的行为，他完全失去了控制自己的能力。在屋里，他没有找到那个让他恨之入骨的女人，只看见三个还没起床的孩子，于是，三个孩子全被他砍了。他冲出院子，提着刀继续寻找那个女人。他认得她家的自留地，径直奔过去。在地头，他看见了她的丈夫，于是他毫不犹豫地把他砍倒在地。从脖颈里汩汩流出的血在褐黑的土地上流淌，缓缓渗进冰冷的泥土里，浇灭了他心里的火。他呆呆站立片刻，决绝地转身向派出所走去，手里那把刀还滴着血。

背负四条无辜的人命，他自然要付出沉重的代价。以后很长一段日子，他都是乡亲们的话题。说起他，所有人都摇着头不住地叹息。在乡亲们眼里，最该死的那个女人没有死，不该死的人却全都死了。案发当天，女人回了娘家，躲过一劫。从此那个女人背上了一生不能抹去的恶名，人们都说她在家里强势，男人和孩子都受她的气，老天爷留她活着是对她最大的惩罚，让她一辈子咀嚼这颗咽不下的苦果。

时间悄悄抹去了一切，无论是邻村的他们还是这里的我们，都随风飘散，留下成片的废墟，连一只鸟都懒得驻足。被遗弃的树木们以最大的忍耐和矜持面对突然到来的变迁，把一个个过往的故事说给风听，讲给雨听。在他家的院子里，肯定也有一棵这样的树，那是他栽下的桃树、梨树或者苹果树，如今那棵树正穿过废墟的阴霾，孤零零地眺望着远方，把对他的思念遥寄到邈远的天空。

这个世界上哪里还有分明的界限？那曾经牵动村民敏感神经的宅基地，用一根粗白的线仔细校准的院子，掩埋在砖头瓦砾下。你家的砖压着我家的断墙，我家的瓦盖住了你家的小院，哪些是你家的，哪些是我家的，谁还计较，谁还执着？站在这样一幅画面前，往事如风吹来，缥缈得如一场梦。

早知今日，何必当初！如果他的灵魂还没走远，恰巧正在天上俯瞰家园，他是不是会落泪呢？为了一块终将被遗弃的土地，值得搭上自己和他人的性命吗？如果他依然倔强地坚持捍卫自己的主权，他会不会为这片土地的荒芜而哀伤呢？他的不悔难道不是一种愚蠢的执拗吗？

当一阵秋雨洒落，我想那一定是他在掩面哭泣，泪水滴在被遗弃的树上。他家院落里那棵风尘仆仆的树如美女出浴般妖娆起来，它极力伸开枝丫，张开叶片，拥抱密集下落的泪滴，向着高天上他的灵魂发出呓语般的呼喊：虚空！全是虚空！

一世客旅

在我儿时居住的那个小村子里，人跟野草一样，忙着生，也忙着死。

那一年高二爷死了，高二奶奶拍着油黑的棺材板号哭，撕心裂肺，地动山摇，院子里像搭台唱戏一样热闹。高二爷活着的时候，谁也没发现他对高二奶奶如此重要。如果他不死，想必高二奶奶永远也没有唱戏的舞台。

我们这群孩子在胡同里一边嬉闹，一边关注着高二奶奶还会有什么新奇的表演，一个个兴奋得小脸通红。我们没有任何悲切的情绪，反而因为有人死了，终于有了看热闹的理由，格外喜悦。高二爷的丧事，高二奶奶的号哭，给我们的嬉闹做了绝佳的布景。

其实满脸兴奋的不只我们这些孩子，在高二爷家的后院，一群女人忙着切菜做饭，一群男人忙着劈柴点火。他们干着活，嘴也不闲着，你来我往地调侃，说到兴头，撂下手头的活计，仰天哈哈大笑。这不时传来的笑声，盖过高二奶奶的哭声，让高二爷家如有万马喧腾。

高二爷的丧事了结不久，张奶奶家儿媳妇生了个大胖小子，大门口系上了一根红绳。我们一群孩子聚在张奶奶家门前玩耍，嗅着空气中的奶香气和打卤子的香味，高兴得像过年。那群操持高二爷的丧事的热心村民此时又聚在张奶奶家院子里，照样是劈柴点火，切菜做饭，菜刀剁在案板上发出的密集的"当当"声，像打不完的子弹。伴着婴孩响亮的啼哭，一样相互调侃，一样笑声朗朗。面条煮熟出锅，女人们把一盆盆面条、卤子和鸡蛋端到村里的家家户户。我们这群孩子跟在她们身后四散回家，惦记着吃喜面。

年年月月日日，小村子重复着生与死的演出，日子寡淡，但也有生趣。

乡亲们对世事的那股热情让小村子充满生的气息，然而不过咫尺之遥，死的沉寂正无声观望着一切。沿着村中的主干道向南走，走到把所有的房舍甩在身后，丛丛野草虬杂，束束野花流香，在生的繁茂下隐藏着的是死的萧瑟。

我们这群小孩子很喜欢去村南的野地里玩，捉蚂蚱、扑蝴蝶、掐野花。我们的脚下就是先祖们的坟墓，可是我们丝毫不惧怕。那片古老的墓地，有的已经露出了木板，有的木板已经腐烂。我们这些调皮鬼抑制不住好奇，俯下身子往深处窥视，暗沉沉的黑把视觉遮蔽得严严实实，于是只好作罢。偶尔，有蛇在朽木的缝隙里来回穿梭，吓得我们几个女孩子总要预备着撒腿狂奔。

一边是沸腾的生，一边是宁静的死，衔接得如此自然。小村子里的每个人都在岁月里自然地活着，然后归入宁静的死，坦然完成一个生命的过程。

那时候，年幼的我以为日子有无限长，春天看柳枝抽芽，夏天观察蚂蚁搬家，秋天捡拾落叶当书签，冬天静待白雪覆盖村庄。我以为我有过不完的日子，新生命的诞生是一件喜悦的事，而死亡是发生在别人身上的事，我从不曾把死亡联系到自己的生命上来。寒冷的冬日夜晚，歇下来的大人们沏壶热茶，炒盘瓜子，围着暖炉坐下，说些家长里短，然后准会扯到鬼怪之类的奇闻逸事上，我像听故事一样旁听每一个细节，晚上躺在被窝里，心里无比安稳满足。

不久，我的奶奶去世了。家里的大人们都伏在地上伤心地哭泣，只有年幼的我兀自愣在一边不知所措。高二奶奶素来跟我奶奶感情很好，她看见我傻愣在一边不掉泪，心里来气，抡圆了手臂，照着我的屁股狠拍一掌，高喊道："你奶奶死了，你还不哭！"我平白无故挨了一掌，喊一声："妈！"扑倒在跪地哭泣的母亲背上，委屈地大哭起来。

接下来的时间，我在院子里穿梭，看到帮着忙活丧事的男人女人扯着嗓门调侃嬉笑，我就向他们投去恶狠狠的目光，把他们当作给我家添堵的人。我赶走门口嬉闹的小伙伴，不允许他们靠近我家门前，告诉他们如果再来嬉闹，我就跟他们永远断交。我这么做并不是因为奶奶过世心里难过，而只是一个孩子在发泄委屈，因为高二奶奶狠狠打了我一掌。当时我怎么也无法想象，每天坐在炕沿上慢条斯理卷烟丝的奶奶永远不复存在了。我以为一场号哭过后，她还会跟从前一样，急匆匆地奔到院子里，帮我赶走脚边啄人的公鸡；我还会抱着小板凳，跟在患病的奶奶身后，给她随时预备一个座位。但是，奶奶没有再回来，我们的大家庭因为少了一个人，很长时间被忧伤的氛围包裹着。

我没有为奶奶的去世真正哭过，随着时间的推移，我甚至把她忘得一干二净，只有高二奶奶那一巴掌和那一声喝喊留在了我的记忆里，让我始终不能忘记。

到了不再疯跑，能够安静下来读书的年纪，我开始用大脑思考世界。恰巧那时聊斋故事走进了我的视野。每天抱着厚厚的《白话续聊斋》沉浸在人鬼情里，起初读得荡气回肠，恨不得自己钻进去化身狐仙，把迂腐的书生挑逗。但是，同样的内容读多了，有一天，突然一个念头星外来客般坠入我的脑际：我也是要死的。这么一想，巨大的恐惧感压得我喘不过气来。白天抱着聊斋故事读得不能罢手，到了晚上，我却不敢把书放在自己的卧室里，唯恐鬼怪狐仙从书里钻出来将我摄去。每天晚上，我都无法摆脱恐惧的纠缠，想着自己总有一天会躺在那里气息奄奄，将要告别这个世界，就浑身冰冷。

我从不曾跟任何人谈起自己的感受，很长一段时间独自咀嚼着这份恐惧。为此，我变得沮丧不安，沮丧于生命毫无意义，不安于自己将长眠不醒。被恐惧纠缠得实在难耐，我干脆学着逃避。我不再安静地待着，又跑出去跟伙伴们掐野花、扑蝴蝶，玩累了，躺在床上倒头睡去，什么也不去想。然而，我再怎么逃避，也不能回到无知的过往了。恐惧常常在冷不防的时候袭来，惊得我一身冷汗。

从此，玩耍时我会留心观察周围的人，看伙伴们有没有流露出沮丧和不安，看周围的乡亲是否也被死亡的恐惧折磨得惶惶不可终日。每天，看着高二奶奶穿着紫红的小袄端坐在街边跟村民寒暄，看着张奶奶抱着孙子喜气洋洋地晒着太阳，我心里都纠结着一种痛。终有一天，我将跟她们作别，她们也将跟我作别。每天早上，看着乡亲们扛着锄头向村南而去，在广袤的泥土里淘着生活，傍晚再扛着锄头回村，把泥土的香气带进梦境里，我就涌起一阵阵难过。终有一天，我们做的事情都将成为过去，在时间里不留半点儿意义。

我的世界突然之间就变了样。随着身材的长高，我可恶的大脑常常涌出许多奇思怪想，弄得我分外伤感，每每在静夜里黯然流泪。我以为我是一个怪胎，或被妖魔鬼怪附了身，否则为什么我会有那样的问题想不通，又无法说出口呢？

　　小村子还是原来的面目、原来的节奏。日子在一辈人的生和一辈人的死之间流转重复，保持着一种特有的平衡。高二奶奶和张奶奶先后作古，埋进了村南的坟地里，张奶奶的小孙子长成了半大小子，生死更迭，一代一代，平静而又顺应自然。这个不起眼的小村子不知承载过多少生命才走到今天，似乎再历经千年也不过如此。村南朽木裸露的坟冢，记载了不知多少人家在时间的长河中断了血脉，那块土地将来也不知还能容纳多少人长眠。

　　我从不曾想过，有一天小村子会被连根拔起，我更不曾想过，这一切就发生在眼前。一切来得如此突兀。先祖们的坟墓被迁走，宁静安闲的小村子变为一片废墟，生死更迭的平衡秩序就此终结。忽然，我听到一声断裂的巨响。

　　"人生如梦，一樽还酹江月"，咀嚼这样的诗句总让人心有所感，诗人长长的嗟叹蔓延到了今朝，诗人自己却已经消融在岁月里。这是一声多么无能为力的叹息，初读诗句，我曾经顿悟原来自己并不是一个孤独的怪物。如今，小村子井然有序的生死循环被砖头瓦砾覆盖，我更深深地品尝到了"人生如梦"的滋味。曾经的鸡犬相闻、嬉笑啼哭，逝去的高二奶奶、张奶奶、我的奶奶，都不过是一个浅浅的梦。如今，时间已经把小村子的梦击碎。

　　生存在这个广大的世界里，我始终是一个毫无安全感的人。无论我长得多高，年龄多大，我的心总是徘徊在一种无所依傍的情绪里。我总是冷静地压抑着自己膨胀的情感，用冰冷和淡然抵挡世界的一切冷暖，然后黯然神伤。我一直以为我遗传了那个生我养我的小村子的气质，无论内在如何沸腾，外在总以平静示人，被动地活着，把命运交到上天的手里。

　　然而，当我回忆起乡亲们的爽朗笑声、高亢哭声，我的血液里就喷涌出一股饱满灼热的情感，那是一种积极的力量，一股无畏的勇气。我想自己或许是错读了小村子的气质，在它安闲的表层下，那些淋漓尽致的生命没有一个是马马虎虎的。一个始终拧紧的结开始从我心中脱落。我明白了在我惶惶不可终日的岁月里，乡亲们为何能够一直平静安稳地生活，因为他们早已参透了生死的奥秘。

生是一个梦，死是归回原有的安息，我们从无梦走进梦境，再从梦境回归无梦，这样的回归本就是理所应当。生，不辜负这一世的舞台；死，是一种幸福的回归。生是喜，死也是喜，所以无论生时死时，哭泣和笑声都混在一起。

我们不过是旅客，在浩瀚宇宙中的这个星球上暂时寄居。我们在这里走进梦境，喧闹过后，再走出梦境，把时间空间留给别人去开始一个新的梦。

偶尔，小村子还会在我的记忆里鲜活，一边仍是喧腾的生，另一边仍是宁静的死，生死相依，一代代旅客来了又去，在梦境热闹着，再回归永远的安息。这一世人生路终将归于无梦，我心倒是无比安宁。

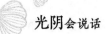

他们

为了参加一位长辈的葬礼，我回到御河畔的那个小村子，在村口下车的一刻，感觉自己像个异乡客。我几乎不认识这个地方，曾经一排排整齐的红砖房，坐在自家门口晒着太阳拉家常的乡亲，街上奔跑的小孩，所有的影像都如一片不真实的雾霭，消散了。他们没有跟我哪怕告别一声，就匆匆被光阴带走了。儿时的村庄已经被夷为平地，家家户户的房子都瘫倒在地基上，眼前的废墟让我有错乱之感，曾经的生活就这么结束了？若不是一条条熟悉的街道，村南村北那两个古董似的茅厕，我几乎不敢相信这是我们祖祖辈辈繁衍生息的故土。

然而，当我踏上这片土地，闻着雨后泥土的气息，细看深褐色的土壤，以及那盛开在废墟房角的蓝色野雏菊，穿行于一条条蜿蜒的胡同里的我不得不承认，一切都如自己身体的寸寸肌肤，熟悉而亲切。

大队部还在，一个四四方方的院落，大门口呈敞开状，两排平房和一间大会议室围拢着院子，院子一角爬着葫芦架。去世的长辈是我的叔伯大大，死因是车祸。本来因为拆迁，村民们都租了房子，散居四处，如今因为大大的丧事，父老乡亲们重新聚到了村子里。没有别的房子可以用来办丧事，大队部就成了唯一的据点。这里的百姓还保留着农村特有的原始观念,人死了要回家,人生最后的仪式要在自己家里完成。于是,御河畔的这个小村子里的大队部,暂时成了所有漂泊的魂灵的最后一站。

从小在村子里长大,我深知这里丧葬的一切习俗,但是我离开这片土地太久,再难做出村中人的举动。大队部门口摆满了高大的鲜花篮,百合的香气冲进鼻孔,裹着浓郁的哀伤。门口的大了(天津人对婚丧嫁娶组织者的一个称呼)见我们一行走进大院,立即甩着阴阳怪气的尾音喊道:"孝子陪着。"一阵杂沓纷乱的脚步声后,我的堂兄堂弟堂妹们和一堆嫂子弟媳们纷纷跪在大大灵前,呜呜大哭起来。我被这突然的哭声差点搞蒙,猛然意识到自己在进门时已经犯下了大错。按照村里的习俗,我应该在大队部几百米之外就扯开嗓子哭泣,跨进门来更应该立即匍匐在地痛哭不已。可是,我呆呆地站立着,以为随着大了的喊声,鞠上四个躬足矣。

我像一个格格不入的外乡人,在一群亲戚和父老乡亲中间成了异类。他们头戴重孝,身披麻衣,伏在地上痛哭,可是站起来时,除了我的三个堂妹脸上挂着泪痕,我并没看到其他人眼中的泪。

大大有三个女儿,没有儿子。三个女儿都已出嫁,成为人母。我和她们一起在小村子里长大,我们人生的轨迹却完全不同。她们一直成绩平平,初中毕业后就待在家里,学着料理家务,后来到当地工业园的合资或外资企业工作了几年,流水线上的工作收入不高,然而她们并无压力。到了谈婚论嫁的年龄,按照农村传统的方式——媒妁之言,找到自己的准老公,此时在流水线上挣下的工资正好凑够她们的嫁妆。择一个吉日良辰嫁为人妻,从此,她们在距离这个小村子不远的另一个村庄开始了新的生活。

她们生在这里,长在这里,一刻不曾离开,深谙这片土地的全部传统和生活方式。她们成了我的大娘婶婶那样的人,每天照顾好丈夫孩子，收拾好家务，闲时喊几个邻居小媳妇话话家长里短，村里谁家有婚丧嫁娶的事，奔过去帮衬一把，无事时则搓几局麻将，日子就在往往复复中不知不觉打发掉了。她们的生活是平静闲适的，如流水般自然而然的，顺着祖辈的生活轨迹，她们一路走下去，中间并无一点迟疑和悖逆。

我却属于她们中的异类。我从小学习成绩就好，最终以惊人的高分跳出了农村，变身为城市人，并拥有了一份稳定的工作。我离开小村子那年还是个十六岁的小姑娘，带着乡村给予我的质朴价值观。然而，在离开小村子的那一天，我就毅然决然地抛弃了乡音，今后的很多年里一直说着自认为标准的普通话，即便是回到小村子，我也以一口普通话与人交流。乡村之于我的影响逐渐消退，融入城市、跟着时代奔跑的我，像丢掉了自己的影子，失魂落魄地向前。广阔的天地，让我看到更多光怪陆离的奇景。人心的诡诈，世事的无常，万花筒般的生活，赋予了我更多的阅历，也让我混迹于生活之中，慢慢放弃了乡村的诸多传统，成为一个货真价实的城里人，用我可爱的乡亲们的话说，叫文化人。

这一层文化人的外衣，光鲜而动听，然而，一切光鲜都需付出沉重的代价。自打出门在外的那天开始，我就不曾把自己在外的遭际告知家人，总是让他们觉得我过得很好，他们高兴，我便没有心理负担。只有我自己知道，外面的生活如此不堪，人类拥挤之地必是倾轧之所，而我在这样的地方永远是个弱者。乡村人的质朴让我拉不下脸来与人针锋相对，乡村人的善良让我习惯了忍让，于是，我一次次自己消化着许多外界加之于我的挤压，我变得深沉、含蓄、内敛，不轻易表达自己的情感，或者说已经不会表达自己的情感。我学会了承受压力，学会了夹着尾巴做人，学会了吞咽眼泪，学会了在无力无奈时攥紧拳头、咬紧嘴唇。我不足一米六的身躯，像个巨大的容器，有着巨大的消化力，容得下悲苦、嫉妒、践踏、伤害、不屑、冷眼、欺骗……我总是默不作声，心里却如湖水般明澈。

披着文化人这层光鲜的外衣，回到淳朴的小村子，我已不再是我，他们却还是他们。老邻居五伯似乎几十年没换过衣裳，灰白色的衬衣，蓝布裤子的裤腿卷着，一双军绿球鞋的鞋帮上粘着泥。他夹着一只烟卷蹲在墙根下吞云吐雾。六婶还是那么爱张罗，在院子里跑前跑后，嘱咐几个年轻的小伙子再去买几条香烟和几筐水果。院子里一堆小孩子，我一个都不认识，他们像是突然从地底下冒出来，如雨后的蘑菇生长迅速。

我被大家领到另一间屋子，不知是谁把一堆白布和一双白鞋扔到我怀里。这时，我的堂妹和嫂子弟媳们坐满了屋子。她们有的抓一把瓜子娴熟地嗑着，有的剥开香蕉大口吃着，一边吃一边聊，一个比一个声音高，刚才灵堂里悲痛的哭声似乎是一个缥缈的梦。我抖开一堆白布，慌乱挂在了脸上，堂弟媳妇凑上来说："大姑，你不会穿吧？"说着，帮我把白布往头上扎，把两条腿送进面口袋似的裤腿里，我慌慌张张地任她摆布。穿戴上这一切之后，我以为能混入她们中间，可是，重新坐下来，我发现自己仍然与周围的一切无法融合。

在这样的氛围里，我不安、局促，心里充满了莫名的孤独。看着周围的亲戚们一会儿跑去灵堂里陪哭，一会儿回到这里说笑，洒脱地入戏出戏，无怨无悔地扮演着自己的角色，我只能欣赏，却无法参与。如果，我是说如果，我不曾离开故土，追求什么更高的人生目标，如果我能够像他们一样事事不多想，顺其自然地生活，如果我满足于村庄世代的传统，保留着不改的乡音，如今我是不是可以跟他们一样，哭的时候就痛哭，笑的时候就大笑，不高兴就骂出来，然后关上自家大门，过自己幸福安生的小日子？

现在的我和那样的我，哪一个更好呢？哪一个更接近我的理想人格呢？我的血告诉我，这是一个为难自己的问题。看到他们，我发现自己活得虚伪而做作，活得像一个假象。

三天的丧事，我像一个演员，每天早晨在村口把一身白布缠裹在身上，然后走进村子，傍晚从村子里出来，在村口把身上的白布除去，扔进汽车后备厢。我是一个演技拙劣的演员，明知道做不好、做不到，还要登上那个舞台，混在我的乡亲们中间，牢固的面具始终无法从脸上摘下来。

我的故乡是一个极小的村子，小到几里之外的人竟然不知道它的名字。每每有人问起，我们总是报出旁边一个大村子的名字，启发人家在大脑里对我们村子进行定位。这是一片被南运河孕育的村落。南运河南起山东临清，流经杨柳青后，在三岔河口汇入海河。明朝永乐年间漕运大兴，估计从那时起，沿河的村落便壮大起来。小村子位于天津市区和古镇杨柳青之间，村民们沿河向西不足五里即可到达镇上。农村城镇化之后，沿河的村庄成为一片遭弃的荒场，现代化的高层小区屹立于南运河之畔，隔着外环线，与市区遥相呼应。

在故乡，南运河被叫作御河，村民们把自己居住的沿河一带称为御河沿儿，世世代代生活在御河沿儿的百姓抱着单一的生活方式过活，似乎永远不会有变数。若不是城镇化建设的推进，御河沿岸还是一片鸡犬相闻的农耕景象。而如今，乡亲们早已在现代化的小区里安家落户，过上了跟城里人一样的新生活。

因为我家在小区里有一处还迁房，而我又不住在那里，为了及时掌握小区的大事小情，我加了一个社区群。在这个群里，大家都是匿名，我不知道其中是否有我认识的人。平时，我基本上不在群里说话，遇到如何交采暖费等实际问题才会在群里求助。去年，我的一部小说在一家网站上连载，我把链接发到群里，瞬间有很多人做出反应。"咱们小区出了个作家！""你是当地人吗？""很久不看书了。"许多提问，各种态度，让我有点儿得意，又有点儿紧张，竟后悔把链接发到群里。

我在那片土地上长大，实在清楚故乡人的生存状态。无论是年老的一代，还是年轻的一代，他们都一样务实，小说这种务虚的东西他们是不会感兴趣的，看书更是不可想象的事。果不出所料，那部小说很快连载完毕，群里没有人关注，也没有人再提起，一时的好奇很快过去，我所看重的东西在他们眼里不过是浮云一朵。

奇怪的是，在这样一个务实的环境里，我却从小被培养成一个异类。我的父母常跟我讲起一些家族史，讲到动情处，他们会说："等你长大了把这些事写成小说吧，肯定是厚厚的一本。"儿时，我不止一次听到他们这样对我说，我不明白他们为什么会把这个任务交给我，而不是我的弟弟。那时，我还很小，上没上小学在记忆里都模糊不清，他们就这样把一个重任放在我肩上，让我时常觉得自己背负着一个使命。

近几年，我在一些刊物上发表了些小作品，最初的兴奋过去之后，我越来越心虚，越发看到自己的浅薄，自己的不成功。每次回家看父母，父亲都因为我能写些文章深感自豪。他不止一次说，从前，咱御河沿儿上还没出过一个作家呢。我从来都不敢以作家自居，但是他已经把我视为作家了，而且是御河沿儿上的 NO.1。那一刻，我发现自己始终没有跟御河脱离干系，不管离开这里有多久，距离有多远，都不能把它轻松地甩在身后。

我的一些老同学偶尔会发起小范围的聚会，这些同学都没有离开御河沿儿，他们保持着不改的乡音、不变的性格。少不更事的年纪，他们是什么样子，现在几乎还是那个样子。容颜不再稚嫩，身躯不再灵巧，尤其是那几个曾经帅气的男生，变成大腹便便的壮汉，感觉造物主跟女生们开了一个超级玩笑，"男神"早已是传说。可是跟他们一接触就会发现，他们还是学生时代的脾气和性格，并无实质的改变。

我的这些同学，有的是教师，有的做老板，有的四处打工。职业不同，但他们有一个共同点——不曾离开故土。在这片土地上，他们扮演着儿子女儿、丈夫妻子、爸爸妈妈等角色，依循着传统而活，守着熟悉的人、熟悉的景、熟悉的河流。平时他们的交往联络很多，偶尔跟他们小聚，话题常会让我一头雾水，因为不知事情的前因与后果。每次相聚都会让我察觉到自己的孤立，他们是群居的，而我是独活的。如果很多年前，我不选择外出求学，在御河沿儿选择一所学校就读，如今我也会跟他们一样，守着本乡本土，守着父老乡亲和一份无忧的工作，安享惬意的人生。在自己家门口，没有人敢欺负我，想晋升能找到人脉，任何沟沟坎坎都有人帮着铲平，永远怀着优越感。可是，人生不能改写。离开故土，在一个陌生的环境里，我是一个没有背景、谁都可以来怠慢轻视的异乡客，百十里地的距离，是沃土和沙漠的距离。曾经，我毫不犹疑地离开了沃土，等到受着沙漠的炙烤，体会到濒死的痛苦，才知道人生不过是一道简单的选择题。轻轻的一举足和缓缓的一留步，便是两种命运。

有时我常想，如果那时我少考几十分，跟我的同学们一样，我的生活可能会比现在不知好多少倍。隔着几十年的光阴回望，这道命运的大题可以问谁？又有谁能解呢？

父母住的小区不远处有一条繁华的商业街，街上有一家美发店，我常去那里做头发。这是我多年保有的一个习惯，我的头必须交给故乡人侍弄。回到御河沿儿做头发，让我感觉稳妥，似乎所有的隐私都没外泄，毫无心理负担。那家美发店生意很好，顾客基本上都是当地的居民。每次去，我都会遇到一些妆容靓丽的小媳妇，她们很随便地坐在椅子上，跟女老板拉家常，早晨给孩子吃的什么，穿的什么，送孩子上学路上看见了什么，一会儿去谁家打麻将，等等，然后告诉女老板，自己需要做个什么发型。

这是些时间富裕的全职妈妈，她们的丈夫忙着挣钱养家，她们负责在家照顾孩子、料理家务，以及把自己打扮得漂漂亮亮。御河沿儿特有的生活方式是男主外、女主内，男人挣得多就多花，男人挣得少就少花，女人则没有挣钱养家的责任和义务。农村城镇化之后，各个村子都给村民一定的补偿款，有的村子每月还发给村民生活费。在这种环境下，村民的生活更没有了压力，年轻一代比年老的更会享受生活，他们早已不把自己视为农民，生活跟城市人没有区别。

每次看到这些小媳妇，我都会联想到自己。她们过着平顺的生活，人生没有大起大落，也没有经过什么努力和奋斗，日子过得倒比我惬意。每天我五点多起床，六点准时冲出家门，六点二十分班车出发，晚一点儿就赶不上。八点到达单位，开始一天的工作。晚上又是一路劳顿，回到家已经七点半。披着星星，戴着月亮，这就是我曾经努力学习挣得的生活。偶尔，我心里也会升起一丝不平，造化弄人，还是命该如此，我所追求的是什么，我当初是否真的明白？

静下心来细想，我知道我不可能成为他们。我的老同学和我的乡亲们，他们可以忍受生活的平庸寡淡，人生的波澜不兴。男人的一生只有一个目标，为挣钱养家奔波；女人的一生只有一个任务，照顾好自己的小家。他们从小就怀揣着一个最纯朴的想法：把日子过下去，并过得尽量好一点儿。至于什么人生价值、自我实现，以及世界的广大、美好，都是些虚无缥缈的东西，这些东西看不见，怎么能去追求？

我命定是现在的样子，闲适的生活会把我逼疯、令我绝望，每天的有力挤压、超级忙碌倒让我精神亢奋、充实快乐，这是我的悲剧，亦是我的喜剧。世界太大，不同的人有不同的生活状态，谁跟谁都没有可比性。

经过了一段漂泊，如今我又住在了御河边，在市区的南运河南岸，我落户成为新的居民。不过，南运河进入市区后没有人叫它御河。同一条运河水滔滔流过这里和那里，十几里的距离，这里和那里的生活截然不同。然而，我还是栖居在了运河边，不再离开运河水。一条河连接着我和他们，这是命运的安排，还是只是一个巧合？

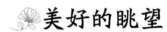

美好的眺望

　　混迹于城市的日子久了，常会思念儿时居住的乡村，喜欢在心底咀嚼那里的一景一物，在记忆里慢慢回味那里纯净的空气。不过，身处其中时，我并没有意识到它的好，甚至觉得它太老土，那时我常坐在屋檐下发呆，对外面的世界，对未来，有着太多虚幻的期待。

　　我们小村的南边是成片的田地和旷野，极目远眺，视线会被一条笔直如线的树带拦住。那是一排参天大树，夏天翁郁浓密，枝杈间似乎飞不过一只蝇虫，冬天则把赤条条的枝杈伸向天空，像是在汲取着日月精华，等待时机重新振作。为了探究这排大树后面的秘密，一年夏天，我和几个小伙伴不辞辛苦跋涉到树下。在越来越靠近它的路上，笔直的横线逐渐直立起来，变成了一棵棵挺拔的大树，枯燥的蝉鸣汇成一曲无音阶的交响，轰隆隆冲击着耳膜。我们走到树下，磨搓着粗糙皲裂的树皮，那一刻，树后的世界落入眼底。依然是成片的农田，只不过在目力所及处，还有一家工厂的塔楼。

　　很多年过去了，我仍然对那一天的经历记忆深刻。因为走得太远，天色已晚，我们不得不急匆匆往家赶。已是晚饭时间，几个孩子还没有踪影，整个村庄都揪起了心，村里的播音喇叭不断地呼喊着我们的名字……

住在现代化的高楼里，回想乡村往事，感觉自己真是个无情无义之人，到现在才记起它的百般好来。其实，我对乡村生活的怀念是不够纯粹的，如果有神力相助，能回到过往，我恐怕极不情愿，因为我早已无法适应乡村简陋的生活。那么，如今的怀念又从何而来呢？细细琢磨，也许只是为了对抗城市的包围，间接表达对当下生态环境的某些不满。

如今，人们极其关注环境问题，但是这种关注多数是从自身利益出发来考量的，在环境保护上的人类中心主义是非常普遍的。城市的扩张，工业的污染，土地的贫瘠，河流的萎缩，空气的浑浊，都会让人不由自主担忧起自己的生活。于是，许多人面对现实，呼吁保护环境，爱护自然，不过，这种保护的出发点仍然是为了人类自己的福祉。

然而，终究会有人发现这样的"错谬"。

对环境保护提出伦理学思考的奠基人奥尔多·利奥波德，为了阐述自己的环境伦理思想，在其遗作《沙郡年记》里举了一个希腊神话中的例子：奥德修斯从特洛伊战场归来后，怀疑自己的十几名女奴在他离开期间行为不端，于是将她们全部吊死。利奥波德指出，在这个故事中，这些女奴不过是奥德修斯的财产，他可以随意处置，似乎没有什么道德问题。而人们对待土地的态度正像奥德修斯一样，认为土地是人类的财产，因此可以对环境为所欲为。利奥波德说，人类应该改变"土地征服者的角色"，因为"从人类的历史中我们看到，征服者最终都是自我挫败的"。利奥波德的伦理观被称为"土地伦理"，他试图脱离以人类为中心的思想，换个角度考虑环境保护问题，这是一个很大的人性突破。

当人类把工业废水排放到河流中，河流会不会因为自己变得丑陋而掩面伤心？当树木被毫不留情地砍倒在地，它会不会因为疼痛而悲伤哭泣？当土地浸泡在杀虫剂里，它会不会因为再也闻不到自己的体香而感伤？当人类站在同理心的角度，设身处地考虑自然环境本身，对环境保护是不是会多一点儿立竿见影的行动呢？

《吕氏春秋·去宥》中讲了一个白日攫金的故事。一个齐国人想得到金子，一大早就来到金子交易的地方，看见有人拿着金子，上去就抢。有官吏把他抓住，问他："这么多人在此，你怎么就敢夺人家的金子？"他回答说："我没看见人，就看见金子了。"这个故事告诉人们，人各有所"宥"，有所困宥就不能认识事物的真相，因此要"去宥"。其实，不仅个人要"去宥"，整个人类也要"去宥"。如今，人类为自己的需要所困宥，考虑问题、衡量价值的时候，个体总是从自身利益出发，团体总是从团队发展出发，因此很容易把自己与他物对立起来，而这种从己身出发的思维方式难免有沦为功利主义的危险。

环境与人应该是互利互惠的，这个地球不仅属于人类，即便是一块顽石也占有一方空间，人类可以利用自然界中的一切，但要适度，让环境也有喘息和修复的机会。否则，人类就成了白日攫金者，只看到环境中的金子，看不到显而易见的责罚，而责罚必然会来。

多年前，我儿时的村庄就已经不复存在了，撂荒的土地据说卖给了旁边的一家企业，那一排如线的树影成了潜伏在我心底的哀伤，一条宽阔的柏油路正从其上穿过。村民们搬进了柏油路边气派的高层，过起了跟城里人一样的生活。面对这些变化，我竟然不知应该高兴还是感伤。如按照老子"鸡犬相闻，老死不相往来"的出世哲学，确实应该感伤，可是享受着现代文明的果实，又觉得自己的感伤做作虚伪。说实话，我很喜欢现在生活的丰富和便捷。于是，我成了一个矛盾的人，对乡村的怀念不彻底，对如今的热爱也不死心塌地，我在文字里怀旧，在行动上现实，不自觉地美化着过往，又不自觉地依赖着当下。于是，回归自然，成了永驻心底的美好眺望。在这样的眺望里，儿时的天更蓝，云更白，水更清，草更绿，那家工厂的塔楼也显得清亮又干净。然而，每当那座塔楼在我记忆的视野里出现，心底马上就生出一种抵触，盼望这样的塔楼千万不要再多起来。

岁月河的那些沙

光阴会说话

光阴是活的，它像个精灵，光顾世界的每个角落却又不肯停留，在飞快的流转中，用手中之刃在每一处刻下深深浅浅的痕迹，骄傲地宣布着它对这个世界的主宰。

白日里灿烂的阳光，像高歌猛进的青年，全然不知光阴之手正在拨动着它的轮盘。夕阳像一声委婉的叹息，无奈地踏来，天空随即成为光阴的画板，随意涂鸦，随意着色，然后把作品交给黑暗。谁说这样的往复没有意义？在每一日的去与来中，光阴之手磨搓着世间万物，把一个个奇妙的瞬间送进人们的眼帘，映入人们的记忆。记忆的 U 盘里存入越来越丰富的内容，不断增长的认知让人类对世界有了更多主动权。于是，许多看似无法与光阴抗衡的生命，在光阴的打磨下成为一颗颗熠熠闪光的星，点缀着人类浩渺的历史。

曾任天津市作协主席的著名作家赵玫老师用自己的经历见证了光阴的力量。在《逝水流年》中，赵玫老师讲到她十六岁成为一名钢铁工人的经历。谈到在钢厂工作八年后获得宝贵的学习机会时，她说，为着来之不易的理想成真，她始终寒窗苦读，学业中从不曾有过哪怕些微的怠慢与放纵。之后数十载，优雅端庄的女作家的一部部优秀的作品呈现在世人面前，然而这背后她所下

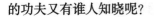

的功夫又有谁人知晓呢？

身边有许多朋友相信这样一种观点：做事情要抱着玩的心态。可是，他们犯了一个严重的错误：混淆了心态和行动的概念。玩的心态本身没有错，它可以降低人的精神压力，但是玩的心态不等同于玩的行动，如果在行动上也体现出一种玩的态度，光阴一定会无情地给出令人难堪的回答。

光阴会说话，而且说的永远是大实话。光阴绝不会作假，它像一面镜子，会把一切过往呈现，也会把看不见的未来指引。在人类生命的长河中，是做一滴永不干涸的水，还是做旋即被吞噬的泡沫，取决于每个人对待光阴的态度。摆在每个人面前的每一分每一秒都是均等的，是把它紧紧抓住，还是让它转瞬溜走，是每个人最现实的抉择。

池鱼不知海洋的浩瀚，也就不能理解海洋生物的自由与快乐，而只能对海洋充满居心叵测的揣想。信奉玩着做事的人，不会完全投入到任何一件事情中去，一遇困难就会撤退。但是真正全然投入的人，在行动中获得了无限快乐，是绝不会感到辛苦的。张爱玲在散文《论写作》中说："写作果然是一件苦事么？写作不过是发表意见，说话也同样是发表意见，不见得写文章就比说话难。"在某些人看来像受罪上刑一样的写作，在张爱玲眼里是跟说话一样简单的事情。所以，每个人都该尊重别人所做的事，免得把自己的态度强加于人。

看那溪水里的鹅卵石，在光阴之手千年万载的揉搓下浑圆光洁；看那遒劲沧桑的老树，在光阴中伫立百年，越发枝繁叶茂、生机蓬勃；还有春光下盛开的桃花，夏日里清冽的溪水，秋日满山的红叶，以及冬雪覆盖的整个世界……光阴早已做好一切准备，迎接着一个又一个生命的到来，静等着每一只愿意触摸它的手。

在浩瀚的时光之河中，人类个体的生命不过如夜间的一更，然而光阴为每个生命备下了丰盛的恩泽，谁能忍心将这份馈赠轻弃呢？

生而为人，都有着独特的价值，即使是一个乞丐，也展现了这个世界的某一面，或美好，或荒谬，或灿烂，或阴暗……所以，每个人都不该怠慢了这一世的光阴。

一个人唯有不相信世间万事都有捷径，才会加倍努力。这个世界很快就会将我们抛下，然而光阴会说话，它透过历史，透过时空，透过一切虚幻的阻挡，把生命之音传递到永远。当一切篇章落幕，个体的生命融入历史，光阴会记住那些珍惜它的人们，并一直为他们说话。

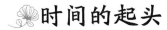时间的起头

时间有一张傲慢冷漠的脸，凝望它的人总不免生出些心虚。尤其在新年到来时，回顾过去一年，对于时间，多少就怀了一点儿怨怼，怨它无情地拂袖而去，把许多遗憾和怅惘留给凝望它的背影的人。

于我而言，挥别过去的一年，实在有些纠结的情绪。

元旦假期第三天早晨，闹钟按时响起，我关了闹钟，又一头倒在床上，恍惚中有个声音在我耳边轻声细语："起床啊，该给孩子做早点啦。"梦境中，时间一下子被拉回到孩子高考前，我支起耳朵小心聆听着对面卧室的动静，隐约听到孩子房间里传来窸窸窣窣的响声。我猛地睁开眼睛，起身拉开卧室的门，冲到孩子的卧室门前。门敞开着，室内空无一人，瞬间，我泪流满面。

去年秋天，孩子已经踏进了大学的校门。学校就在本市，离家也不远，偶尔他会回家，有时我去学校给他送些东西。一个学期，我们总有些见面聊天的机会。按理说，比起那些把孩子送到外地求学的家长，我要幸福得多。可是，总有些光阴已经过去了，有些东西已经溜走了，而且再也回不来了，这让我不免心怀感伤。

有几次，一个人在这座城市里游走，猛一抬头，看见眼前熟悉的街道，熟悉的建筑，不由心头一紧，时间把我们匆匆带离的

地方，场景依旧，物是人非。那幢华丽的欧式建筑，那个肯德基餐厅的沙发座，那家干净的奶茶店，那趟每天播着悠扬音乐的地铁……太过熟悉，太多记忆，没有人会记得曾有一对普通的母子穿梭于此，只有我们自己记得曾经怎样一起走过这一步步。

十八年，听起来很长，如今才发现原来那么不禁过，人生总共能有几个十八年呢？这么一想，更觉时间的匆匆。十八年，幼稚的孩童长成了坚定的青年，正如龙应台所言，以后我们只能目送他的背影。多年前，我信誓旦旦地把教养孩子说成尽义务，为的是让自己历练出一点儿铁石心肠，可是，不带感情地尽义务又怎么可能？当时间把母亲与孩子之间的关系推到一个转折点上，母亲再多不舍也挽留不住孩子前行的脚步，站在原地目送的母亲，唯有嗟叹时间的无情。

时间，一个高深莫测的词，每一秒是它，每一天是它，每一段历史是它，每一个深渊般的存在亦是它。我们这些受限于时间的血肉之躯，在它之内做着细胞分裂、血液循环、一呼一吸。我们被动地来到这个世界上，开启了自己的生命，那是一个时间的起头——生命的起头。对于这个起头，很多年来我们都是不自知的，待到觉察时，许多光阴已经被虚度。也有一些时间意识很强的人，留下了他们对时间宿命的拷问，然后被时间无情地带走。朱自清先生的散文《匆匆》里那句"聪明的，你告诉我，我们的日子为什么一去不复返呢"成了多少人无奈的内心回响。

记得儿时，我住的小村子因为人口膨胀，有一段时间加紧扩张，卡车拉来一车车黄土，在村南堆得如山高。这座"高山"成了我们孩童的乐园。每当日头偏西，孩子们跑回家扔掉书包，就冲上了土山。不久，土山就被孩子们的身躯轧出了一道道"滑梯"。每个傍晚，围着土山，喧闹声此起彼伏，响彻天宇。那时的我从不参与这样的游戏，不管伙伴们怎么喊，我都置之不理。我被夕阳西下的美景摄住了魂魄，独自爬上土山的半腰，坐下来，痴痴凝望着西边的天空。夕阳一点点下沉，把未尽的余晖投向天空的云。瑰丽的色彩，壮阔的画面，美得让人透不过气来。天空在一片宁静中缓慢地律动着，庄严凝重，而此时，尘世的欢声正尖锐高亢。当夕阳只剩下暗淡的"头顶"，天空中一只孤单的鸟划过幽深的长空，小村子里，家长们呼唤孩子的乳名的喊声此起彼伏，我和鸟一样欢快的伙伴们一起冲下土山，朝着家的方向跑去。

儿时的那座临时土山，是观赏夕阳的绝佳之地。那时，我每天欣喜于大自然的壮美，心里没有一点儿"夕阳无限好，只是近黄昏"的感伤，对于时间，更没有任何概念和思考。多年后，当我回想儿时坐在土山上观夕阳的情景，心底突然冒出一句感叹：我们跑不过时间。

如今，儿时早已远去，人生中的很多事已经远去，我能抓住的只是一个个隐约的瞬间，这些瞬间大多宛如邈远之处传来的歌声，模糊不清。偶尔，我用文字记录一些这样的过往，却也只能无奈于语言的苍白和有限。

其实，如细细琢磨，就会发现，我们对时间的耿耿于怀多是源于对往昔人、事、物的不舍，人类更容易被感情左右。处于浩瀚的时间中，就像处于群体中，轻易就被某种情绪感染。对于留不住的往昔，叹惋之余，便把一切归罪于无情的时间。

的确，时间本身是一个不带感情色彩的存在，它桀骜冷漠得简直让人气愤。时间时时刻刻在提醒着我们是多么渺小，多么不重要。每当想到这世界不会因你的沉睡而不再醒来，很自然会生出气馁的情绪。可是，对于现实生活，这样的想法有百害无一利。如今，当时间把我推到又一个人生的转折点上时，我宁愿低头向时间妥协，承认它的强悍、我的软弱，也因此对时间有了平和的看法，对于未来抱持一份平和的期待。甚至在自己的宿命里，我感恩于时间之手每一次对我的推动，每一次将我从某种境遇、某个环境中坚决地带离。

一旦向时间服软，便能理解何为乐天知命，这势必给生命带来极大的释放和自由。置身于凡尘俗世，看看每天早晨车水马龙的街道，嗅嗅超市、美食街蒸腾着的人间烟火气，偶尔听听别人的前尘旧事，生命生生不息，日子生生不息，霎时间，阳光穿透裂缝，勇气信心倍增。

新的一年在人们的声声祈愿和祝福中开始了，这也是一个时间的起头——新年的起头。在新年的起头给自己定个小目标吧，然后努力去完成它，也许会让我们有跑过了时间的喜悦。本来要把我的想法分享给正在高校里准备期末考试的孩子，又怕搅扰了他学习的状态，想想还是作罢。

既然都说光阴似水，那就让一切在时间里缓缓地过去吧。

岁月的外衣

喜欢在这座城市里漫无目的地游走，暮春的暖风送来淡淡的植物馨香，飞扬的柳絮制造着迷蒙的氛围，明媚的阳光正在头顶灿烂。每个地名都是熟悉又亲切的，每一寸柏油路旁的景物都是眼眸的故旧，就这么一条条街走下去，只用脚和眼，这时候心是最轻松的，没有一点重量。

因为写一篇民国小说，翻看了很多过去的资料，在一张张陈旧暗黄的地图上，工笔画似的线条勾勒出整个城市的轮廓。海河曲曲弯弯盘绕，所到之处尽是陌生的地名。滨江道不叫滨江道，叫葛公使路，后来又改为福煦将军路。多么陌生的名字，像世界另外一隅的某个地方，与我们毫不相干。当时这个城市很小，现在的南开大学所在地周围是一片荒野，现在的人民医院则是一所监狱。最近三十年，随着道路拓宽改造，中心城区里拥挤的青砖小楼踪影全无，剩下的一些小洋楼因为沾了名人的光被保存下来，成为一个个异国风情景观。每当徒步其间，都有时光倒流之感，然而我知道，许多街道的名字早已改头换面。

走路看景容易陷入局部的陷阱，看地图则能从宏观上了解城市的概貌。走路与地图结合才能对城市做一个全面的了解。城市发生着变化，在不同时期的地图上体现出来，这些变化也正是当时社会情况的具体反映。拿起现在的城市地图与民国时期的地图对比，城区已经扩张成好大的一片，密密的交通网像人体的血管。每天出去走走，都会感觉到日新月异，过去的郊野已经高楼林立，小城镇与城市融为一体。

在岁月的流转中，城市早已褪去了一层又一层陈旧的外衣，然后又穿上一层崭新的外衣，然而每一层外衣的脱下和穿上都牵涉许多故事，牵涉许多时代中人。坐在街边的长椅上，观察着周遭的路人，每一张脸似乎都带着历史的尘埃。他们风尘仆仆地从老旧的地图上走下来，走进一个新的世纪，一个新的时代，经过这样的时空转移，如今他们依旧踏着原来的步子，行走着，向着自己未知的命运。

褪去岁月的外衣之后，猛然发现城市依然是原来的城市，就像人依然是原来的人。生存的挣扎惊慌，内心的踌躇恶斗，行为的张扬造作，所有一切都无变化，这便是城市和人共有的悲哀和无奈。

于是，我试图在自己的作品里剥去所有岁月的外衣，无论它多么光鲜，或者多么肮脏，我都要用手将它层层剥落，好把那些不能改变的东西看个仔细。这些东西关乎人性，关乎历史，关乎当下，关乎每一个个体的喜怒哀乐。

不知是谁说过这样的话：无论时代怎么变化，人性总无大变化。人性体现的是人类的共性，透过这些共性让我们看到自己。城市需要一件外衣来区别现在与过去，人一样需要外衣来遮羞，或者将其作为身份的表达。这样一件外衣恰恰体现了时代性。时代性带着我们一会儿穿上喇叭裤，一会儿穿上紧腿裤，一会儿热衷于的确良，一会儿追逐绵绸。外衣不断更新，旧的样式又变为新的潮流，人被动地追随着，消耗着不长的生命。这是每个人的宿命吗？

　　城市之于我们是一套百十平方米的住房，是一所教育资源优越的学校，是一片购物、上班便利的生活区域。我们对城市的依赖和需要，物质大于精神。脱离了城市，人的麻烦也主要是物质上的。这样看来，城市不过是身外物，它的狭窄，它的壮大，都不单与我有关，因为城市中的所有人都分享着同样的狭窄，或者同样的壮大。

　　人更关注的是自己身上的外衣。只有自己身上穿的才能代表自己所拥有的，才能表现出自己与同城人的不同。但是这样的拥有难道可以长久吗？外衣总会陈旧，总要褪去，再穿上的，又是自己满意的吗？

　　游走在城市的角角落落，与各种各样的人擦肩而过，我看到了安居在多变的世事之上的不变。一张脸走远了，又一张脸闯入视线，对于我，他们毫无区别。

　　徒步回家时，万家灯火已亮起。万物披上薄纱，那笼在各色灯火中的城市和人们，像在接受一次庄严的洗礼。这件纱质的外衣是黑夜送给世间万物的一份摸不着的礼物。

岁月的冠冕

　　岁月短暂，岁月悠长，岁月赐给我们许多宝贵的生命感受，岁月也无情地带走许多宝贵的人、事、物。岁月把青春年少、强壮勇气给予我们，终有一日，也把夕阳暮年、气力衰败加给我们，不管我们是否愿意。岁月带一些东西来，也带一些东西走，生命的年龄渐长，对身外的得失或许能淡然处之，不过对于老去这件事，很多人始终都不能接受，甚至是耿耿于怀。

　　一位年长的老师曾略带无奈地问我："看我最近是不是老多了？"我打量着他头上的白发，有些不知所措。与几年前相比，他的白发真的多了不少，白发一多，自然显老。尤其是他刚理过发，两鬓的白发藏不住，短短的白头发楂暴露无遗。可是我不忍心伤他，支吾说："还好，还好。"老师摇头苦笑，一股悲凉的风瞬间掠过我的心海。

　　那时，我自己头上还没有白发，不能切身感受白发给一个人带来的伤感，抑或压迫感。我以一种优越的心态观察着别人的老去，这样的观察完全于己无关，一时的悲凉很快就被丢在脑后。不过，老师的表情让我记忆很深刻，无奈之外，带着点儿绝望。

　　岁月不饶人，一晃周围许多年龄与我相仿的同事都说头上长出了白发，最近两年白发更是越来越多，已经到了不染不行的地

160

步。我的白发生得比较晚，最近才发现有细小的白色绒毛偶尔从头顶探出来，这半寸长的白发竖立于头顶，有点示威的意味。我找来一支眉毛钳子把它果断拔掉。可是，拔掉了白发，并不能除去心里荒草漫长的感觉，岁月已经染指了我的头发，也要染指我生命中的一切。从发现了白发的那天起，我时常对着镜子，扒着自己的头发寻找，寻找白发的踪迹。我知道终会有一天，我不用再去费心找寻，它们会一点点布满我的头，只是现在我仍然不死心，总想把它们迅速毁尸灭迹。

周末，我带母亲去做头发，看到母亲稀疏的白发，裸露的头皮，我心里不是滋味。母亲一个劲儿跟年轻的美发师姑娘说："头发太少了，全都白了，怎么弄也不好看了。"姑娘安慰说："烫完就多了，再给您染染就年轻了。"母亲已过古稀之年，声如洪钟，走路生风，只是脊背最近一年不那么挺拔了，所以我常常不觉得她老了。她自幼吃苦，却生性乐观豁达，脾气直爽得像个孩子。年轻时面对生活的艰难，偶尔也会发几句牢骚，但发完了，该干什么干什么，生龙活虎，阳光普照。我父亲说那是我母亲"出毒"的方式，意思是说，让她发泄一下，她才不会憋屈出病来。随着年长，母亲很少再有牢骚，她总是用劝慰的方式跟晚辈说话，化解晚辈生活中的许多困惑，消除晚辈的不良情绪。孩子们来了，做吃做喝自不必说。那天坐在美发厅里，我母亲和初次见面的美发师姑娘聊得很开心，要走了，还一再跟姑娘说，如果因为疫情回不了东北老家，就去我家过年，弄得姑娘有点儿小感动。看着母亲一脸慈祥，我这个做女儿的有点儿自叹弗如，心里竟然对年老的母亲生出点儿羡慕之情——上了年纪，走到哪里，都受人尊敬，什么时候我也能有如此待遇。

不由得想起书上看来的一句话：白发是荣耀的冠冕。而所罗门王也有句类似的箴言：白发为老年人的尊荣。冠冕和尊荣谁不愿意要呢？可是如果以白发的形式给你，你愿意接受吗？一顶荣耀的冠冕戴在我们头上，我们往往不自知，倒是感伤的情绪占据了心底。

白发是生命成熟的标志。试想，如果我们能活到看见自己满头白发，那是多么快乐的一件事，有许多人见不到自己的白发就告别了这个世界，那是何等悲情。生命的成熟，不是生命的衰败，许多七八十岁的老人仍然努力工作，认真做事。冯友兰先生的女儿宗璞，九十岁高龄又完成了一部巨著，可见年龄不能成为怠惰的借口和障碍。

曾有一位老人这样写道："日近黄昏，少一点倔强的意志和焦急，少一点詈骂的火气，多一点慈悲的爱慕，这样我们走进生命的终程。"因为头生白发，意识到生命即将进入又一个时期，或许能促使人们思考今后应该修炼出怎样美好的性情，打造出怎样饱满的生命。

白发是岁月赏赐的冠冕，如何让自己配得上这顶冠冕，才是头生白发的人应该思考的。尊荣是自己挣来的，冠冕戴上了就别亵渎它。头顶华冠，感谢岁月的历练和赠予，快快乐乐地去生活，给予这个世界一些美好的东西，这是我母亲用她自己的言行告诉我的。我希望有一天这样的冠冕戴在我的头上，我能配得上它。

岁月河的那些沙

人们常说岁月像一条河，那么，有谁想过每条河的深处都会淤积泥沙呢？尤其是那一层沉积的细沙，平滑地铺在河底，透过河面的粼粼波光，可以看见它细滑如肌肤、安静如处子的模样，这就是过往岁月的遗迹。那人、那事、那情，那丝丝缕缕常会钻进你心的记忆片段，它们沉于河底，又成为整条河流的一部分。

每个人的记忆都是有选择性的，我们不可能记得所有过去，也不可能把所有过去一点不变地完全复原。我们最容易忘却的是平淡日子里的平淡事，最容易记住的是巨大的幸福和刺心的痛苦。而且这些幸事和痛事会不断被记忆修补、变形，结果是幸福和痛苦一样被夸大。

写小说的人喜欢夸大，无论是幸福还是痛苦，都习惯把它放在创作的天平上称一称，怎么重就怎么刻画人物，怎么有张力就怎么设计故事情节，正所谓"典型环境下的典型人物和典型故事"。小说毕竟不是现实，所以必须除尽生活的琐碎，才能从石块中剖离出玉石。在这样一个过程中，小说不再是某个生活中的人物或事件的再现，透过一个人物或一个故事，我们可以看到一群人、许多事。

散文其实也是一种变了形的真实。存留在我们回忆里的乡村，被一次次美化，去粗存精，变成清透淳朴的田园。在记忆的世界里，我们无须用双脚踩踏泥泞的乡村土路，不再用鼻子呼吸充斥着粪便味的潮湿空气，于是我们在闻够了汽车尾气，住够了钢筋水泥搭建的房子之后，怀恋曾经的生活方式。对当下的厌倦和对复归的盼望，让我们在心里一次次修补着乡村的图景和童年的故事，它们怀着一种恋旧的情绪流淌进文字里，最终成了变形的回忆。

艺术必须高于生活，才能显出它的优势，显出它对生活的高度概括能力。艺术需要夸大，需要变形，需要修饰和改装，然而艺术更需要真情实感。一篇小说如果仅仅成为技巧的工厂，总还是缺少了些什么。一篇散文如果没有真实做依托，再感人也让人觉得是煽情，更有甚者让人深觉恶心。所以，无论作者使用怎样的技法、结构和文辞，写出的作品是现实主义、超现实主义还是魔幻现实主义，有一点不能改变，现实始终是基础。即便是天马行空的童话故事，也跳不出这个宇宙的范畴。

作为一个作者，我常常喜欢回忆过去的事情，那些人和事被记住和被想起都是在很偶然的情况下。它们就像河底的一粒沙，猛然硌了我的脚心一下，然后许多往事像周围的许多沙一样包围过来，一连串事情被记起。当我陷入一段回忆时，我常常会让灵魂努力跳出来，问自己：什么是真实的过去，哪些细节、话语、情感是我人为添加的，我有没有把一些事情夸大、变形？在这样的思考中，我更冷静地观察这个世界的原貌，而减少了主观情绪化带来的偏颇。

不是所有的现实都能写进作品，正如不是所有的沙里都能淘出金子。有些素材有加工成艺术作品的可能，有些则不能。这就需要一个作者有敏锐的发现能力。有些素材虽然可以加工成作品，但需要时间来使它成长丰满，急于加工只能毁了它。所以，一个作者有时候需要等待，等待人物丰满，等待故事壮大，这种心情是迫切焦急的。很多时候，题目就躺在我的电脑里，可是我一直无法下笔，我需要等待，等待的日子又让我绝望狂躁。当一个故事饱满了，结构捋清了，就再没有什么可以阻挡我，我又可以怀着激动的心情去开荒了。

记忆是一座宝库，里面有挖不尽的矿藏。大多数人看到的只是河底表层的细沙，没有往下深挖过。一个作者却不能停留在表层，需要向下张望，透视到表层之下。那里有更多不一样的沙，它们被视线翻腾起来。于是，河底的细沙不再是细滑如肌肤、安静如处子的模样，和不同岁月的过往之沙搅在一起，那人、那事、那情，那丝丝缕缕常会钻进你心的记忆片段，便有了它的前世今生，有了不死的生命。过去在当下找到了价值，以后一定还会有价值。

光阴会说话

🌸 月历牌

最先迎接新年的不是新衣服，不是年画和灯笼，而是月历牌。

月历牌，是我妈妈对日历的称呼，老天津人都熟悉。长方形的月历牌，厚厚的一本，一天一张，平年三百六十五张，闰年则多一张，加上稍显硬实的封面和封底，再印上"新年快乐"四个大字，红色为底色的封面立即把新年的喜气渲染出来。

小时候，每年一进十二月份，街上就开始有卖月历牌的了。大大小小开本不同的月历牌就像父母带着儿女在条案上列队，露出一张张喜气洋洋的脸。每年买新月历牌，妈妈都要带上我，这份除旧迎新的喜悦她要与我分享。妈妈从来都是买最小开本的月历牌，她说小的和大的一样看日子，我心里明白，她是为了省点儿钱。即便是买小月历牌，也让我兴奋不已。新年来了，旧年走了，崭新的月历牌会让家里焕然一新，手拿一本新月历牌，似乎新年就在门口了。

我家的月历牌挂在爸妈的卧室里，靠近门框的墙上，墙面上常年揳着一根长钉。新月历牌买回家，我就迫不及待地把它挂在旧月历牌上，封面上财神爷慈祥憨厚的笑容照亮了整面墙壁。新年第一天早晨，我早早起床，取下旧月历牌的"残骸"，再把新月历牌端端正正地挂好，整个过程就像个庄重的仪式。可我怎么

166

也舍不得撕下财神爷，于是妈妈拿一根皮筋缠在长钉上，然后把月历牌的封面掀上去，套进皮筋里。新年的第一天就像初升的太阳红彤彤地降临我家了。

以后的日子，每天早晨，我起床的第一件事就是去掀月历牌，掀起一张用皮筋别住，站在新的一天面前定定神，然后该干什么干什么去。日子就这么被我一天天掀上去，和财神爷一起压进皮筋里，直到有一天，细细的皮筋失去了承载负荷的能力，掀上去的日子重重地下垂，像抬不起眼皮的老人，挡住了当天的日期。

那时早已过完了春节，春天也走到了末梢，暖风正送来窗外梧桐树的清香。妈妈帮我把皮筋从月历牌上取下来，让我把那一摞过完的日子整个儿撕掉。此时，我会毫不犹豫地撕下那厚厚一摞纸，然后把它们订成一个小本子，用反面当草稿纸。新年给我带来的喜悦已经消失，财神爷还在冲我笑，只不过那笑容似乎陈旧了许多。

瘦了身的月历牌再也不用受皮筋的束缚。每天早晨，我会利落地撕掉一页。撕下来的这些页，起初会被我攒起来，到了后来我就没有了耐心，嫌它东一张西一张地添乱，于是撕完随手扔掉。日子一天天过去，月历牌一天比一天薄，比起年初时厚实的样子，它逐渐成了可怜的瘦猴。日子被人过薄了。

后来，挂历、台历进入每个家庭，家家户户很少再挂月历牌。挂历和台历把一个月的日子印在一页上，所以一个月才需要翻一次，日子不再是厚厚的一本，变得很不禁翻了。我想，现在人们觉得日子过得快，可能跟挂历、台历的出现有关吧。每天数日子的岁月早已远去，时间偶尔才会被想起，想起的时候，它已如流泻的日光掉转了方向。

现在，市面上仍然可以见到月历牌，只是购买的人少了。我

光阴会说话

还是怀念挂月历牌的日子。一天一页的光阴，让每一天都在心里划出深深的痕迹，生活过得不至于浑浑噩噩。从年初对月历牌的爱惜，到后来利落地撕掉，可以清晰地看出人对时间的态度。新的一年，总是让人心怀热盼，寄予无限厚望。然而，当人们对新年习以为常，新年也就变成了旧年，人们又开始把希望寄托到来年了。

小小的月历牌让生命感受着时光清晰的存在，就像一架飞机在浩瀚长空里拉出的白线，自己的轨迹清楚明了。这样的轨迹如今还有人珍惜吗？

168

窗 口

　　从我家七楼的窗口向外眺望，眼前是另一个小区的草坪，再前面是弯曲的小路，视野开阔。目光左移，向东望去，越过小区的围墙，是一条小柏油路，柏油路的另一边是一家公办幼儿园。幼儿园的院子铺满绿色的塑胶，门口一个硕大的红苹果造型，鲜艳亮丽。再向东，幼儿园旁边是一家中学的深红色屋顶，尖顶高耸，古朴又庄重。每逢工作日的上午，若是我偶然没上班，恰好又在家里，就能听到扩音喇叭里老师的喊声，接着就是做课间操的音乐声。阳光从窗口斜照进来，照在阳台上的几盆植物上，照在我的后背上。那时，我正坐在离窗口不远的电脑前，敲击着键盘，世界静谧，只剩下了扩音喇叭里广播体操的号子声。

　　经常会有一群群鸽子掠过我家窗口的上空，它们如一道黑、白、灰交织的闪电，嗖地飞过，悄无声息，窗口猛地一暗，顿时又亮起来。偶尔，也会有鸽子在我家窗外停留。它们在护栏上拼搭的木板上徘徊，不紧不慢地踱着方步，宛如优雅的绅士。有时，它们蹲下来，蜷曲着身子，裹紧了翅膀，在阳光下小睡，那样子俨然是在自己家里。当它们看到窗口里面的我时，并无惧色，也不仓皇逃走，仍是一副我行我素的样子，弄得我倒要小心翼翼，唯恐惊到了它们，心怀歉意。

几年前，从我家窗口望去，不远处是一个沿街而建的市场。每逢傍晚，打折卖菜的吆喝声带着浓郁的市井气息从窗口扑进来，平凡的生命鲜活得像一条鱼，在落日余晖里游弋，鳞片闪着熠熠光辉。生活就是最质朴的柴米油盐，最赤裸的打折甩卖，清脆响亮，简单易懂。后来，那片市场关闭了，房舍拆除，街道拓宽，街边划定了车位，成了露天停车场。从此，那个区域市容整洁了，可是许多美食就此消失了。烤鸭、烤羊腿、熏排骨、炸鱿鱼、章鱼小丸子等，突然遁形，寻而不见，让人眼里嘴里尽是落寞和无趣。傍晚卖菜的吆喝声从此成了绝唱，每每在耳畔呓语般回响，而窗外是一片令人失落的寂静。

天气好的日子，我喜欢透过窗口望天。城市的天空不能跟儿时乡村的天空相比，黑夜里很难看到星光，但是白天还不错，云朵装点的天空自有一番曼妙的风景。天空湛蓝，云朵轻飘，如烟、如雪、如霓，以深邃的蓝色为背景，云朵显得愈发洁白。我痴痴地望天，像个贪婪的孩子望着一团团棉花糖，欲窃而不得。

不知是否有人跟我一样，喜欢以窗口为视角观察外面的一切。每户人家的窗口都有不同的风景，即便是相邻的两户人家，窗口的位置仅仅挪移了几米，那风景也是完全不同的。南北通透，前面障碍物少的房子，室内采光好，窗外的风景一定不差。我很庆幸的是，没有住过东西向的房子和筒子楼，那样的房子总有不尽如人意处，窗外的风景也会大打折扣。

从窗口向外望的人，其实也是窗外人的风景。有时，我走在小区的街道上，会不自觉地抬头望向一幢幢高楼，每一个窗口都像一只眼睛，这些眼睛无一例外被钢铁护栏包围着。有的护栏上摆着花盆，而大多数空无一物。从外面望去，看不清室内的情况，若是窗口站个人，也只能看到一个模糊的影像。远处的高层窗口整齐，全部是黑洞洞的，窗外的人想观察窗口里的状况绝无可能，冰冷是对这些窗口最恰当的形容。从窗外望窗里，实在没有从窗里望窗外有趣。不同的视角，对周遭的感受完全不同，一个是居小见大，另一个是居大观小，所见之物天壤之别。

每一个窗口都有属于自己的眼睛，各怀心事地望着世界，世界也望着它。对于这个窗口里的人，窗口是观察世界的一个角度，是安稳温暖的身之所在。对于这个窗口之外的人，它是一个陌生的存在，一个神秘的诱惑。一辈辈人走进窗口，又走出窗口，把窗口里的一切轻易撇在身后。

几年前，我家小区的老人们相继离世，那是一个死亡的高峰期，经常是这家刚办完丧事，另一家又接上，有时甚至是多家同时吹吹打打，不胜热闹。如今，那些属于老人们的窗口，被他们的晚辈占据，重新装修的房子里，年轻一代静静地过着日子。

物是人非，唯有窗口外的风景容颜不改，天空湛蓝，云朵雪白。春天，小区里的苹果树照旧开花。每天上午，广播操的号子声依然悦耳。时间缓慢行进，只是带走了多少窗口里的人。

妙语"文"心

　　眼前的她大大出乎我的意料。来之前,朋友说她曾服务于许多名人,获得过很多奖项,在美容界是很大的"腕儿"。凭着我对美容行业粗浅的了解,我想她要么是趾高气扬,拒人千里;要么就是过度热情,做作夸张,可是无论怎样,眼睛都始终紧盯顾客的钱包。但是面前的她全然颠覆了我的想象。看到我进来,她停下手里的活,抬起头说了声:"先坐吧,稍等一会儿。"一张素面朝天的清新面孔,邻家小妹一样随意的语气,一时间,我靠在门旁竟怔住了。

　　她的工作室位于城市的中心商业区,空间不大,却处处颇显匠心,体现着主人的审美能力。较大的空间用于接待来客,实际用于工作的空间只有几平方米。在等待的过程中,没有人跟我说起她曾服务于哪位名人,我甚至怀疑自己是否来错了地方。轮到我走进那几平方米的空间,躺在床上,我注意到对面墙上挂满了获奖证书和资质证书。怎么没有一张与名人的合影呢?我狐疑着。在我看来,一张与名人的合影比这一墙证书更有说服力。我想问问她,一是满足自己的好奇心,二是日后可以向别人炫耀。于是,在她轻轻给我描画眉毛的时候,我开口问:"听说你给很多名人文过眉,是吗?""什么名人啊!我觉得他们都是些伪名人。"

不急不缓的回答令我异常惊讶，"个人素质极差，连普通人都不如，算不上名人。要说算得上名人的嘛，我觉得倒也有一个。她是一位学者，台湾人，名叫叶嘉莹。我给她文眉那年，她已经八十多岁了，不愧是一位学者，谦和有礼，风度翩翩，我觉得那才是真正的名人。"

听了她的话，我竟一时无言。原来我对名人的定义只是"有名的人"，这样的定义显然太过狭隘，而她对名人的定义要宽广得多，严谨得多。我对眼前的她不禁肃然起敬。我暗自揣想她是否曾被许多自命不凡的人轻视，又必须低眉顺眼地在他们脸上工作。我曾经在不同的地方见过许多这样的"受气包"，转过头来，把颐指气使的姿态变本加厉地复制到自己身上，再转嫁到另一个"受气包"身上。这样的人，往往在某方面有一技之长，却全无德行护身。平时，我们习惯了以仰视的角度看待在某个领域有建树的人，而这种仰视其实多半是盲目跟从，缺乏个人的判断力。从她身上，我突然明白，不论面对怎样的喧哗，总能保持清醒的头脑，秉持一贯高尚的价值观、道德观做出独立判断的人，才不会在物欲横流中迷失自我。

走出这间温馨的工作室，我突然觉得自己像走出了一个课堂。年轻的她不仅给顾客文出了满意的眉毛，而且把美好的东西文在了我的心里，让我久久回味。

与一只狗对视

我天生怕狗，看见狗就远远躲开，迫不得已从它旁边经过，总是避免与它对视。似乎与它对视，就会让它看破我的心思，知道我对它的惧怕，然后它就会毫不犹豫地向我扑来。

听到过很多被狗咬的事情，这更增加了我的恐惧。记得小时候，我家邻居养着一只纯种德国狼狗，邻居用一根很粗的铁链子把这只狗拴在院子的一角，每天这只狗只要听见周围有动静就会发出震耳欲聋的叫声，看见人就试图挣脱铁链子冲过来。有一次，他真的把铁链子挣断了，冲出门外，跑到街上，咬伤了一个人。据说那个人脚面的皮被它狠狠地撕扯掉一块。我不知道邻居是怎么制伏这只疯狗的，反正我是再也不敢从他家门前经过了。

有很多人喜欢狗，并把狗视为忠实的朋友，但在我看来，狗都是疯狂的，它们看见人就会狂吠，露出尖利的牙齿，丝毫不懂得友好。即便是现在，养宠物狗的人比比皆是，我依然对狗没有好感。那些有名有姓的宠物狗我也害怕，他们仗着主人在身边，摇着小尾巴叫，声嘶力竭，毫无声势，却一副不依不饶的架势。

看见狗，我能躲多远就躲多远。我怕狗，见了它们就心虚，多年的经验告诉我，不与它们对视是最好的逃脱方式。装作视而不见，其实余光始终观察着它们的反应，然后加快脚步走过去。

我绝不敢跑，跑只会让它们看出我的胆怯，反而把它们吸引过来。

很多年来我都是这样，以不对视的方式从一只狗旁边逃脱。可是，不久前发生了一件事情，改变了我对狗的认识。

那是一个夏日的早晨，我急着赶班车，走到半路，看见一只灰白色的小狗在路上徘徊。因为必须从它旁边经过，我就摆出一副视而不见的样子，打算匆匆走过去。当我走过它身边时，我的余光瞥见它正仰头看着我，它没有叫，只是默默地跟在我身后。我万万没想到会有这一手，恐惧让我加快脚步，可是它也加快速度尾随上来。我心里有点儿慌，停住脚步，壮起胆子，打算虚张声势一下，把它吓跑。我冲它一挥手，喊："去！"它停住脚步，用一种怯生生的眼神注视着我。一瞬间，我和一只狗四目相对。这只不知是什么品种的小狗有一双棕黑色的眸子，清澈明亮，眸子里写满了无辜和哀怨，就像一个不知犯了什么错误的孩子，诧异地望着生气的家长。我被这双会说话的眸子吸引住了，怔怔地与它对视。这对眸子里没有凶悍疯狂，没有仗势欺人的狂妄，更没有不可一世的骄傲。这是一双友好的眸子，一双楚楚可怜需要帮助的眸子。

突然，我意识到这是一只流浪狗。它身上的毛有些肮脏，很多地方打结拧成了疙瘩。它的头顶梳着一个朝天的小辫，红色的头绳还很鲜艳。它是走丢了吧？还是它的主人不要它了？它是不是把我当成了曾经的主人？或者它想让我收养它？我的心里猛然升起一股母性的温柔，怜惜之情抓住了我的心。

每天早晨，我都是掐着时间出来赶班车，绝不能耽误，于是我转身，狠狠心，继续往前走。它一直跟随我到班车站，望着我上了车，然后在车周围转着圈。路上有行人经过，它又追着行人远去。

我天生怕狗，绝不敢领养它，但是我想明天早晨可以给它带点儿吃的。可是第二天早晨，我没有看见它。那只小狗从此再没出现，但是它的目光刻在了我的记忆中，再也无法抹去。它目光里的无辜和无助、胆怯和忧伤刺痛了我的心，让我对它怀着些许愧疚和歉意。它的出现似乎是上苍的一个奇妙安排，让我领略了一只狗的另类风格，改变了我对狗的一贯认识。

与一只狗对视，让我发现狗与人一样，可以分为很多种，不可一概论之。与一只狗对视，也让我看见自己的内心世界始终隐藏着一片黑暗。以防备的心理面对周遭，以怀疑的态度看待一切，却不承想，被我防备怀疑的竟是一个单纯的生命。想到这里，心里实在有些悲哀。逐渐积累的生活经验让我们不断褪去最初的纯真，阅历的增长让我们学会以小人之心揣度一切，为了不被伤害，给自己穿上盔甲，美其名曰自我保护。而与一只狗的对视，让我看到，我们离开原初的自己已经太远，很多次，我们错误地估计了周围的一切，而又只能这样，只因来路已逝，归途渺茫。

一条小鱼

　　蜿蜒的河上横跨着一座钢架桥，一条小鱼直挺挺地躺在桥面上，身躯还银白新鲜。它从头到脚不足成人的中指长，宽度大约有成人的拇指那么宽。这么小的鱼谁稀罕呢？它被人从河里钓上来，顺手遗弃在桥面上。

　　几乎每天早晨，桥上都有人垂钓。这些骑着电动车不知从何处来的中老年男人，把小马扎垫在屁股下，从桥的栏杆之间垂下钓竿，放下渔线，然后静默着。河水并不清澈，浓绿的一团，钓上来的鱼自然也不会有多么肥美。可是，这些垂钓爱好者似乎总盼着钓到足够大的鱼。每当钓到小鱼，他们就随便扔在桥面上，任由这些弱小的生命自行暴毙。旁边常有三五个旁观者，扶着桥栏，望着水面上的动静，他们对干渴得奄奄一息的小鱼连看一眼的兴趣都没有。

　　每天不知有多少条小鱼在这些垂钓者的手下毙命。这些人看不上麦穗一样的小鱼，对他们来说，小鱼是垂钓的障碍，是多余的，钓到小鱼等于浪费了自己宝贵的时间，损失了买来的诱饵。因此，这些碍事的、孱弱无用的生命是不该出现的，出现了就该被随便处理掉。

　　可是，当一个强大的生命对一个弱小的生命任意为之，而毫无怜悯之心的时候，总让人感到这个世界太冷。因为在这个星球上，谁都可能充当强者，谁也都可能成为弱者，强者与弱者不过是相对而言罢了。一条小鱼在人面前显然是弱者，改变不了被人宰割的命运，那么，一个人在另一个人面前也可能是弱者，受人欺侮、伤害、胁迫，却毫无反击之力。如果按照丛林法则解释，似乎一切都讲得通，"大鱼吃小鱼，小鱼吃虾米"，然而，隐隐之中总觉得哪里出了问题。

不知道那些专心的垂钓者都有怎样的生活背景，凭借停在桥头的老旧电动车、身上朴素的装束、不修边幅的模样可以推测，他们绝非拥金揽银之辈。也许他们正在生活的罅隙里喘息，又不能挣脱出狭窄的空间，为自己开拓广阔一点儿的天地，于是才拎起钓竿，来到桥面上，以垂钓的方式平静自己疲累的心。

由一条小鱼的命运可以看出，对生命缺乏敬畏之心是人类世界普遍存在的问题。一个普通的垂钓者不懂得敬畏一条小鱼的生命，正如一个人不懂得敬畏另一个人生命的存在。或许小鱼实在太小，根本无法进入垂钓者的"法眼"，可是即便如此，也不用残害它的生命吧？将它放归河中，给它一条生路不好吗？让它存活下去，对人又有什么妨碍呢？垂钓者随手将小鱼暴尸桥面的动作，体现了一个生命对另一个生命的漠视和轻蔑，这种漠视和轻蔑摧毁的恰是另一个生命的全部。

中国古人讲"勿以善小而不为，勿以恶小而为之"。然而，为善不易，作恶却很自然，而且每个人都喜欢强调自己善的一面，对自己的恶则很少察觉。因为行善时，人往往是刻意的，所以记得牢；作恶时，出于自然，忘性就大。殊不知，恶的传染力很强，人在不知不觉中就中了它的招，成为它的俘虏。作恶之后，人还会安慰自己说，人人皆如此，我又能奈何？于是，恶就在一种可

得豁免的心态下日益壮大了。

一条小鱼，僵硬地躺在铁板桥面上，那么无辜、无助、凄凉。它是这世上每个人的化身。它曾在水里自在游弋，绝无违背道德道义之处。一天，它看到一粒鲜红奇美的肉，它贪图这粒肉的美味，主动咬了上去，就在那一刻，把自己的生命交到了别人手里。它太渺小，太无用，不够填塞人的牙缝，于是等待它的只有暴尸的噩运。人类在这个绚烂的星球上生存，从大自然中汲取着一切所需，填充着自己的肚腹，充盈着自己的精神。本来享用这份自然的馈赠实属正常，然而，当人心里充满了骄傲、私欲、贪婪，当人的行为过度地攫取、破坏、浪费，无视别人死活，专顾自己逍遥，所有美好的事物就完全变了质。

一条小鱼的命运让每个人警醒。在这个生存空间越来越逼仄的世界里，每个人都有机会充当强者，也都会充当弱者。如果一个人充当强者的时候，能想到自己也有成为弱者的一天，那么这个人才有可能懂得敬畏弱小的生命，并对其心怀悲悯。说到底，无论是谁，都该意识到，人对他者所做的，最终都会作用在自己身上。

一棵五彩椒

一个五彩椒，带着去年干硬鲜红的果实和泛黄的叶子，走过漫长的冬季，走进了又一个春天里。早春的阳光照在它的枝杈上，枝杈的顶端长出了鲜嫩的米粒大小的叶片，几颗青色的新鲜果实，沉睡了整个冬天，如今泛着一层紫色的光泽。

复苏的生命，用它不动声色的变化吸引着有心人的关注，不争不抢，慢慢妖娆。

这个五彩椒本就是个惊喜。去年春天，我在露台的两个大花盆里撒下很多五彩椒种子。可惜嫩绿的小苗钻出泥土不久，就全都干枯了。尽管每个周末我都认真浇水，无奈它们太孱弱，我只能望着它们慢慢死去，束手无策。播下种子时对美丽的五彩椒的期待，被残酷的现实无情埋葬。从此，我再不去露台，早出晚归的作息让我没有闲情逸致流连于那里，何况我期待的美景并没有出现。有一天傍晚，我的目光偶然掠过露台的时候，透过花盆里高高的狗尾草，我看到了一些不一样的色彩，我竟不敢相信自己的眼睛。那时已是秋季，借着傍晚昏暗的光线，我仔细再看，那些紫色的、红色的、青色的、黄色的、橘黄色的果实，就像一颗颗五彩的糖果，又像一盏盏可爱的小灯笼，挂满了枝头。

我兴奋地打开露台久久关闭的门，跑过去确认自己的惊人发现。一棵五彩椒——只有一棵，在花盆里长得根粗苗壮，周围的野草没能将它包围，更没能阻止它苗壮成长，结出累累果实。我迅速拔掉周围的杂草，将略有些倾斜的主干扶正，找来一支筷子，插在主干旁边的泥土里，并用一根线绳把主干和筷子绑在一起。这么一固定，五彩椒的身姿笔直挺拔，那些绚丽的果实，在昏暗的傍晚，闪烁着霓虹般的光彩，精致而又迷人。

立冬以后，天气越来越冷，我把这棵宝贵的五彩椒搬进了屋里。室内暖气充足，室温始终在二十度左右，五彩椒被我放在阳台上，每天都沐浴在冬日的阳光里。进入冬天的五彩椒，果实全部转红，叶片有的枯黄，有的半黄半绿，枝杈不再浓绿，而是灰黄的土色。它保持这个样子一动不动，它的生命就像静止在那里，日复一日，犹如一潭深水，平静无澜。它经历过冬天的寒冷，知道那番严酷的滋味。那日渐干硬、褶皱满身的果实，像火烧过般枯黄的叶片，酥脆易折的枝杈，是冬天给它的伤痕。它带着这些伤痕一天天向前走，用遍体鳞伤去迎接又一个春天的来临。

这世上最坚强的生命往往都少有人照顾，就像这棵自生自长的五彩椒，直到它结出了满枝的果实，我才发现它的存在。这个冬天，除了把它搬进室内，偶尔浇点儿清水，我并没有做什么，而它似乎也不需要我格外呵护。它为它自己而活，不管有没有目光关注，它都为它自己负责，不惊扰任何人。世间许多弱小的生命，都有着惊人的勇气和力量，即便走过冷冬般至暗时刻，仍是一副恬淡开阔、与世无争的姿态。当那至暗时刻一过，它便神奇地复活，把一副清澈的模样还给这个并不总是友好的世界。

然而，懂它们的人都知道，看似平静的外表下，掩盖了多少波澜壮阔；不言不语的静默，胜过了多少如泣如诉的言语。在它们生命的内核里，包裹着压不倒的坚强、冻不死的希望。当春天的气息弥漫大地，当它们敏锐地嗅到气息中生的暖意，一些新鲜的生命的芽就会从它们体内钻出来，开始新一季的生长。累累伤痕终会被新鲜的皮肉代替，冬天终将过去，春天定会如而至。

每当我去观察这棵走过了冬天的五彩椒，总会被它撩拨起内心最柔软的那一点儿感动，在它旁边一蹲就是很久很久。我触摸它的叶片、它的果实、它的枝杈，那些旧伤还疼不疼？干硬的果实在我的指尖噼里啪啦地下落，顷刻之间，我发觉自己的生命与它何其相似。谁没有过至暗时刻，谁没经历过生命中的寒冬，可是，春天总会到来。抛却旧伤，向前走吧，穿过风雨雷电，沐浴妩媚春光，任谁都会轻叹一声：人世间，多美好！

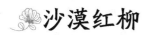沙漠红柳

去新疆的朋友发来照片，特意给我看那些长在沙漠里的红柳。我没去过新疆，却一直把塔克拉玛干沙漠奉为心中的撒哈拉。如今眼见照片中的红柳，我却对"撒哈拉"不再留意，反而为那不屈不挠的植物惊诧不已。

二月的天气，大漠春景未开，冬景依旧凄凉，遍野的荒凉枯索。在沙漠公路边，红柳光秃秃的枝条一簇簇挤在一起，瘦骨嶙峋，犹如千手观音伸出的无数只手臂。说它是树，倒不如说它更像荆棘。生在干旱沙漠中的红柳不似河边软枝轻摇的垂柳，它的枝条柔韧却向上伸展，在灰头土脸的沙漠上，簇簇丛丛地在风中彼此遥望，像一幅凝固的单色调风景画，枯败凄哀的坟冢一般。

然而，过不了多久，红柳就会成为大漠之上最美的点缀。大约四月里，红柳的枝条上抽出黄绿色的嫩芽，然后逐渐长出鲜亮的绿叶，星星点点的绿色很快在大漠上蔓延，就像河面生长的浮萍，势不可当。红柳是开花的。淡红色的花朵从五月能开到八九月，满树的花朵衬着绿叶和碧空，让原本绝望的沙漠转瞬间化为凡间的天堂。

红柳是生命力极其顽强的植物。别看它外表没有"力拔山兮气盖世"的伟岸，它的根须却遒劲得令人惊讶。如果我们有一双

透视眼，便会看到红柳的根须在地下是如何不动声色地打造着自己的天地。在干旱贫瘠的土地上，红柳的根须可以长达三十余米，大大超过它暴露在光天化日之下的部分。沙漠上的风沙如海面的狂浪，说来就来。红柳的枝条飘飘摇摇，根却纹丝不动，被激怒的风不甘心地卷起黄沙，把红柳的枝条压倒掩埋，然而枝条在沙地里顺水推舟变为新的根须。不久，在沙漠上挤出细枝，细枝上生出新叶，红柳非但不死，反而扩大了"地盘"。对于这样一个懂得借力求生的生命，磨难再不是苦楚，而是上好的天然肥料。

朋友说，当地的红柳羊肉串很好吃，用红柳枝穿上羊肉在火上烤，羊肉的味道与众不同。我没有闻到、尝到，不知道那是一种怎样令人心旷神怡的味道，但是我可以想到，羊肉的味道一定得益于红柳的帮助。在自然界中，有许多植物是可以做香料的，然而也有一些是有毒性的。植物群正如人群，有着善与恶、美与丑、灵与肉之分。成人之美如红柳者，正像人群中的君子，不嫉不狂，把自己摆在该摆的位置上，在静默中却获得了诸多美誉。爱吃羊肉串的人自然记住了红柳，记住了那沙漠中桀骜不驯的身姿，还有身姿下那善良柔软的心肠。

沙漠红柳，不像池塘边的垂柳受着上天给予的便利恩惠，也不像那野草执拗地破土，与同类争相挤占有限的资源。红柳领受的拥抱来自沙漠里的狂风，得到的亲吻来自高天的烈日强光。它从不摆动柔韧的手臂做作地扭捏，为世界添上矫情的一笔，也不需要有人以枝条编成冠冕，把它戴在头上。它选择贫瘠干旱的大漠栖身，只是想活出自己，不是活给人看的自己，而是造物之初那个本来的自己。

"物竞天择，适者生存"为许多人所接受。聪明的生灵在一个实用主义盛行的社会里，更懂得趋利避害，保全放大自己的光鲜。

然而，红柳偏不在繁花争艳之地拥挤倾轧，却要扎根于荒漠独唱一首另类的歌，在它坚忍傲然的姿态里，那孤独的殉道者的灵魂已体现得淋漓尽致，这也是红柳最具诱惑力、令人敬仰的地方吧。

简单是一种境界

对于孩童，简单是一份天真；对于成年人，简单则意味着一种境界。相信每个成年人都是一部小说，拥有丰富的生活阅历。在经历了许多起起伏伏、患得患失之后，很多人愿意追求一份简单，这份简单不只是针对生活，更是针对思想。

虽然有时还被人称作"小李"，但是我仍然不揣冒昧，愿意把自己的一点人生心得与朋友们分享。为了追求简单的思想和生活方式，我为自己提出了"三个没概念，三个要记得"原则，开始了自己的简单之旅。"三个没概念"是指对年龄没概念，对金钱没概念，对毁谤伤害没概念；"三个要记得"是指要记得常感恩，要记得常快乐，要记得常付出爱。

我是个对年龄极其没概念的人，可是偏偏在不同场合经常被人问到年龄，好多次我都像大脑短路一样一时语塞，然后掰着手指头从自己的出生年月算起，让人觉得很可笑。我是真的不记得了，可见我对年龄没概念到什么地步！对金钱，我的概念就更加模糊。往往今天刷完卡，明天就忘记里面有多少钱，跟朋友们说起来，他们都不相信我这个上学时高等数学成绩气死男生的主儿，怎么这点儿小事也搞不清。其实不是搞不清，而是不挂心，金钱乃身外之物，做到有计划的支出就行了，实在不必为其所累。与人交往过程中，要做到与人为善，不斤斤计较。但是难免有些人不认同这一思维方式，有意无意地对我们造成伤害，对于这样的人和事，只管一笑了之，因为这样的人也许会得一时之快，但是一定不会占有长久的市场。"三个没概念"让我变得"没心没肺"，轻松面对一切。

生于世间，我们获得了太多恩惠，这些恩惠来自大自然，来自身边每一个人，所以我们不仅要赞叹玫瑰的美丽，也要惊叹它那刺的奇妙。常怀一颗感恩之心，会让我们看到世间的美好、世界的完美。快乐要发自内心，而且是外界环境所不能夺去的，如果因为客观原因，我们就失去了内心的快乐，那说明我们还没有修行到一定程度。中国自古就讲"赠人玫瑰，手有余香"，所以要常记得付出爱。付出爱，关键不在于爱的多少，在于倾注真诚。向人付出爱，不挑人的身份、地位、环境，要做到对他人有所帮助而无所图。"三个要记得"使我能够保持平和快乐的心态。

简单，作为一种生活态度，可能不同的人对它会有不同的看法。或许有的人会强调"说起来容易做起来难"，我自己也是在不断努力去做。简单是一种心态超然的境界，与环境无关，与他人无关，可生于凡尘，受外界搅扰又在所难免。但是当我每一次仰望天空，看到从流动的云彩间穿透大地的日光，都会想到自己的渺小；当我每一次仰望乌云密布的阴暗天空，都会感到自己的无能为力。于是，我设想自己跳到了乌云之上，在那里必然能看见万道霞光。

向光奔跑

岁末年初，光阴交替，季节流转，又是一年最冷的时候。新的一年，就在北风的凛冽中，河流的沉睡中，万物的肃杀中，欢欣鼓舞地来了。

小时候，因为怕冷，我常想，为什么要在冬天过新年？花香馥郁的春，绿意蓬勃的夏，硕果金黄的秋，哪个季节都比冬天温暖香甜，为什么要让冬天作为一年的起首呢？我始终不能明白。

某个冬季的早晨，我拉开窗帘，透过窗户看见了枯萎在露台上的一盆花，浓绿茂盛的枝叶早已枯败成干柴，周身裹着一层细雪，一副孤苦的样子。我跑到露台上，想把这株死了的花连根拔掉，见花盆里覆着一层白雪，唯恐泥土冻得坚硬，于是我用剪刀沿着根部把死株剪断。随后，我便忘记了它的存在，每天忙于工作和生活，偶尔给室内的几株绿植浇点儿水，表达我对大自然的无限热爱。

转眼春风涌动，一天午后，我拉开窗子，不经意地朝露台张望，发现那个被忘记的花盆里钻出一抹新绿。冬雪早已消融，经春雨浇灌，褐色的泥土温润潮湿，那株瘦弱的植物顶着几片嫩绿的新叶，在春日的暖阳里微微颤动。

原来这是一株不死的植物。虽然它露在外面的茎和叶都在冬天干枯，埋藏在泥土里的根却一直活着。寒冷的冬天，它把一束生命之光埋进泥土里，待到春回大地，这束光便要如花般绽放。

透过这株植物，我看到了埋藏在人心中的希望。不管境遇如何，每个人心中都怀着希望，每个人对新的一年都有一份崭新的期盼。它是人心中的一束光，有它照亮，人们才有了奔跑的勇气和方向。

于是，我懂得了新年为什么要在冬天到来。冬天太冷，需要用热切的期盼来温暖；冬天太沉闷，需要用爆竹般的欢笑来点燃。而深埋心底的希望，只有在压抑的冷冬里才能不断发酵，积蓄出冲破胸膛的力量。

这难道不是造物主最美好的安排吗？在冬日漫长的黑夜里，在刺骨的寒风中，在大雪苍茫的人世间，满怀期待的人们重新站在起跑线上，向光奔跑，春天就在前面，新的一年注定被希望之光照亮。

赶路的状态

又是一个周一，又是一个新的开始，赶班车的节奏按秒计算。当几个晨跑的小伙子以冲刺的速度朝我跑来，躲闪之余，我也被他们的活力感染了，脚步轻快了许多，若不是穿着高跟鞋，真的也想跑起来。

年轻真好！

"年轻真好！"时常听到这样的感叹。在这感叹里，说者似乎已经确认了自己的老去。可是，此时我的感叹全无半点儿自认老去的意味，因为奔跑的冲动让我看到自己那颗年轻的心正跳动着。

不久前，五十有余的师长去拜会大学时的老师，让他吃惊的是年逾八旬的老学者正在攻读第三个博士学位！当师长把自己的所见告诉我时，我也不禁大惊。这么大的年龄，在普通人看来已经是"等死"的年纪，然而老人还在努力求知，这是一个何等从容的生命！

美国有位叫埃里克森的心理学家，提出过一个"人生八阶段"的理论。在他的理论里，一个人的青春时代是寻求自我认同的时期，而到了暮年，人寻求的是一生的圆满。我赞同他对自我认同的说法，年轻人对自己无从了解，总是把别人当镜子，从中映射自己。

一个年轻人的自信心和自我形象也多受外界的影响。所以，年轻的时候，大家穿梭于爱情、友情之间，去找寻的其实是那个不确定的自己。即便是爱着爱情本身的杜拉斯，谁知道她是不是借着爱情印证着自己呢？

然而，随着年龄的增长，人不可能永远活在别人的目光下、评价里，在与外界的对峙中会逐渐回归内心，观照自己真实的需要。所以当暮年到来时，人对圆满的评价便不同了。有的人满意，有的人失望，而有的人根本无暇去满意或者失望，因为他根本没觉得自己老，还在赶自己的路。

很喜欢这种赶路的状态，就像堂吉诃德，虽然只有桑丘一个追随者，却并不妨碍他去跋涉。在聪明人看来似乎愚拙，在聪明人看来似乎蠢笨，然而堂吉诃德不在乎，桑丘也不在乎，正如《梦幻骑士》的主题曲中所唱的，"to dream the impossible dream（去梦想那不可能的梦）"。遥不可及，却是自己真实的需要。

将一个个现实生活中的人进行对照，就会发现某些人缺乏的正是这种赶路的状态。忙着赶路的人永远不会觉得自己老，每天升起的太阳都会让他的生命充满活力；忙着赶路的人会锁定自己的目标，直视前方，不屑于周遭的聒噪；忙着赶路的人珍惜脚下流逝的每一秒钟，不会忧虑自己的人生在哪里戛然而止。

赶路的状态体现出了一种积极的人生态度，没有对逝去的光阴的叹息，也没有对莫测的未来的恐惧，坦然活出生命的价值和质量，丝毫没有浪费。有一句话说得好：你的心在哪里，你的财宝就在哪里。如果我们都有一种赶路的心态，哪有时间去为年龄忧虑，为世事挂心，又何愁生命不年轻？

我们脚下的每一步既是过去，又是现在，也是未来，过去的不让它遗憾，未来的不让它不安，就要活好每一个现在。现在是一座桥梁，把过去和未来联结，从生命的起点到终点。在时间锻造的历史中，我们的生命太短暂，太渺小，对历史几乎不可能产生什么意义，我们所能做的便是利用历史给予我们的这一小段插曲，活出自己想要的人生。

所以，艾利森阐述的圆满不是活着应该思考的事，因为只要活着，我们就无法圆满。保持赶路的状态，按秒计算生命的里程，让年轻的心永远跳跃吧。对世事少一份计较，没有什么能伤到你；对世人多一份宽和，没有人可以与你为敌。活着，守住初心，遵从真心，做最坚定的自己，向世界报以会心的微笑，世界也会冲你微笑。

🌸 在文字的世界，我是王

　　人的惰性是可怕的，对环境的适应也是可怕的，惰性让人懒于做自己想做的事，而环境能把人拉进一个旋涡般的深渊。每当想到这儿，我都会猛地打一个激灵。

　　清晨六点钟，起床，打开电脑，敲下上面这行字的时候，有点儿沮丧，亦有些兴奋。自从2019年国庆节决定搁笔，每天都忙得慌慌张张、精疲力竭，每天又都失魂落魄，像丢了最宝贵的灵魂。最近几个月来，我努力去找回曾经的状态，让自己的心沉静，排除一切干扰，却总是徒劳，就像即将溺毙的人，绝望而哀伤。我知道，自己正被肉体的惰性、客观的环境控制着、俘虏着，我需要一个契机去跳脱、去挣脱。

　　就在昨夜，我似乎找到了日夜思盼的机会。

　　读作家苏童的散文《祖母的季节》时已经是凌晨，这篇文章是《收获》公众号的推送。只读了开头，我的情绪就被带动了，对于一个写作者来说，一篇文章是好是坏，仅读第一行就能做出判断。这篇散文似是写端午，其实不是。文章以祖母弥留之际的一句话开篇，行文打破时间顺序，把祖父祖母谜一样的往事写得愈发令人着迷。什么叫行文如流水，这篇散文就是，它不落痕迹，读来自然流畅，细细分析却处处有机关，都是作者的潜心计划、高妙设计，足见作者结构作品的功力之深。这篇散文语言唯美，比喻出新，不落俗套，像一幅江南画卷，洒在人心底的是蒙蒙烟雨，让人失落怅惘，直至喟然叹息。谜底没人知道，谜底永埋坟墓，而正是这没有答案的往事构成了现实中的人生，那么真实，不容半点儿怀疑。

昨夜，我就这样被一篇好文章击中了。前半夜在下雨，雨哗哗地下，密且急。我正敲着一篇工作稿，说着俗套的话，生硬而乏味。夜半，雨停了，我心底却响起了雷鸣。我昏昏睡去，又醒来，发现自己再不能浑浑噩噩，我被巨大的恐慌催逼着起床，打开电脑，迅速地敲击文字。

读一位伟大或者优秀的作者的文章，会让你猛然意识到自己与人家的差距是何等大，这种意识上的觉醒让人恐慌，却不会让一个人绝望，更不会击倒一个人的斗志。相反，对文学的热爱，对文字掌控的欲望，会让你从懈怠中爬起，抖落一身的慵懒，扯断环境的枷锁，把一切束缚思想的琐碎意念如烟花般燃放，望着它绚丽而庸俗的色彩，突然如释重负般轻松。

一位作家曾说，每天她要读五个小时的书，然后写作。她很幸运，可以专职从事自己热爱的事情。对于为工作和生活所累的我们，五个小时恐怕真的挤不出。不过每天保证两小时高质量的阅读应该没问题。每天剥离出两个小时，给自己，给自己热爱的事情，给自己的灵魂，这是多么幸福的事啊。做自己想做的事情的快乐，能冲淡世间许多不如意不快乐，看淡、看清、看无，从自己想做的事情里找到自己的价值所在。

喜欢摆弄文字的人都想做文字的王，在文字的丛林里自由驰骋，找到自信，找到勇气。他在生活里或许不善言辞，或许低调腼腆，但一进入文字的城堡，就成了挥斥方遒的大将。也许，如果他不潜心于文字，他会更多地把触角伸向周围的世界，与周围的世界互动交融，成为一个对环境把控力极强的人。只是每个人着力的方向不同，他更愿意去把控文字，而非这个物质的世界。

不愿去谈论哪个虚无，哪个真实的问题。每个人都是一只鸟，长着一双飞翔的翅膀，想要飞到哪里，那是每个人自己的事情，只要觉得自己的行动有意义，那就去吧。目标是个遥远的话题，而快乐就在眼前。飞翔的路上不要惧怕孤单，我们需要的是不断地自我鼓励和坚持，避免的是无休止的奢望。

昨夜，我被一篇好文章击中了。它鼓舞着我，催逼着我，早早地从床上爬起来，敲下这些呓语般的文字。我再一次发现了文字宝贵的意义、文字创造的千万种可能，为此我激动无比。我愿去做一个捕捉者，捕捉文字更多的意义、更多的可能，像许多伟大的、优秀的作者一样，用勤奋和智慧创造一个又一个文字世界。在那个世界里，我是王。

不想总是伤别离

一

第一次看见"猫的天空之城"几个字，我就走不动了。首先吸引我的不是里面的休闲茶座，旧书搭起的售卖柜台，货架上的个性文具、最新图书，而是店名里的那个"猫"字。

女人多半都喜欢猫，而且骨子里都有点儿"猫性"。猫喜欢腻人，尤其喜欢腻它的主人，女人也喜欢腻人，尤其喜欢腻自己的爱人。靠在一个温暖的怀抱里，安心睡上一觉，猫和女人一样，都有小小的满足和惬意。猫喜欢用长长的利爪抓挠，女人也喜欢用自己修得长而尖的指甲抓挠，用指甲轻轻挠着爱人的肌肤，像是在发小脾气，其实是在撒娇，什么也不用说，却犹如一只猫在人的怀里"喵喵"叫。

我也喜欢猫。小时候，家里养过两只猫。第一只猫是一只半大的猫，黄色，因为是从半截领养的，所以感情不是很深。父亲是个极其爱干净的人，始终反对家里养动物，对那只猫怀着无比的仇恨，每次见到它，都好像气不打一处来，但是碍于我们喜欢它，所以只能容忍。一次，那只猫在我家床铺底下撒了一泡尿，这下被父亲抓住了把柄，他拿着笤帚对猫一顿臭揍，那只猫落荒而逃，从屋里跑到院里，又从院里爬上房顶，一溜烟没了踪影，从此再也没回来。

那只黄猫被打跑后，我和弟弟迫切地想再养一只猫。不久，邻居的亲戚家下了一窝小猫，我们不顾父亲的极力反对，**抱回家一只幼猫**。这是一只浑身黑花的猫，满月圆的脸庞，蜜蜡黄的眼珠，叫起来奶声奶气，招人怜爱。我给它取了一个最通俗的猫名——咪咪。可是父亲坚决不同意猫咪和人同寝，于是我们用一根绳子拴住它的脖子，再把绳子系在桌子腿上，这样小猫就不会跳到床上来了。我们在桌子底下给它弄了一个棉窝，晚上让它睡在里面。谁知道小猫根本不在棉窝里待，一家人关灯就寝，小猫在床下望着我们喵喵乱叫。脖子上的绳套被它拽得紧紧的。原来猫是很黏人的动物，不跟人待在一起，它就没有安全感。咪咪的嗓子快喊哑了，于是我们不顾父亲的抗议把它抱上了大床。

咪咪是在我的被窝里长大的，它成了我的暖水袋，偶尔它也从我的被窝里爬出来，蜷缩在我盖着被子的身上，那小小的重量像一个小秤砣压得我不敢轻举妄动。

咪咪不断长大，长成半大的猫的时候，它开始不老实了。每到晚上，它就不愿睡觉，瞪着一双大眼在屋子里和床上到处溜达，后来它开始挠门，恨不得出去。这样不老实了一段时间，我家院子里的一间小偏房里闹起了耗子。于是一天夜晚，父母把咪咪抱进了偏房。猫捉老鼠真是天性，没多大一会儿工夫，咪咪就把一只耗子抓住，并躲在角落里吃掉了。然而，咪咪并没有因战功获得任何奖赏，这反而成了父亲让我们远离它的借口。咪咪又被上了脖套，拴在床下，后来因为它叫得太厉害，又把它拴到了堂屋。白天我们可以跟它玩，晚上绝不允许它上床与人同寝。慢慢地，我发现咪咪不再为了争得上床的权利冲着卧室大叫了，它依旧大叫，却是冲着窗外的黑夜。

有一天夜晚，我听到外面传来了凄厉的叫声，那叫声很瘆人，寂静的夜被这可怕的声音包裹着，显得更加寂静。我吓得把头缩进被窝里，不敢喘大气，却听见咪咪在堂屋里也"喵喵"大叫起来，像是呼应着外面的叫声。突然，我想到，外面可能也是一只猫。

这样一连叫了几天，咪咪显得很狂躁，白天没有脖套拴着它的时候，它就趁机钻出去，不知去向。从此，父亲不让它进屋了。于是我们在院子里给它搭了一个小窝，可是咪咪不喜欢那个窝，白天它被拒之门外，努力进屋，晚上又努力钻出去，不知所踪。我发现有了黑夜的经历后，咪咪身上出现了巨大的变化，它的身体更加强壮矫健，眼神里的温柔少了，多了一些犀利和果断，叫声再也不奶声奶气，而是像一个小伙子的喉音。对，咪咪是一只公猫。这是它永远消失之后我才想到的。

有一段时间，咪咪连续几天不见踪影，偶尔回来在院子里逛逛，然后又不见了。我心里很惦记它，不知道它能去哪里，会不会被野猫欺负。一天，它突然又出现在我家院子里，我抱起它，跟以前一样摸着它背脊上的毛，但是它马上露出利齿，做出要咬的样子，并从我怀里迅速跳到地上。这时，父亲看见了它，就抓起一把笤帚追打它，我伤心地大哭大叫。父亲说，它都成野猫了，会传播疾病的，而后继续拼命追打它。咪咪跑了，我追了一段，却追不上，远远看见一只白花猫迎上它，然后它们一起跑了。

最后一次看见咪咪是在我家胡同里，那时候我已经有几个月没看见它了，以为它再也不会回来了。它站在我家门口几米之外的地方，"喵"地冲我叫了一声，我百感交集，喊一声"咪咪"，伸出手去，却发现它早已做出了逃跑的姿势，我往前一迈步，它扭身撒腿就不见了踪影。至今我都记得它的眼神，它认识我，认识家，但是它的目光里有戒备，那种戒备的神情刺痛了我的心。

　　从此，我再也不提养猫了。那种别离的滋味折磨着我，让我在多年之后还总会惦记起咪咪。它生活得怎么样？它每天的吃喝有着落吗？它老了怎么办？一次，在一个冻了一层冰的垃圾堆上，我看见一只冻死的老花猫，凄惨的情景让我担心起了咪咪的未来。在这个世界上，无论是人与人，还是人与动物，只要发生了交集，总难免动情，生离死别是回避不了的事，可是我多么不愿意总是伤别离。

　　不想总是伤别离，所以不想再养动物。与生灵少发生一次纠葛，我的心就少受一次别离之苦，因为我清楚，我的心永远无法如磐石般坚硬。即便已经与猫不见数年，我依然对猫怀着一份别样的情感，哪怕只看到"猫"这个字，心里也会猛然一软。

　　前些天看到一篇短文，讲作家与猫的故事，才知道原来许多大作家都是"猫迷"，终生养猫，甚至有人跟猫咪共用一个盘子吃饭。不知道他们养的都是什么品种的猫，也许他们的猫咪都不吃老鼠吧。

　　在我的文字里，父亲俨然成了一个虐猫的"恶人"，其实他的行为是出于对儿女的爱。他唯恐猫带回疾病，传染给我们。在我们那个小村子里，当时有些小孩子长癣，据说是猫传染的。然而，他出于爱的行为，却是违背"猫性"的。给猫咪上脖套，不允许它夜晚出去，不许它找"女朋友"，严重干涉了它作为动物的权利，好在它通过反抗为自己争得了自由，却也伤害了我年幼时那颗脆弱的心。

　　事物是复杂的，都有多面性，无法从单一的角度评判它的好坏。这是我长大之后慢慢明白的道理，回想起养猫的往事，我想也是适用的。如果我早明白这些道理，不知能否避免伤心，恐怕也不能，因为理性上明白一个道理和一个人固有的性情是两回事。

午后，坐在"猫的天空之城"里，要一壶花茶，翻一本新书，茶香伴着书香，却总觉得不够惬意，膝上差一只猫腻着，感觉生命少了一点点重量，然而心里有一只猫正在抓挠着，这家小店被简称为"猫空"，便是这么一种感觉吧。"猫空"没有猫，记忆里的那只猫却是活生生的。

二

你是个美丽的女人，高挑的身材，会说话的大眼睛。你是我的舅妈，唯一的舅妈。我舅舅是家里的老儿子，你是家里的老闺女，天作之合，让一对"老小"结为了夫妻。

你总是和声细语，脾气好得没法说。在我的记忆里，你从来没有高声说过一句话。你是个善良的女人，对谁都好，不论什么事，都是一副不怒不争的样子。在乡村流行这样一句顺口溜：舅妈的眼里长长钉。意思是在舅妈眼里，夫家的外甥、外甥女都是很不受宠的。可是，你不然。你对我们这群调皮鬼个个都很好，从小到大，莫说一句不好听的话，就是一个不好看的眼神，我们都没见过。

你嫁给我舅舅的时候，村里家家生活都很贫困，婆婆早已过世，公公老迈，需要照顾。舅舅借着改革的春风忙起了生意，你说要给他坐稳"大后方"。然而，你是个从小被哥哥姐姐们宠大的孩子，哪里服侍过老人，也不知道应该怎么服侍。一天晚上，疲惫的舅舅回到家发现老父亲坐在床上擦眼泪。一问，老父亲吞吞吐吐说是你顶撞了他一句。舅舅顿时火冒三丈，冲到你面前，不问青红皂白，抓着你羸弱的胳膊一把就将你扯到了院子里，决绝地说："不好好孝敬老人，你就回娘家吧！"你慌张、委屈、惊惧，可是又不知如何辩驳，只是呜呜地哭泣。姐姐们都被惊动了，来了之后一沟通，发现不过是话赶话的小事。你给公公道了歉，公公也明白你话里并无恶意，于是一场纷扰烟消云散。这件事发生在你和舅舅新婚不久时，你是个聪明灵秀的人，爱人的恼怒让你意识到男人都有一个女人不能碰触的禁区，平时他可以对你百依百顺，又宠又爱，可是一旦触及原则问题，男人会分毫不让。从此，你在婚姻中又多了一些智慧。

没有人不夸你有福气，自从你成为人妇，夫家的日子蒸蒸日上，无人不艳羡。你的衣服都是大商场里买来的，但是你从不张扬，贵重的首饰一件也不戴出来，永远是一副谦和娴静的样子。不是所有富裕的人都能舍得帮衬别人，可是你不然，邻里往来，总是你多多付出。每逢年节，公公都会买上一三轮车食品去看望周围的老哥们，你总是挑最好的给他置办。你不但不爱财，而且很有正义感。有一次，你去买东西，找回来的钱里有一张五十元的假币，你毫不犹豫地把它撕成了碎片，说绝不能让它再去骗人。我知道，不是所有人都能做到像你这样，即使他们很有钱。

你的家庭美满幸福，但是你的身体不争气，这也成为舅舅最大的苦恼。你总感觉不舒服，可是又查不出病症，这些年药没少吃，情况却不见好转。春节前你住进医院，不得不准备做一个手术，但是你的身体指标不达标，只能在医院里过年，静等指标回升。大年初一早晨，我迫不及待地去医院看你。在这之前，我们已经很长一段时间没见面。你躺在病床上输液，曾经灵动的大眼没有了神采。我给你念了一首诗，想给你打打气，让你不要惧怕将要到来的手术。你静静地听完，说："其实我把生死早就看淡了。"我骇然。那首诗里没有提到生死，但你竟从字里行间揣度了出来。我心里凛然一惊，一股冰冷感袭遍全身。我的初衷不过是想安慰你，扫除你对手术的恐惧，然而冥冥中似已注定了许多东西。那天我们聊了很多,出去吸烟的舅舅回来看我们还在聊,好奇地凑过来说:"我也听听你俩在说什么。"你我一起冲他笑,笑里是心照不宣的默契。你很虚弱,谈话时间一长,你明显感到气不够用。时近中午,我起身告辞,还记得你安静地躺在床上,用空洞的眼神望着我。我说:"做完手术就好了,不怕。"你轻轻点头。

走出医院,我心里空荡荡的,我努力动用一切感官去搜寻隐藏心底的各种情绪,感动、忧伤、恐惧……可是一切情绪都不明朗,所有的感觉都是麻木的。如果当时我有先知先觉的能力,我一定会把那次相见拉长些,再拉长些,好让我的记忆存入关于你的更丰富的信息。

你在手术后一周离开了这个世界。春节后我一直在上班,天天惦记着你,祈祷你能手术顺利,可是直到你离世那天,大家还在瞒着我。

你走了,春天来了。人间三月去复回,但美好的季节缺少了一个美丽的生命。然而你是幸福的,有爱你、为你倾尽全力的家人,有惦念你、为你排班守夜的一群晚辈,如今还有一个用文字来怀念你的我。对于一个平凡的尘世女子而言,活到这样也算是成功了吧。

不想总是伤别离。可是世事总是让人违背理性,心里作难。人与人的相遇充满了巧合,又全是必然。随着年龄不断增长,别离的滋味会一次次尝到,经过了那最初的伤怀之后,再次面对不知能不能做到淡然。

不想总是伤别离,所以,我相信在这人世之外一定有一个美好的去处,或许死亡正是通往那美好去处的一道门,你已经穿过了这道门。我相信,在门的那一边,你一定身披霞光,站在天使中间,仍是最美丽的。

爱，最美丽

家里书太多，我想买个书架，老父亲强烈反对，说花那个钱干什么，他可以给我做一个。从年轻时他的手巧就是有名的。二十世纪七八十年代，村里家家户户的收音机坏了，都找他修理，他总能给鼓捣出声音。前些年，我家房子漏雨，房顶被水洇湿。他自己当起泥瓦匠，刮泥抹灰，也不嫌脏和累。平时，他总是闲不住，总能变废为宝，弄出一些新东西。在画纸上画画觉得无聊，就改在画布上画，布是不花钱的。弟弟做体育用品生意很多年，存了很多做跆拳道衣服的白布，他拿来些做画布，画得津津有味，还用樟木做框，钉在我家墙上，别有韵味。所以，他说要给我做书架，我并不感到惊讶，我知道他肯定能做，但是我担心书架的美观程度。

其实，在这之前，弟妹已经跟我播报了老父亲最近的新"壮举"。老父亲用一些废木板做了两个箱子，箱子有门，可以上锁，刷了漆，还用金属皮给四角做了包角。弟妹说："没见过比咱爸还有耐心的老爷子，鼓捣了一个星期，做了这两个箱子，非要送给我们放书，我们说没地方摆。"弟妹劝我，别让爸给做书架，摆屋里不好看，白费力气和时间，买的书架更美观。可是，老父亲不服气，他说："你们年轻人总觉得花钱就好，买的肯定没我做的好。"

站在他们之间，我心里琢磨，老父亲爱干活是一方面，另一方面他也是不愿意让我破费，可要是书架做出来真的不好看，该怎么办？那时我可弄不走了。我正犹豫着，一天，老父亲趁我去上班，骑个小三轮车把各种材料置办回来了，一个人搬上七楼，给我做起了书架。他断断续续干了三四天，书架做成了。他不无骄傲地说："你看，能放很多东西呢，实用。"我迟疑着打量这个像货架子的书架，是挺实用，每一层都能摆下三行书，能给我解决书到处堆的大问题。可是，必须承认它没有买的书架漂亮。老父亲似乎看出我的心思，说："你买点儿木纹纸，贴一下就好看了。"想想父亲天天跑来给我做书架，兴致勃勃的样子，我赶紧说："很好啊，这样就挺好的，这下家里利索了。"

暮色中，老父亲骑着三轮车返回远在十几里之外的家。望着他的背影，很多无法言喻的情绪突然淹没了我，小时候的一件事不知不觉从记忆里涌出。在我还是小姑娘的时候，每逢正月十五，我就盼望能有一盏鲤鱼灯。正月十五的晚上，村里的孩子都会打着各式各样的灯出来逛，有的孩子就打着漂亮的鲤鱼灯。有一年，临近正月十五，我去磨父亲，说想要一盏灯，没好意思说想要鲤鱼灯。父亲说他可以给我做，我将信将疑，他说："你等着瞧。"那年正月十五晚上，父亲找了些红纸给我做灯，他把红纸糊在一个玻璃罐头瓶子上，用一根绳子缠在瓶口，再把绳子系在一根木棍上，最后把一根小红蜡烛点燃，放进瓶子里。他手拿木棍，挑着那个糊着红纸的瓶子，微笑着递给我，一圈红色的光晕在水泥地上晃动。我满怀期待的眼神一点点暗淡下来，最后剩下的是委屈和愤怒。我说，这不是灯，太难看了。我哭起来。尽管不情愿，那个晚上，我还是抹干眼泪挑着罐头瓶子去逛了，因为小朋友们都来家里喊我。从那年起，我再也没说过要灯，我知道说也没用。长大一点儿之后，我才了解父亲为什么不给我买灯。那时，我们一家正经历着艰难时刻，父亲做民办教师，收入微薄，而如果父母不赶紧攒钱盖房子，一家人就有可能露宿街头。一旦了解了真相，就不免为自己当初的不懂事感到脸红。

许多年来，被各种事情打磨，我逐渐丢掉了那一点儿不易觉察的虚荣。当生活残忍地剥掉眼前的伪饰，才会看到人、事、物更真切的价值，也愈发懂得珍惜许多东西。老父亲做的书架虽然没有买的书架美观，但它盛满了一位父亲对女儿的爱，他用他的思维方式和行为方式爱着我、护着我，这是多么珍贵的东西。我为拥有这样一份爱感到此生幸运，因此忍不住拿出来炫耀。

人生有所失去，亦有所得到，能量守恒定律不会把任何事物排除在外，比如爱。在中文里，一个"爱"包含了爱的所有类型。然而，在某些民族的语言里，比如希伯来语里，"爱"共有四个词，分别代表圣爱、情爱、亲情之爱、友情之爱等不同程度和类型的爱。不管爱有多少种，它始终遵循能量守恒，这边减少，那边增多，会一点儿不少地倾注在一个人的生命中。爱，是最美丽的存在，是最值得炫耀的宝贵礼物。它美丽如老父亲画的牡丹花，在我心里妖娆盛开，又如浓淡相宜的水彩，把老父亲做的书架涂抹成我家最美丽的物件。周末，倚靠着书架，浏览于书丛，浸泡在这份美丽的爱中，我自觉此生美好，无以替代。

从事实到价值

一天晚上，跟儿子聊天，话题不知不觉扯到了流行歌曲上，于是我把自己过去喜欢的流行歌曲一首首唱给他听，并报出那些歌手和歌曲的名字：张学友的《吻别》，刘德华的《爱你一万年》，陈淑桦的《梦醒时分》，孟庭苇的《羞答答的玫瑰静悄悄地开》……没想到儿子听得有滋有味，然后说："妈妈，你那时要是去唱歌，一定能出名。"我说："出名干什么？"他说："你要是出了名，我现在也能沾上光，成为小明星。"

我对孩子的天真感到好笑，有一副好嗓子的人多着呢，成名岂止这一个条件？不过，借着这个话题，我倒想跟儿子探讨些别的。于是，我说："我们那时的环境跟现在不一样，大多数家长都不希望自己的女儿去唱歌。"儿子困惑地问："为什么？"我说："当时的人观念都很传统，家长们希望女孩子有一份普通的工作，平稳地长大，然后嫁人，相夫教子。"儿子很不理解："你们那是一个什么时代呀！"

儿子是"〇〇后"。他出生不到三个月，美国发生了震惊世界的"9·11"事件。北京奥运会举行那年，他刚报完名，准备上小学一年级。到他上初中时，班里每个孩子都拥有一部智能手机，很多孩子还在网上玩起了直播。在这样的时代里长大的孩子，他们对世界的认识，乃至他们的价值观、人生观，甚或道德观，都跟父母一辈有着很大差别。他们不加过滤地接受着这个时代展示给他们的一切，并以为世界一直都是这样。

而我们小时候，整个社会环境却是另一个样子。

我生于二十世纪七十年代，一九八○年上小学，当时旧有的传统观念仍占主导地位，后来，经济生活日益丰富，人的思想也逐渐改变。我是在农村长大的，小时候没上过幼儿园，每天家长去上班，我脖子上挂着一串钥匙，在大街上到处逛。那时候，小孩子们最快乐的事就是去野地里采野花，其次是去垃圾堆里"寻宝"。每当看到一驾马车满载着垃圾从通往市区的小马路上徐徐而来，我们一群孩子就跟着这辆马车，跟到卸车地点。等车夫把一车生活垃圾卸下来离去，男孩子就一哄而上，女孩子则矜持些，在垃圾堆周围转悠。带图案的火柴盒、带图案的小卡片、磨花了的弹珠，只要是可以玩的东西，都捡回来。

那时没有课外辅导班，更别提音乐、绘画等艺术班。有一次，我那当小学老师的父亲问我："你长大想干什么？"我毫不犹疑地说："我要当音乐家。"他听了我的回答，慢条斯理地说："我觉得你当个作家挺好的。"我当时就感觉到父亲不喜欢我爱好音乐。后来，我唱的歌被音乐老师录下来，在学校的大喇叭里天天循环播放，父亲天天在校园里都能听到，可是他从来没夸过我一句。他为我爱好音乐而忧心忡忡，有一次还以我患了支气管炎为借口，不让我参加学校口琴队的表演。我暗暗抗争过。有一年暑假，为了学会五线谱，我天天捧着一本繁体字的五线谱书看，那是父亲的旧书，结果五线谱没看懂，繁体字全认识了，到现在我读繁体字的书都毫无障碍。因为没人辅导，我日益气馁，后来也就放弃了要去当音乐家，像施特劳斯一样写出优美的华尔兹圆舞曲的远大理想。父亲经常从学校给我借书看，鼓励我写日记。到了十几岁的时候，我发现自己真的爱上了写作，而且会不自觉地用文字表达自己的情感。可是我一直喜欢唱歌，听到好听的歌曲，一定要学会。上学时，只要我一唱歌，身边就会围满听歌的同学。

儿子听了我的回忆，不无遗憾地摇摇头，感叹道："太可惜了。"

我反驳说："我这可不算可惜。你姥爷没有强硬地干涉我什么，他只是引导培养我对写作的兴趣，我有一个同学，她爸爸那可叫粗暴。"

我的这个同学天生一副民族唱法的好嗓子，因为家在市区，有机会被老师推荐参加少年宫合唱团的选拔。不久，少年宫发来了录取通知书，她拿着通知书兴高采烈地跑回家，给爸妈报喜，结果她那个当工人的爸爸，一把抓过通知书就撕了个粉碎。她当时的错愕和伤心就别提了，本来觉得是好事，没想到爸爸却是这种态度。从此以后，她打消了唱歌的念头，一门心思做个普通人，上学、工作、结婚、生子……

我无法告诉儿子现在的时代好，还是过去的时代好，我能做的只是跟他讲述事实，告诉他过去与现在的不同，社会环境不同，物质条件不同，人们的观念也不同。我始终觉得对一个时代任何武断的评价都是不理性、不全面、不科学的。

记得小时候我们村里有个跟我同龄的女孩，但我几乎没跟她在一起玩过。她父母每天去干农活，她就领着三个弟弟妹妹在大街上逛，每个孩子都邋邋遢遢、蓬头垢面，目光呆滞，不合脚的鞋子走到哪儿都发出刺耳的响声，简直就像一群小要饭的。他们一出现，我们就都躲得老远，一是嫌脏，二是不屑于跟他们玩。上小学一年级时，她跟我同班，老师讲课，她什么都听不懂，老师提问时叫到她，她一声不吭。班里没人理她，我们女孩子每天进进出出，三五成群，她永远是孤家寡人，谁也看不出她的喜怒哀乐，她整天像在梦游。

　　就是这样一个女孩，却让我铭记至今，儿时的很多人和事我早就忘得一干二净，却始终记得她。因为她刚上小学不久就死了，不过并非死亡本身让我记住了她，而是那个导致她死亡的原因让我始终不能忘记。她是被一辆卡车撞死的，起因只是一个火柴盒。那个年代，家家户户生火都使用火柴，小孩子则喜欢收集火柴盒，因为火柴盒表面有好看的图案。不管是哪个孩子，拥有了图案稀有的火柴盒，都不免要跟小伙伴炫耀一番。一天，这个女孩恰巧看到有个孩子手里拿着一个新火柴盒，上面是个钟表的图案，这款图案的火柴盒是新出的，大多数孩子都还没有，她喜欢极了，回家就缠着妈妈要。她妈妈是一个满脸愁苦的女人，在村里是有名的邋遢婆子，自己的红色裤腰带常常一截露在外面就出了家门，被村里人嘲笑。她被大女儿磨得不胜其烦，扔给她二分钱，让她自己去供销社买。在乡村长大的孩子，没有大人陪同，很少上马路。为了买漂亮的火柴盒，她却壮着胆子走上了偶有机动车驶过的马路，当她看见一辆卡车迎面而来，心里就慌了。马路对面就是供销社，可是汽车来了，她不知是该进还是该退……临死时她手里还紧紧攥着那二分钱。

　　给儿子讲我儿时的事情，每次他都听得聚精会神，偶尔还会提出些看似很傻的问题，我总是耐心地给他还原当时的背景，试图让他理解那些现在看起来荒谬的事情。"二分钱可以买一盒火柴？""对呀，那时你姥爷一个月工资才三十二块钱。""你们那时候马路上车多吗？""不多，很少。""那还会撞到！火柴盒长什么样？有什么好玩的？""你上网搜搜不就知道了？没什么好玩的，就是觉得好看，就像你喜欢收集三国人物卡片一样。"

所有的症结在于现在的孩子没有身处那个时代，没有见过那种环境，听家长讲说过往，就像听一个遥远的故事。为了提高儿子的认知，我有机会就带他出去转转，让他知道这个世界并非他所见的那一隅天空。然而，无论怎样，毕竟我们是两代人，我从另一个时代走过来，对于现在这个时代中的一些事情、观念，总不免带有批判的眼光；而他因为生在这个时代，对过去的事情时常感到不解，对现在的一切则缺少应有的反思。

一个时代塑造一个时代的人，一个时代造就一个时代的思想。人一般都习惯于通过大量的生活经验归纳出一套生活哲学，当然也包括道德伦理。在近代伦理学里有一些学者专门研究一个叫"元伦理"的问题，元伦理问题主要探讨的是从一个生活中的事实到形成一种价值观念之间的合理性，用伦理学的说法叫"事实—价值"问题。然而，无论怎么研究，学者们都认为在事实和价值之间存在着一道鸿沟，缺乏合理的过渡。比如说，我们在现实中看到撒谎给受骗者带来了痛苦，那么我们自然就推导出"撒谎是不道德的，人不应该撒谎"这样的价值判断，但这个推导完全合理吗？生活中所有的谎言都不道德吗？那为什么还有善意的谎言存在呢？伦理学家们很敏锐地发现了这个问题，也在极力求索这个问题，并从多方面对"事实—价值"的关联做出各种解释。但作为生活中的普通人，很少有这样的疑惑或反思。人们总是通过自己看到或经历的社会现象，做出自己的价值判断，从而形成自己的观念，并用来指导具体行为。

为了一个火柴盒，一个女孩搭上了宝贵的生命，现在看来是多么不值得啊，但当时没有一个人叹息不值得。大人们从这件事上得出的结论是，小孩子不要独自上马路，马路上有危险；小孩子得出的结论是，不管多么喜欢一件东西，总要先考虑获得它可能会遇到的危险。这就反映出同一事件在不同的客观环境下，在人心里的投影是完全不同的；即便是在同一客观环境下，不同的人从事实推导出的价值也完全不同。

我们谁也不能武断地给一个时代下好或坏的定义。一个时代就像一个人，是复杂多面的，有它的美好，也必有它的症结。我们试图让现在的孩子完全认同过去的价值观不可能，就像让我们完全接受现在的某些价值观，同样不可思议。在一个不断向前行进的社会中，各方面最应该做的是过滤出那些最基本的价值观，始终予以保持和发扬；对于会在社会上形成不良观念的事物，要予以限制，避免其无度扩张。如果能这样的话，任凭物质怎么丰富，世界如何变化，人总不至于失掉一份本真，社会也总能保持安定。

当然，我不能跟年龄尚小的儿子讨论"事实—价值"问题，我所能做的只是陈述足够多的事实，让他知道世界上曾经还有另一种价值，从而帮助孩子整合出属于他自己的价值观。

风从何处来

今年初夏，北方的天气有些反常，刚才还是艳阳高照，转眼就阴云滚滚，接着就是一阵疾雨，雨点裹着尘土，把刚刚洗净的车辆浇得满身邋遢。不时刮起的风更是让人以为季节倒错，微风、温风、暖风、清风这些柔且雅的词都不再沾边，用"冽冽"来形容倒是再恰当不过。初夏时节，"冽冽风"，想想真有几分滑稽。

在这样一个阴晴捉摸不定的六月，一年一度的中高考又开始了。但凡陪伴孩子经历过中高考的家长，每逢此季，心里的感慨定会如洪水般泛滥。如今无论是中考还是高考，都已经不再是孩子个人的事情，这是一家人的大事，再没有什么事情能把一家人的力量如此牢固地凝聚在一起。

二〇二〇年，我陪伴孩子经历了一场非同寻常的高考，与孩子一起经受了一场身心的巨大考验。现在回忆起来，当时的每一天都似乎在与一个无形的敌人做着不懈的斗争，战略上、战术上，时时根据具体情况做着调整，安抚孩子的心情，不断调整复习计划，做好后勤服务……不敢奢望结果的家长和孩子就像堂吉诃德冲向巨大的风车，怀着理想主义的激情义无反顾。最让我感动的是我的家人，高考前夕，他们每人录了一段小视频，为儿子加油鼓劲，充满温情的话语让儿子眼中泪光闪闪，点燃了他挑战"巨大风车"

的斗志。

那时，看着儿子——一个即将赶赴考场的少年，我不禁思忖，一个人的理想、信念这些摸不着、看不到的东西究竟来自何处？来自一个人的心底，还是来自一股无形的外力？就像这初夏的风，无头无脑地刮起，只知道它来自哪一个方向，却不知道它由哪里生成。风从何处来？不知是否有人有过同样的发问。

每逢高考季，我脑海里总会浮现另一个少年的身影。认识他是在一家美发店。这家店里雇着一群男孩女孩，他是负责打扫卫生的小工。每当地上落下头发，他就拿着笤帚、簸箕去打扫。在店里，这是最低级的工作。那天，店里顾客比较多，我正等着剪发，被这群孩子的对话吸引。一个说："学什么学，有这个空儿，不如多打工挣点儿钱。"旁边立即传来孩子们的附和声。他站在一张椅子旁，摆弄着手里的两本书，略带怯懦地说："我爸也是这么说，可是我总觉得我能考上大学。"收银台前一个女孩子不耐烦地打断了他的话："考什么考，你看看地上，都是头发，还不快去扫？"他脸上带着歉意，把书撂在椅子上，拿起笤帚、簸箕。此时，我看清了椅子上放着的是两本高考复习资料。

他们的对话，尤其是他语气里无奈却又不肯轻易妥协的那点儿倔强，如箭击中了我，让我对这个少年充满了喜爱和同情。不管他将来能否如愿考上大学，我都相信他会比其他孩子对生活怀有更多激情，更多期待，也因此拥有更多改变自身处境的机会。

于是，我又不禁想到，同样在这世上为人，为什么彼此之间会有如此大的差异呢？有的人对自身的处境安之若素，有的人却总是怀着不满，极力要去挣脱，去更新，去提升。而哪一种人生态度更好呢？或许有那么一些人，他们注定就是人群中的另类，不合群并非他们的选择，而是有一股风的吹动，让他们随风起舞，

213

意欲上扬、飞翔。

风从何处来？那不灭的理想、信念、追求等，听起来抽象又虚无的词多么像风，你看不到它，抓不住它，然而，通过摇摆的树木、飞扬的头发，明明可以感知到它，触摸到它。气象学的知识早已破解了风的来处之谜，不过，绝大多数普通人对生硬的科学常识并不感兴趣，而是更愿意带着一丝感情色彩，去描摹风雨云月，从而让世间万物染上一层人性美、艺术美。或许正是同样的美感，吸引一些人努力去靠近那被称作梦想的东西。

因此，无须问风从何处来，它来自哪里并不重要，重要的是它将带你去往哪里，你立于天地间，所追求的究竟是抓不住的虚无，还是稳稳当当的实存。

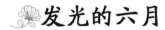

发光的六月

不知从何时开始，六月成了一个重要的月份。它的重要就像水之于鱼儿，空气之于人，不可或缺；又像药物之于病人，佳酿之于酒徒，含着隐隐的痛，又不能与之相离。六月是个让人留恋又恐慌的月份，是个令人着魔又不安的月份，就像一块发光的金子，满身璀璨，暗藏诱惑，盼着它来到，又忧心它来到，好一个发光的六月！

从季节上来说，六月是名副其实的春夏之交。春天带给世界的欣喜舒畅、鸟语花香渐渐消退，不断刮来的热风把夏天的味道悄悄送来。夏至节气在六月下旬如约而至，频繁的雨也接踵而来。不知为何，上苍偏偏选中六月把凉爽赶走，来不及揣摩，酷夏便在六月燃起了第一把火。春光向暖之后，这是一个暖意灼烧到极致的月份！

六月是学子们抢摘丰收果实的日子，寒窗苦读数载，要在六月搏一回。高考是举国瞩目的大事，也因此，六月变得不同寻常。随着家长们对教育越来越重视，近年来，中考，乃至小升初考试都成为人们关注的焦点。六月成了考试月，这边考完那边考，你们考完我们考，大孩子考完小孩子考，人们的喜怒哀乐被考试牵引，欢笑与忧伤浸透了六月，各种情感注满了这个月。

　　六月是一个承上启下的月份。一年走到了一半的位置，回望是一串怎样的足迹，前瞻又将踏出怎样的步伐？年初的计划是否得到了落实？未竟的事业如何再做规划？在六月的浓荫里，冷静地思考，客观地规划，把沉沉的行囊卸下数点，再背上前行，即便前路莫测也义无反顾，只因六月里的小憩足以支撑一个长途跋涉的梦想。

　　每个人怀着不同的心情、不同的期待走进六月，掏出一把锋利的刀把六月铭刻在心，这样的六月，在某年出现，哪怕一次，便是一生。

　　六月是一股强劲的风，吹开一扇扇心门，撩拨着无尽的感动；六月是一个做了很久的梦，扑朔迷离间始终慰藉着寻梦人的心；六月是一颗饱满的果实，坠在希望之树上，跳跃的永远是不放弃的灵魂；六月是一块金，发出耀眼的光芒，照彻所有栖息在它的臂膀下的生命。不管你怎样来到它的面前，不管你有着怎样的表现，六月都会还你以同样的光彩，因为你挥汗如雨的光芒曾让六月变得更亮。

离不开阅读

　　说到阅读，我首先想到的是那句从小就听烂的名言："书籍是人类进步的阶梯。"每次读到这句话，眼前就会浮现出一架书本搭就的梯子，从地面飘飘忽忽直达云端。中国古人对于读书的重要性表达得更形象："书中自有黄金屋，书中自有颜如玉。"与老外的宏观思维不同，中国古人强调的是书籍给予人类个体的感受，这种表达朴素而又形象，具有丰富的情感色彩。

　　不管怎样，世人对于读书的重视是相同的。阅读，不仅关系着个体的幸福指数，也关系着人类的发展和走向。

　　就我自己而言，阅读是每天离不开的事情，即便忙碌，身边也要带上一本书。如今，电子读物不断掠夺着传统出版物的读者，可我仍然钟情于纸质书籍的可触可感。忙里偷闲展卷而读，书香如茶，字字如金，涌动的幸福感如涟漪一圈圈扩大。那一刻，阅读就像在去朝圣的路上。在加布瑞埃拉·泽文的小说《岛上书店》里有这样一句话："没有书店的小镇算不上个小镇。"如果套用一下，便是"没有阅读的人生算不上人生"，我想这样说并不为过吧。阅读可以带我们畅游古今，横贯中外，可以把世界的林林总总浏览个遍。因为阅读，一个人居陋室而君临天下，就此脱离了猥琐、狭隘和自怨自艾，变得饱满、开阔而又自信，在如泡影般的人生中，这是何其丰富而美好的体验。

对于喜欢阅读的人来说，阅读的重要性不言而喻，就我个人的情况，可以简单概括为两个方面。其一，是学习和欣赏。作为一个铁杆的文学迷，阅读的过程中，我总会不自觉地揣摩文章的结构、修辞，思索文章的优点与不足，因此阅读就成了一种不折不扣的学习和赏鉴。其二，是逃避。在一个泥沙俱下的世界里，免于聒噪扰攘的包围，最好的办法莫过于钻进一本书里，就像一条鱼奋力一跃，逃离了鲨鱼之口，落入一片宁静的大海，随着银色的波涛任意遨游，惬意又畅快。瞬间，许多现实的不美好，被书中的文字淡化、溶解。

最近一些年，我愈发领略到书海之浩荡，自身之渺小。穷尽一生，任谁也无法读完世上所有的书，就像我们的一双脚无论如何不能踏遍整个地球。然而，没有人会因书海茫茫而心生气馁，一书一世界，每一次阅读都是一次游历，足以让人志得意满。

此生离不开阅读。掩卷的一刻，我总会把目光投向窗外无际的天空，从书中的世界转回，仿佛刚刚走过一段新鲜的人生。无意中，阅读成为一朵四季常开的花，让平淡无奇的现实人生绚烂多姿起来。

自律与阅读

新媒体时代铺天盖地的信息让很多人对阅读这件事忧心忡忡，似乎阅读忽然之间被拉下了神坛，再也不是原来严肃郑重的模样。其实，我倒觉得不用如此悲观，阅读本来就在不同的受众心中有着不同的价值，有些人把它当作娱乐消遣，而有些人把它作为获取新知识、提升自我，乃至报效社会的途径，大家无非各取所需，也因此，各种各样的书籍才可以并存。不过，读经典的人在任何时代都习惯用警醒的目光审视周遭一切新事物，于是形成了一个时代性的忧虑。

谈到读书，胡适先生曾说过，每天花一点钟看十页有用的书，每年就可以看三千六百多页书，三十年读十一万页书，可以成为一个学者了，可是，每天看三种小报费你一点钟的工夫，打四圈麻将也得费你一点半钟的光阴，看小报还是打麻将，或者还是努力做个学者呢？全靠你自己的选择！可以说，胡适先生是从功利的角度阐释阅读的意义。丰富自我，让自己每天都有一点儿进步，这便是阅读的益处，也是阅读的乐处。

可是，在这个世界上，并非所有人都有着同样的认知和追求，我们必须看到，有很多人是把阅读当成一件与搓麻将类似的活动。早百十年的中国社会，热爱阅读的人捧着书本徘徊于书斋，不爱阅读的人则辗转于戏园茶楼，就算大家都会翻翻报纸，爱阅读的人和不爱阅读的人喜好的版面也大不相同。到了如今，很多人举着手机读网络小说，刷碎片新闻，自从有了听书软件，干脆用音频替代了文字，这些所谓的"阅读"，其实跟去戏园茶楼的目的相同，就是消遣。然而，如果没有新媒体出现，这些人恐怕跟阅读根本不沾边，他们会去看电视、追韩剧，买一包瓜子拽上几个人，边嗑边侃大山。从这个层面讲，或许正是新媒体带他们走进了阅读的世界。因此，我觉得不管时代发生着怎样的变化，阅读自身从未改变，消遣阅读和严肃阅读总是并存，而那些没有阅读习惯的人，因为新媒体的出现也参与了阅读，不论品位如何，总算是一个进步。

当然，以手机为代表的电子产品的普及，的确让阅读失去了某种庄严和神圣感，纸质书籍的触感和淡淡的油墨香渐渐成为怀旧者心底的眷恋和遥想。生活于十六世纪的政治哲学家马基雅维利始终被有些人视为一个心狠手辣、诡计多端的阴谋家，然而他是一个极其热爱阅读的人，他曾这样描述自己的读书生活："傍晚时分，我回到家中的书桌旁。在门口，我脱掉沾满灰土的农民的衣服，换上我贵族的宫廷服，我又回到古老的宫廷，遇见过去见过的人们，他们热情地欢迎我，为我提供单独的食物。在那里我不会羞于和他们交谈，询问他们每次行动的理由，他们会宽厚地回答我。在这四个钟头内，我不会感到疲倦，忘掉所有的烦恼，贫穷不能使我沮丧，死亡也不能使我恐惧……"如今，我们很难再视阅读为一项郑重其事的活动，一部手机在手，随时可以获得各种信息，不过这些信息大多是浅表的，不仅不能实现深度阅读，还限制了思考力。像马基雅维利那样，视阅读为进入一位尊贵王子的殿堂，并在其中忘却世间烦扰的状态，在新媒体平台上是很难体验的。因此，热爱严肃阅读，希望通过阅读提升自身素养的人，在如今的环境下，就必须要有严格的自律意识。

有一段时间，我常被手机吸引，网上海量的信息令人应接不暇，可是放下手机并不知刚才都看了些什么，我猛然意识到组成生命的宝贵时间正被手机无声无息吞噬。从此，我规定自己每天晚上必须读纸质书，读书时绝不碰手机，而且平时手机上所有的APP都设为消息免打扰。捧起书本的那一刻，我是放松的、惬意的；放下书本的时候，内心是富足的、愉悦的，每天我都像吃饱了的孩子，可以带着心满意足的笑容酣然入睡。自从给自己定下每天阅读的规矩，我开始利用新媒体来丰富阅读生活，通过新媒体平台随时掌握新书动向，关注一些读书软件上推送的电子书，利用零碎时间阅读，新媒体束缚不了我，反倒成了我的阅读工具。

我有一个朋友，整天为孩子沉迷于手机游戏而烦恼，我问他孩子平时有什么喜好，他说孩子挺喜欢看书，我建议他给孩子买书看，试着用阅读来分散孩子对手机的注意力。此后，朋友源源不断地给孩子买书，这个孩子从此不再磨着家长要手机，每天很积极地完成作业，然后安静地阅读。一次，这个孩子跟我聊起了毕加索的绘画，竟然说得头头是道，让人不敢相信他是个五年级的小学生。我惊讶地问他，从哪里了解了这些知识，他说是从一本绘画书上读来的。

这个孩子的阅读经历，让我对"阅读悲观论"更不以为然，因为总有一些人在任何环境下都不会放弃阅读，阅读如一块厚重的磁石，吸引着他们，让他们在众多的生活体验中选择阅读。在热爱阅读的人群中，成年人会自觉抵抗新媒体的干扰，这是自律

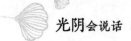

的阅读，而年幼的孩子为了阅读会放弃新媒体的诱惑，这是阅读的自律。有了自律的阅读和阅读的自律，我们就无须忧虑，因为阅读会永远存在，而读什么只是个人兴趣问题。

阿凡达的仙境

去湘西，寻一个旖旎的梦

六月正是湘西的梅雨季节，淅淅沥沥的雨想下一阵就下一阵，地总是湿漉漉的，空气莹润，远山苍翠，蒸腾的雾霭聚在山腰，如白色的绸带，烟气缓缓升腾，把山尖轻轻包裹，青山如黛，白纱绕身，轻盈缥缈。这里没有北方的暑热之气，雨滴是凉爽的，空气是凉爽的，烟气也是凉爽的，徘徊其间，如在仙境里走，在山水画中游。

阿凡达的仙境

也许，雨中观哈利路亚山并不是个好时机，阴沉的天色，密密的雨丝，阻挡远观的视线，本来的美景就在蒙蒙雾霭中模糊了。循着山路前行，每个人都努力寻找着最佳视角，寻找着心中的目标，盼着雨过天晴的一瞬可以看见哈利路亚山的盛景。

如果不是因为一部大片，可能很多人并不会知道在中国竟隐藏着如此美妙的人间仙境。潘多拉星球上的那座悬浮山，不在别处，它就是位于张家界森林公园里的乾坤柱。在电影《阿凡达》的影响下，乾坤柱更名为哈利路亚山。

沿着导游引领的路线继续向前，雨不知何时停了。水汽迷蒙，

224

四周一片混沌，游人在水汽里缓缓地走，一线阳光逐渐穿透了水汽，弥漫的水汽开始收敛凝聚，成为一团团棉花白的云朵，周遭景物变得明朗起来。洁白无瑕的云朵像一个个淘气的精灵，有的缠住一座座山峰，有的缠住一群群游客，随着风的鼓舞，忽散忽聚，忽远忽近，轻薄处如西施浣纱，浓厚处如羊毛堆雪。瞬间，人在云中走，心随境迁，如仙漫步。

"快看！哈利路亚山！"前面，不知是谁大喊一声，所有的目光都被这喊声召唤过去。顺着人们手指的方向望去，一座山峰在群峰间凸显，峰顶翠绿葱郁，山峰垂直挺拔，周身则如刀刻斧削。有云缠绕于山腰间，恰似切断了山峰上部与下部的连接，营造出山峰悬浮于云中的奇幻感。屏气凝神，真是美景如画，无以描述。

"彩虹！"不知又是谁大喊一声。这次大家齐刷刷低头朝脚下望去，只见悬崖下方一架虹桥在阳光下熠熠生辉，流光溢彩，晃得人眼花缭乱。彩虹停于脚下，人仿佛在虹桥上走，第一次亲历这番奇景，人们都不禁啧啧称奇。

阳光一会儿便又转入云里，天空暗淡下来，朵朵白云不断变换着身姿，每一次改变都给群山换了一次妆容，每一次改变都把另一种美呈现在游人眼前。随着云的变化，群峰一会儿露出自己的葱翠，一会儿露出自己的苍凉，这里显出自己的壮阔，那里显出自己的秀美，千姿百态，恰似无数仙女长袖轻甩翩翩起舞，各有各的美丽。

奇幻的景致在云的造势下瞬息万变，每一次变化都是一幅极其精美的中国山水画，丹青素笔，一勾一点，碧绿的林木，褐黄的岩石，浓的浓，淡的淡，意境清雅。而在这一切之上，最难描摹的是云的变幻。有了云的烘托，哈利路亚山才有了悬浮于空中的可能；有了云的掩映，万千景致才有了犹抱琵琶半遮面的妩媚；

有了云的捉摸不定，张家界的山才以它扑朔迷离的神秘韵致让人浮想联翩。

哈利路亚！转身离开之时，不由得在心里发出如此感叹。

作家的能量

站在沈从文广场上，仰望那只展翅的凤凰雕塑，雨丝正密密地斜织着。沈从文先生笔下的凤凰古城从文字间缓缓站立起来，那个叫翠翠的姑娘双眸含怨，欲语还休。边城，不经意间已经近在眼前。

初到凤凰古城是在晚上，住宿于沱江边，自然要看沱江水。因为是多雨的季节，沱江涨了水，整条河流泛着黄色的波涛，可想其中夹带了大量的泥沙。循着石阶下到沱江边，水面几乎与路面平齐，两边的商家几乎进水。虽然下雨，但是沱江沿岸依旧灯火通明，家家店铺前坐着老板。走上一座石桥，涉过沱江，沿江而行，传来阵阵歌声，循声驻足，发现歌声是从河岸上方一家酒吧里传出来的。脚步被歌声牵引，拾级而上，走进店里，不大的店面里陈设着一排排松木桌椅，三三两两的年轻人聚在一起闲聊。吧台前，两个男青年拨弄着怀里的吉他，其中一位唱着哀婉的情歌。没有掌声，没有鲜花，歌者似乎并不是为顾客唱歌，顾客也并非为听歌而来，也许大家都是游客，只想在这座小小的古城里留下来过的痕迹。

从酒吧出来，继续沿着湿漉漉的江边游走，酒吧里的歌声在沱江上飘荡，两岸的灯火在江面上像炸开的烟花，使滔滔江水沸腾。前面又是一座青石桥，桥面宽阔，行人寥寥无几。走过桥面，回望歌声来处，只见江水隔绝了远处的灯红酒绿，那世俗的喧闹声被眼前的寂静吸纳，成为遥远的梦境。

在晨雾中醒来，昨夜的笙歌霓虹缥缈无踪，带着无限遐想踏上虹桥，遥望烟雨凤凰，身临其境，竟觉得如此不真实。浑黄的沱江水宁静得没有一丝波纹，绕过那古老错落的木制建筑群，一直流到虹桥下。远处座座青山怀抱，雾气缭绕在江面上，在远山顶，在古城的上空。"一座青山抱古城，一湾沱水绕城过，一条红红石板街，一排小巧吊脚楼，一道风雨古长城，一座沧桑古城堡。"文字中的凤凰与现实中的凤凰究竟哪一个更美呢？

导游边走边介绍说："古城的建筑大多毁于'文革'期间，现在的凤凰古城是私人斥资八亿多重建的。"说者随口一说，听者不免心里戚戚。

古城沿街都是民族特色鲜明的商铺，空气里飘荡着淡淡的姜糖甜香。尝了姜糖、木槌酥，看了陈斗南将军故居等遗迹，沿着狭窄的青石板路直行到尽头，眼前豁然开朗，巨大的凤凰雕塑赫然伫立于空中。其实，沈从文广场并不算大，但从逼仄的街市走出，便觉得这是一个敞亮宽阔处。广场上游人如织，人们抢着在凤凰雕塑下拍照留念。湘西人杰地灵，英才辈出。抗英名将郑国鸿、民国第一位内阁总理熊希龄、著名作家沈从文、著名画家黄永玉，皆从这里走出。据说，眼前这座凤凰雕塑就是黄永玉设计的。在广场上流连，观远山，看城垣，恍然有隔世之感。这还是沈先生笔下的凤凰吗？这里还有一个叫翠翠的女孩吗？那梦幻一般的雾霭，能否托得住许多悠远伤感的旧事呢？

也许翠翠只是一个由作家虚构的幻影，她只能活跃在文字中，无法站立于人世间。然而，一座古朴典雅的小城与一个凄美惆怅的爱情故事相遇，这座城怎能不成为世人心中最美的地方？因此，凤凰古城每年都要举办偶遇节，在七月中旬到八月间，来自天南海北的男男女女盼望着在这里偶遇自己的爱情，了却一份情痴。这是一部文学作品的魅力，还是一位作家巨大的能量？让毁灭的凤凰复活，让世人寄情于此，时刻神往，让一座闭塞的山间小城在世界拥有了一大批拥趸，人们不断向这里涌来。一个生前无权无势的文人，身后给他的故乡带来了多么大的影响；一个看似谦恭低调的文人，敌得过多少倜傥的名流。想到这里，心里不免有些窃喜。

看谁还能小觑文学的魅力，小看作家的能量！

大峡谷赏游

下行，下行，再下行，张家界大峡谷有多深，没有人告诉游客。陡峭的山壁，无数的梯级，后面的人一不小心就会踩到前面的人的头顶，曲曲折折，但还需下行。天空下着小雨，淅淅沥沥打湿了路，人们小心地攀扶着栏杆，唯恐滑倒。

来的时候导游说，抓紧走完玻璃桥，赶紧去大峡谷，因为下雨，昨天大峡谷关闭了，今天还没接到关闭通知。彼时雨已经开始下。还好，我们是有福之人，借着玻璃桥把千山万壑踏于足下之后，我们一头钻进了大峡谷。

张家界的山都不宜攀爬，垂直伫立，直上直下，人们上山下山不是借助索道缆车就是电梯，所以别看在山里转了几日，并不觉得疲惫。也许正因如此，大峡谷便给了游人一个下马威。

无数的梯级，不断地下行，一眼望不到谷底，疲惫感开始侵袭。就在人心生出绝望和凄苦之时，一线天空从蓊郁幽深的绝壁间挤了出来，人们的精神为之一振。然而，仍是不断下行，梯级越来越陡峭，没有人敢嬉闹，都专心地看着脚下。就在精疲力竭之时，忽然，有淙淙的流水声不绝于耳，连忙迈下最后一节梯级，一条黄色的溪流呈现在眼前。说是溪流，由于水大，宛若一条奔腾的河流。流水借着山势向下而去，游人则沿着其流势结伴而行。两边山峰耸峙，苍翠的马尾松、千年不落的青苔比比皆是，空气清凉，弥漫着一股奇异的幽香。不知是群山遮住了雨丝，还是雨已经停止，谷底无落雨，人们都收了伞，可是没走出多远，就又将伞撑开。两侧山上时有飞瀑流泉倾泻而下，声势壮阔，在路上形成一道道水帘，不时阻挡着游人的去路。随着山势高低错落，溪流在平缓处时而形成宁静的平湖，在落差奇大处又变身为奔腾的战马，宁静时万籁俱寂，奔腾时咆哮嘶吼，在原本幽深的谷地，一会儿如丽人婉约，一会儿如悍将豪爽，弄得人一路摸不透它的脾性。

依着溪流蜿蜒而行，面前的绝壁逐渐开阔，视野慢慢扩大。据说绝壁后面就是著名的吴王坡村。相传，吴三桂追杀李自成起义军至此，在现在的吴王坡村和起义军进行生死决战，最后吴三桂获胜。光阴抹去了铁马金戈的痕迹，绝壁挡住了凛凛杀气，只留下一个遥远的故事，为张家界大峡谷平添一丝历史的气息。

溪流是向导，带着游人赏尽条条飞瀑、座座流泉，形态各异的落水，似天女散花，从天而降，毫无保留。循着路径离开了溪流，爬上一个山洞，此洞名曰土匪洞，据说曾经是当地著名的土匪盘踞之地。洞内潮湿阴冷，真不知土匪在此如何安身，让人深感当个毛贼草寇也着实不易。洞内有多条岔路，随着游人穿过洞去，曲折回转来到一片平湖岸边。神泉湖尽收眼底。

天空又飘起了细雨，湖面如镜，没有一丝波澜，迷蒙的雨丝落在湖面上，激不起半点儿涟漪。游人在雨中陆续登船，篷船船缓缓向湖心驶去，四周寂静无声，只有篷船的马达发出突突的响声。湖面起了浓雾，稠得散不开的烟气在空中滞留，整个湖面成了袅袅仙境，篷船似在雾中漂荡，人们一时也似脱离了地心引力，在烟雾中蹁跹游荡。此时总该有人唱一首渔家谣，划破这黏稠的静谧和黏稠的烟气；此时总该有一对神仙眷侣，合唱一首委婉的情歌，添加一份的唯美与浪漫；再或者，总该有一对裙带飘逸、英姿飒爽的青年，伫立于船头，拔剑出鞘，寒光一闪，扑棱棱，燕子腾空，你来我往。无论如何，在这烟波浩渺之中，总该演一出不拘一格的人间戏剧。

然而，一切都是揣想，篷船载着游客已经靠近了岸边，上岸后，回眸凝望，竟然不信自己刚从画中来。四围青山合拢，神泉湖白雾氤氲，飞檐青顶的篷船在湖面往来，无人放声，唯恐惊走了看不见的神仙。

烟雨蒙蒙，山水凝滞。梦中的湘西，就是这个样子吧。寻一个旖旎的梦带走，在这如卷铺陈的景致里。

寻吃

　　俗话说，一方水土养一方人。照此推理，一方人也必然有一方的脾胃。不出远门不能察觉这一点，一旦离开故乡，初来乍到异地，味觉首先会提醒着这种差异。

　　在去湘西之前，我上网狂搜了一番那里的美食，并且列出了一张详细的单子，包括菜名、饭店的名称和地址等资料，准备在六天的时间里看遍美景的同时，顺带尝遍那里所有的美食。到张家界的第一天晚上，我们就迫不及待地找到了网上推荐的胡师傅三下锅，要一饱口福。点了土家三下锅、炒合渣、油炸蕨粑等从没吃过的菜，我们静静地坐下来等。饭店里人并不多，大部分桌子空着，我们以为是因为下雨的缘故，顾客稀少。菜上得很快，炒合渣先端上来，盛在一个大汤碗里，黄色的豆渣上面飘着碧绿的韭菜段。我用勺子舀一勺送进嘴里，味道是咸的，豆渣的颗粒挺大，需慢慢嚼。我问上菜的服务员，合渣是菜还是汤，服务员回答说是菜。我们都有些奇怪，这个水里捞出来似的豆渣怎么能当菜下饭呢？油炸蕨粑是一种黑褐色的方块，薄脆，甜口，微微有些发黏，吃几块就腻了。很快，盼望已久的三下锅端上了桌。这道菜的外观看来如同在天津常吃的干锅，下面有火轰着，锅里有土豆、葱段。点菜时服务员让我们自行选择三种肉食下锅，我们点的是腊肉、牛肚和肥肠。锅里下了许多红色的辣椒，湿热的六月天气，看着这些辣椒更觉得浑身火热。

可能由于对土家三下锅期待已久，心理上先对它有了极高的期待，也可能受到天津干锅的误导，以为三下锅跟干锅无异，所以把第一口菜送进嘴里时，我不免有些失望——咸、油、辣，但是少一点儿香，这一点儿香是什么作料，我一时又想不出来。是糖？是酱？还是某种香料？说不清，反正这道菜跟我心里和味觉上的期待并不契合。不仅仅是我，周围的人也都是这样的感受，大家胡乱夹了几筷子，便不再吃。

到湘西的第一顿饭就遭遇如此打击，我们都有些意外。乘坐出租车时跟当地司机聊起三下锅。司机说，我们当地人几乎不吃这道菜，都是来这里旅游的外地人吃。车窗外，一家家三下锅店一闪而过。我不禁问："这么多店难道都是给外地人吃的？"司机说："对呀！我们这里是旅游城市，本地人谁去吃那个呀，别看网上说得好。"我猛然想起了天津满大街的十八街麻花店，天津人有几个经常吃麻花的？既然洞悉了饮食的玄机，我就决定不再信网上的宣传，自己去走街串巷寻找美食。

在后面的旅游过程中，不得已跟着吃了两天团餐，找到自由出行的机会，我们就自己去找好吃的。在张家界最繁华的十字街，我们逛了步步高超市出来，钻进四通八达的地下商城，迎头就撞上一股浓浓的香气。时值傍晚，正饥肠辘辘，循着香味找过去，是一个卖油炸小土豆的摊位。一个衣着整洁的女孩正在铁板上煎着剥了皮的小土豆，每个土豆都是滚圆的，乒乓球大小，煎成焦黄色，盛在圆形纸盒里，撒上芝麻、孜然，浇上番茄酱和辣椒酱，用竹签子插着吃，五元一份。我点了一份，女孩很快就做好了，捧着这一碗土豆，还没吃，已经垂涎欲滴。迫不及待地插起一个土豆送进嘴里，土豆绵软，味道香浓，胃里顿时百般舒坦。几天来对饮食的不满顿时被小土豆驱赶得烟消云散。

后来在张家界大峡谷景区也看到有卖油煎土豆的，勾起了我的馋虫，买了一份来吃，价钱翻了一倍，味道却没有地下商城的好。仔细看，原来土豆是大土豆切成的小块，酱料也不够味，所以整体口感逊色很多，有了对比，更觉得前面那个油煎小土豆回味无穷。

每天除了午餐必须跟着大家在景区吃团餐，早餐和晚餐我们就在张家界市区的大街小巷里找当地老百姓常吃的店。离我们住的酒店不远，有一家临街的牛肉粉店，不少当地人早晨去吃。于是，我们也想尝尝。这是个临街的小店，门口架一口大锅，锅旁摆着一盆盆深色的汤汁调料。牛肉粉煮好，老板把碗递到我们手里，让我们自己选择爱吃的调料添加。面对眼前大约十几个盆子的汤汁，我们不知该选哪个，于是干脆每个都加一点儿。这些汤汁里有的里面有牛肉，有的好像是泡菜，加好调料端着碗走进屋，里面是两排木制桌椅，桌上摆着辣椒、醋等调味品。点上一点儿香醋，搅匀，挑起牛肉粉大吃起来，牛肉粉白嫩筋道，各种汤料调出的味道浓郁。早餐吃了几天大米粥、鸡蛋的我们，深觉美味荡气回肠，因为又找到了一家美食小店，都兴奋不已。

湖南菜里必有辣椒，起初我们还能接受，可是吃多了就觉得腻烦。在张家界待到第五天的时候，我们想换换口味，菜里坚决不能有辣椒。最后想到了肯德基。晚上，我们打车直奔十字街的肯德基餐厅。这里的肯德基不像天津的那么火爆，根本不需要排长队。食物摆上桌来，我们个个跃跃欲试。打开鸡腿饭，尝一口，是辣的；抓起汉堡咬一口，也是辣的。我儿子去服务台取番茄酱包，举着一包辣椒面跑回来，说："肯德基都入乡随俗啦，还提供辣椒面。"这在天津哪里看得到。我笑着说："所有的食物都入乡随俗啦，你尝尝吧，全辣。"虽然闹着太辣，但是这一顿，我们还是勉强吃了。张家界的肯德基是另一种味道，与天津的大不相同，我突发奇想，是不是每个城市的肯德基融合了这个城市独特的饮食习惯，带有这座城市特有的味道呢？以往我倒是去过几座城市，但是没有去吃过那里的肯德基，看来以后还真要进去尝尝，说不定山东的肯德基有大葱的味道，洛阳的肯德基有胡椒的味道呢。

忽然想起一位湖南同事，来到天津后，她非常不能接受海鲜的味道。我们把活蹦乱跳的皮皮虾和螃蟹蒸着吃，大虾水煮，为的就是吃海鲜味，而湖南同事把大虾用油干煸，煸出所有水分，再用葱段、姜片、花椒、辣椒爆炒。她说这样做可以遮盖海鲜的腥味，勉强还能吃下去。当时我们都觉得不可思议，海鲜的香味怎么到她嘴里就变成了腥味。此时，来到湘西，我才悟出其中缘由。

人的口味很敏感，知道哪里是自己家，哪里是客居异地，短时间让它适应另一个陌生的环境真的很难。味道不同，它就抗拒，任凭谁也做不了它的主。想想世界如此大，每一个地方都有自己的饮食习惯，守着自己的故土，吃着家乡可口的食物，真该觉得幸福。这也提醒我们，有人来到我们的城市，吃不惯我们的食物，大叫难吃时，我们不该惊讶或者负气，将心比心才能明白，他们的口味真的无法适应陌生的饮食。

在这个包罗万象的世界上，饮食已成为一种文化，因为迥异，才显出此地非彼地，世界因此而斑斓多姿，我们也因此可以体验到众多不同，包容众多不同，怀着一颗欣赏的心接纳世间一切。

凤尾镯

　　长长的尾羽，摆动出柔滑的曲线，似展翅欲飞，又似临风而立，高贵典雅，略带不可侵犯和不能亵渎之气，它是名副其实的贵族，百鸟中的魁首。当一款首饰截取了它的样子，自然也就拥有了它的神韵，借助 999 银的光亮，闪耀着熠熠色泽，四射的光芒给它平添了一份圣洁。凤尾镯，永远那么夺人眼球，自古以来有众多女人喜爱它，我当然也不例外。

　　中国人事事讲缘分，首饰自然也要遇到有缘人。千里觅知音，常被传为佳话。人与人，人与物，都讲究惺惺相惜。我与凤尾镯是相遇在千里之外，只不过我是无心插柳而已。来到凤凰古城的很多人都期盼着偶遇佳人，而我却遇到了它——一款独特的凤尾镯。

　　其实，凤尾镯在全国各地都有售卖，样式有很多种，材质各不相同，有的凤尾镯还镶嵌猫眼宝石，漆上五彩，非常绚丽。只是不知为什么，从没有一款打动过我。兴许是到了凤凰古城，为这里烟雨迷离的氛围所熏染，内心生出无限诗意，对凤凰也有了无限好感，审美突然偏向凤尾图案。因此，在银楼里琳琅满目的银饰中，我独独被凤尾镯迷住。

　　这款镯子并不粗，直径不到半厘米。它那纤细的模样一落入

我的眼底，就在我的心底激起一串爱怜的水花。在看到它之前，售货员已经给我看了好几款手镯，满眼白花花，却总没有眼前一亮的感觉。原来选镯子也像选情人，需要一见钟情似的感动。

这只999银凤尾镯通体白亮，表面的凤尾图案均匀分布，凤尾曲线优美，一块呆板的金属因跃动的凤尾图案有了灵气。抓起镯子仔细端详，凤尾似在随风飘展，每一束尾羽都经过了抛光，在手镯的表面散开一片流光溢彩。镯子是开口的，银子很软，轻轻掰开戴在手腕上，手腕宛若被一只凤凰缠绕着，不由得想跟着它一起翩跹起舞，轻盈感、流畅感袭遍全身。

苗族女人喜欢佩戴银饰，连衣服上都缀满银片、织满银丝，走起路来哗啦啦响。她们把两只或者更多的银手镯戴在一只手腕上，手镯相碰发出叮当脆响。可是，我不习惯自己身上发出金属碰撞的声响。于是，我从一对凤尾镯里挑了一只，售货员非常和气，说买一只也可以。千里遇知音，人生能得其一足矣。

据售货员介绍，这家银楼里的银饰都是由一位知名设计师设计的，每一件银饰上都刻有他的名字。仔细一看，镯子内侧还真有刻字。因为这个缘故，这里的银价比市场价贵很多，不过为了这一款凤尾镯，贵也是值得的。得了这只凤尾镯，如同得了一个宝贝疙瘩，满屋子的银饰瞬间黯然失色。在里面又闲逛了很长时间，觉得哪一款都比不上自己手腕上的这一只美丽，或许这就是所谓的情人眼里出西施吧。

其实，凤尾镯并不是我拥有的第一只手镯。跟许多女人一样，我曾经戴过玉镯、水晶手链、砗磲手链等，后来还买了一只满天星银手镯戴在手腕上。我不喜欢俗艳的黄金，张扬刺目的铂金，独独青睐白银纯净的色泽。它低调内敛，永远不占上风，让与它亲近的人倍感舒适。来到凤凰古城后，我更加爱银饰。从苗族人的介绍中得知，白银不仅可以做成美丽的饰品，而且有许多功用。苗族人自古用银，在湿气甚重的湘西，戴银、用银自有一套养生的道理。一个当地人告诉我，有些地方，当一个小伙子与一个姑娘确立了恋爱关系，苗族妈妈会把自己的银手镯作为礼物送给未来的儿媳妇。同时，小伙子要去姑娘家住上一个月，劈柴挑水之余，完成母亲交给的一项重要任务，偷偷观察手镯在姑娘手腕上的变化。如果手镯一直白亮，色泽如新，说明姑娘身体健康，且是偏碱性体质；如果手镯颜色日渐污浊，说明姑娘体质较弱，且是偏酸性体质。此时，男方就可以根据情况选择是否继续这段姻缘。想不到一只银手镯在一段姻缘里还发挥着如此奇特的作用。

听了这番介绍，我更加喜欢银饰，对手腕上的凤尾镯更是爱不释手，因为银饰戴在我身上从不变色，一想到这只凤尾镯会在我的腕上永远色泽如新，幸福感就溢满全身。这种幸福感只有女人懂得，男人想必只有在美酒中能体会到一丝半点个中滋味。

从银楼出来，外面就是沈从文广场。广场中间巨大的凤凰雕塑如亭亭玉立的贵妇，高昂着头颅，望向远处迷蒙的青山，巨大的尾羽向上展开，宛若仕女身着的霓裳。游人如蚁，在它脚下或徘徊或伫立，更衬托出凤凰的高大和贵气。整座雕塑以本色的青灰示人，没有点缀一丝色彩，深沉而无夸耀之意，尽显不可撼动的昂然气势。低头看看凤尾镯，正在腕上晃动，在自然光的照射下，光亮夺目。与黄金、铂金相比，白银有着亲民的价格，不像黄金、铂金那样张扬，更适合低调内敛之人。纯净柔软的白银，配上凤尾图案，含蓄中流露典雅，低调中显露高贵，那诱人的圣洁神采，令一切桀骜的世俗之气都无地自容。戴上这只凤尾镯，整个人仿佛都有了崭新的气象。

凤尾镯，以白银为底，以凤凰为魂，实现了一次谦卑与高贵

的结合，这样的美一旦呈现在眼前，喧嚣顿时转为宁静，浮躁即刻归于平和。然后，你会彻悟，它是永恒，而你终将化为尘埃。

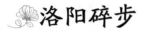洛阳碎步

　　我是个很闭塞的人，去过的地方不多，或许这可以解释我为什么到了洛阳，就立马喜欢上了这座城市。这样说可能对洛阳有点儿不公，但是我的确无法从多角度去比较，只是在我去过的有限的几座城市里，没有哪座让我感觉如此亲切。我真的是被洛阳迷住了，文化的厚重，林荫道的葱郁，夜生活的喧嚣，温和无风的气候，汤菜里的胡椒味……每一样都带着巨大的感染力，让人在不知不觉中投入这里的生活，融入这里的气息，完全不需要适应的过程。如今即使离开它已经有一段时日，它的影像、它的味道仍让我心里充满惦念之情。

洛阳牡丹

　　在洛阳，牡丹是绕不过的话题。只要一进洛阳城，人们的视觉和听觉就会被牡丹包围。路灯杆上有牡丹花形状的灯饰，城市壁墙上的广告是牡丹花图案，超市里的洛阳特产也都是以牡丹命名。因为我们到洛阳时已经是六月初，错过了牡丹花开的季节，所以没有去洛阳的牡丹园。据说在牡丹盛开的季节，那里真是争奇斗艳，少见的绿色牡丹更是抢眼，很多人在那里还学会了区分

牡丹花和芍药花。

牡丹的话题总是和武则天连在一起。据传，当年面对女皇"来朝游上苑，火速报春知。百花连夜发，莫待晓风吹"的命令，只有牡丹连一根叶也不发，惹得女皇震怒，把牡丹贬到洛阳。在明代冯梦龙的小说《灌园叟晚逢仙女》和清代李汝珍的小说《镜花缘》中，均有牡丹和武则天"结梁子"的记载。但若是考察《全唐诗》会发现，这段故事不过是后人的戏说。然而，不管怎样，武则天"炒火"了牡丹，牡丹给武则天增添了传奇色彩。牡丹确实为洛阳这座城市增添了无限魅力。

刷卡租车

在洛阳繁华的街道边，时常可以看到一排黄色的自行车。自行车很新，显眼的黄色不禁引起我们的好奇心。走进仔细看，发现自行车都有锁，是那种刷卡即开的锁，原来这些车是用来出租的。不知道这些车有没有人看守，每天早晚是否需要搬进搬出，这些车给人一种秩序感，让人感觉洛阳是个有规则的城市，这种规则可以给生活其中的人提供诸多便利。（注：作者于2013年到洛阳旅游时，"共享单车"一词还未出现，出租自行车在其他城市几乎未见。）

在洛阳，大多数人都骑电动车，新奇的是每辆电动车都安装着一把"带尾巴"的伞。伞固定在车的脚踏板上，伞后加长的"尾巴"可以遮住坐在后面的人。这真是一个不错的创意，洛阳无大风，电动车撑着伞徐徐行驶，既安全又遮阳挡雨。

在洛阳的闹市区，经常可以看到骑摩托车的年轻小伙子。摩托车都保养得很好，小伙子们跨在车上，威风凛凛，不由得让我想起十几年前自己所在的城市的景象。

　　这里的电动车、摩托车在商场、超市门前随处停放，即便是夜晚也照停不误，毫不担心被居心不良的人偷盗。联想我们居住的城市，电动车绝对不敢随便在外停放，车不离手都怕有人抢走似的惶恐。问问周围的人，这几年没丢过车的几乎没有，而公共设施被毁坏的情况也常有发生。那些崭新的黄色自行车如果搬到我们的城市，不知道会是什么下场。这不由得让人心生感慨，并非洛阳人安全意识差，而是咱们被环境逼得已经无法不谨小慎微了。

洛阳的树

　　洛阳城里的树都高大笔直，类似法国梧桐之类的树种，具体是什么，对于我这个"植物盲"来说可是一道难题。白色的树干直冲蓝天，细长的枝丫交汇在半空，浓密的绿叶填满了天空的空白，一条林荫道就此形成。洛阳城里的树大多树杆粗壮挺拔，给人很健康的感觉，树龄估计少说也在十几年以上。城市在不断发展，洛阳的高层建筑在日益增多，可是洛阳城里的树木并未惨遭破坏，因为洛阳的新兴建筑多是在拓展城市范围的前提下建造的。同时，洛阳的街道虽不算宽阔，但是并不拥堵，于是给了树木优哉游哉自然生长的空间。

　　洛阳城依靠这些树木绿了整座城，不像其他一些地方依靠绿地点缀钢筋水泥的空间，刻意修剪的绿植更显出城市的呆板。

　　中州路是洛阳繁华的市中心，一路从东向西走来，有隋唐洛阳城国家遗址公园和周王城广场两个大型街边公园，不论早晚，常有市民在两个广场上健身。下午时分，紧邻洛阳中央百货旁边的周王城广场成了老年人聚集的中心。规模之大，人数之多，让我们这些外地人分外诧异，不由得猜疑这里发生了什么特别的事。一细看，发现老人们成群结队地坐在靠近马路边的广场上，依傍着大树，只为静看人流、车流熙来攘往，面容自在又安详。我不知道洛阳人口老龄化状况怎样，但看到这么多老人可以安然地在此休憩，心里很欣慰。在我们的城市里，下午时分难得能在街边看到安详休憩的老人，能够行动的老人大多奔波在菜市场、超市等购物场所，提着兜子、拉着车子在路上满载而归，或领着放学的孩子挤公交车。老年人的生活同样折射出一个城市的节奏，节奏慢一些或许对生存更有益。

与中州路交叉的各条马路两侧的树木高大蓊郁，撑起一个个阴凉幽静的空间，蔓延到远处，充满神秘的美感。中州路上时常有电车驶过，让人心里升腾起一股怀旧的情绪。于是，我们拍下静止的树木，安详的老人，行驶的电车，想象着行人旅客都身着西装、头戴礼帽或者穿着旗袍长衫，我们则带着记录历史的优越感，缓慢行进在时空里。

新华书店

当我们乘坐的大巴车经过中州路时，我一眼就捕捉到了"新华书店"几个大字。字迹大，让我理所当然地认为里面也一定大，作为一个爱书的人，这里比其他景点更让我期待。

一个下午，循着大巴车的路径徒步逆向而行，我很顺利地找到了新华书店。推门进去，眼前却是一个服装卖场。对于这样的景象，我并不感到丝毫诧异，因为在我所居住的城市里，书店早已被逼到了某个角落里。找到楼梯，上二楼，眼前又是一个电器城，往里走，发现楼梯围着挡板，像在施工。我折回来询问电器城的服务员新华书店在哪里，她客气地告诉我继续上楼。小心翼翼躲着挡板上到三楼，眼前突然一暗，与二楼电器城明亮的灯光相比，三楼的灯光太暗，让我的眼睛一时难以适应。短暂的不适后举目四望，发现书架旁不乏静心阅读的人们，而且不少是十几岁的年轻人。看来暗淡的光线，并不能左右读者的兴致。

洛阳新华书店只占据了三楼大约一半空间，但书目种类不少，适合各年龄人群阅读。带有塑封的图书，书店都会拆开一本，供读者阅读，让人感觉极其贴心，不像某些地方的书店，在那里看书好像做贼，看得时间长一点儿，心里就会惴惴不安，如果不买走人，服务员的脸色更让人有做了亏心事的感觉。在这里，读者全无顾虑，于是，我蹬鼻子上脸，还用手机拍下许多书目，以待以后查阅。

在洛阳新华书店，我最大的收获是买到了标价五元钱的朱生豪译著的《哈姆莱特》和七元钱一本的《论语通译》。这样的价钱，买这种品质的书，实在跟白捡没什么区别。虽然明知行李箱又会沉重不少，但是我仍然如获至宝般舍不得撒手。

文化从地理上让路给商业，是当前普遍存在的问题，洛阳新华书店也不能免俗。但是，问题的症结在于我们在心理上和行为上是否给文化以存身之处？大家公认一个民族的文化是其灵魂，可是文化从哪里来？国民素质从哪里来？这些精神层面的东西不能一蹴而就，只能在潜移默化的积累中获得，从这个角度讲，读书是最佳渠道。

从洛阳新华书店出来，我一直在感慨，在思索。

洛阳水席

来洛阳当然不能错过洛阳水席，就像许多人来到天津一定要吃狗不理包子。"真不同"的水席是外地人的首选，而我们得益于一位"洛阳通"的介绍，躲开"真不同"，去了洛阳老城里的"狮子楼"。

狮子楼分上下两层，因为其特色菜——狮子头而得名。点了一套水席后，我们的"洛阳通"又点了狮子头和孜然羊肉两道特色菜。

一套水席共二十四道菜，八道凉菜，十六道热菜。狮子楼的菜，盘大实惠，让我们不得不感叹洛阳物价低。热菜道道都是汤菜，酸口、甜口、咸口、酥脆的、黏软的，样样都有，只是每道菜里必放胡椒提味，正所谓不同里有共性，形成了水席特有的味道。狮子楼的狮子头果然名不虚传，咬一口香喷喷却不油腻，连我这个不爱吃肉的人都吃下半个肉丸子。上全了胡椒味的汤菜之后，最后登场的是一大碗山楂粥，大家胃里的食物正无从消化，借着这碗山楂粥正好消食，真是体贴周到。

这一顿吃得大家兴致盎然，眼看着一桌菜剩下三分之二，大家甚觉可惜，可是每个人都摸着肚子喊撑得慌。于是有人提议玩个游戏，输者罚喝一碗汤。结果大家乐得前仰后合，几轮下来，几乎每个人都被罚到了，而个别人极惨，被罚了好几碗，捧着肚子大喊再也喝不下。到此大家才感觉尽兴，离席时不忘恋恋不舍地望一眼满桌的剩菜。不过还好，每个菜大家都拍了照片，回去可以慢慢回味。

离开了洛阳，那天同席的人每每碰头，都不由得对狮子楼的水席赞不绝口，每个人都会眯着眼，咂着嘴，似在回味。如今这物质丰富的年月，还没有哪种菜品能让大家如此挂怀，这一次不小心中了洛阳水席的"招儿"。

洛阳的夜晚

洛阳的夜晚流淌着喧嚣，各种色彩在喧声中交汇，给不眠的城市带来一份灵动的生机。走在洛阳老城的街道上，一串串通红的灯笼装点出一个艳丽的世界。老城建筑古朴，霓虹灯色彩绚丽，街道两边是鳞次栉比的小吃摊。洛阳的小吃摊各有各的字号，字迹醒目，夺人眼球。虽然是小吃一条街，但是看不到乱扔的垃圾，整条街非常干净。行人摩肩接踵，有的驻足在烧烤摊前，选择吃食，有的流连于周围的商家，在夜色的笼罩下迈着缓慢的步伐。好一座沸腾而又闲适的城市！

洛阳的夜生活同样有着浓郁的商业气息，可是这股气息并不让人生厌，反而让人有融入其中的欲望。徜徉在车水马龙的街道上，高大的树木影影绰绰，路灯杆上牡丹花形状的灯饰开着绚丽的红花，时刻提醒我们这里是洛阳古城。我们随意地进出一家家时尚小店，饱足了眼福，心里充盈着满足感，似乎那流泻的灯光从每个人的瞳孔流进了血液里。

洛阳的母亲河

河是一座城市的眼，有了河，城市便有了点睛之笔，有了生命的灵秀之气。洛河河面宽阔，气势浩荡，来到它的面前，还不知其名就已被它的气势折服。

从某种意义上说，河流是文化的母亲。洛河是黄河的一条支流，发源于陕西省蓝田县。洛河与黄河汇合的河洛地区，是中华文明的重要发源地。河洛文化可以追溯到大禹治水，洛河沿岸的文化遗迹俯拾皆是，古都洛阳也因位于洛河以北而得名。随着时代的发展，如今洛阳城早已不只拘囿于洛河以北，新城区的高层建筑依洛河而立，有了大都市的气派，附近正在建设的洛浦公园更给了人们许多期待。

汽车行驶在横跨洛河的桥面上，如同一滴跳跃的水珠，融进宁静的洛河水。洛河的水面上，氤氲着一层雾气，天地相接处一片苍茫，只有一些深的、浅的暗影提示着地平线的位置。远望安静的洛水，无法不追忆，谁曾在你面前伫立？你曾映照了谁的姿容？承载了太多故事，看过了太多沧桑的洛水，带着它的厚重安静地凝视着两岸的变迁，流向深不可测的时空尽头。

这样有生命力的一条河，每个人都该对它怀着敬意巡礼。

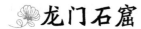 # 龙门石窟

到了洛阳，自然不能错过龙门石窟，因为它的名气，也因为许多纠结在心底的期待。这个带有宗教意味的去处，眼还未见，心灵已被洗得纤尘不染。自然与人文相遇在一处，排斥、接纳、融合，沧桑千年，风侵雨蚀，展现的又是怎样一种美呢？

爱上一条河

驱车直奔洛阳城南，一踏进龙门石窟的地界，所有人的目光都被一条浩瀚丰盈的河流夺了过去。滔滔河水在晨光中涌动着金色的波浪，那热烈的浪头倏忽间就要冲破堤岸，撞进你的眼眶，让人眼花缭乱。我紧跑几步追上导游，急切地问："这条河叫什么名字？"那一刻，我认识了伊河。

伊河，一听到这个名字，我就喜欢得不得了，让我想起学生时代故作哀怨挂在嘴边的那首《秋水伊人》。一个"伊"字带着直戳心尖的疼痛，冷不防灌入耳中，让人心头一颤，好像那名字早已刻在心版上，是前世今生躲也躲不过的宿命，熟悉得让人心惊。然而，伊河不像伊人，它并非缱绻婀娜的模样，它宽阔、丰盈、碧蓝、坦荡，恰如一位成熟男子敞开的胸怀，让人向往着扑上去，

光阴会说话

给他一个拥抱。

　　爱上一个人不需要理由，爱上一条河也不必说清缘由。因为它的名字？因为它的伟岸？因为它的粼粼波光？还是因为心头的那一颤？可是，与心头的一颤相比，一切可以说出口的词语都似乎太轻，不足以表达我对它的爱恋，我的目光再也无法从伊河挪开。

　　风从河面上吹来，并不强势。自北向南，伊河蜿蜒，随着风势，涌着波浪。站在岸边远望河面，真想驾一叶扁舟顺流而下，不能追溯它的源头，那就探寻它的尽头，跟这样一条坦荡的河流产生生命的纠结，无论如何都是一件令人愉快的事情。恍然想起了巴西作家罗萨的小说《河的第三条岸》。一位父亲为了躲避孤独，造了一艘小船，从此寄居于大河之上，再也没有上岸。一个人为了躲避精神的孤独，却投入了更彻底的孤独，一生一世。河与人有着永远不能分割的利害关系，世上所有人类文明的发祥地都围绕着河。河，给人类提供了很实际的物质保障，又给人带来了精神上的种种安慰。河，对于人，对于人类，无论对个体还是群体，都有不同寻常的意义。然而，河从什么时候成了人们向往逃遁的最佳去处呢？是范蠡载美人而去的那一刻吗？还是蓬莱岛上那个长生不老的神话发生时？我无法了解。我只知道，那样的遁世与逃避带着一种意犹未尽的美丽，让人浮想联翩。

　　站在伊河之岸，时间回溯，空间转换，我似乎看到无数工匠涌来，从北魏到盛唐，再到大宋，把一片荒山开掘成人文宝库；我似乎听到武则天引领朝臣，面对西山顶礼膜拜的呼声。然而，繁华落尽，只剩下这一条静静的河流，看遍了兴衰故事，宽厚地隐藏起许多旧事，兀自默不作声。

　　沿河而行，伊河两岸便是西山和东山，也就是龙门山和香山，两山隔河相望，像一对痴痴的恋人，伊河成了它们用惆怅汇聚起

248

来的一掬眼泪。山的高度让我暂时把目光从伊河抽离，循着山势一点点踏入了人文的梦境。

卢舍那的悲哀

登上西山，迎接游人的是一尊尊残破古旧的佛像，大的，小的，嵌在岩石上的洞穴中，它们用不变的姿态和神情伫立于岩壁千年，静看斗转星移。自北魏开始，龙门山就开启了被雕琢的历史，唐代达到顶峰。北魏的佛像都清癯细瘦，而唐代的佛像则肥硕丰满，脖子底下的三条纹，更是美的象征。两个时代的造像差异之大，让人不免感叹不同时代审美的差异。

虽然有心理准备，但是来到卢舍那大佛的面前，大家还是被镇住了。这组被称为奉先寺造像的巨大群雕共有九尊造像。居中的卢舍那大佛高十七点一四米，头高四米，耳朵长一点九米。它虽高大，气势却不压人，浑圆的脸庞，弯月般的眉毛，高挺的鼻梁，上翘的小嘴，浅浅的笑意，满脸的宽和端庄之态，让观者甚感亲切。据导游介绍，卢舍那佛是武则天要求工匠们按她的面容塑造的，为此赞助了两万贯脂粉钱。在卢舍那大佛旁边有八尊略矮的佛像，左右各四尊，成为卢舍那大佛的左膀右臂。

不时，天空中有鸟儿盘旋，看惯了如织的游人，它们毫不惧怕，轻巧地落在卢舍那大佛的头顶，鸣叫两声，然后展开翅膀向旁边佛像的头顶飞去。仰望巨人般的造像，时间一长，人们的脖子都有无法承受的疲劳。眼睛追着鸟儿看上一阵，都低下头把目光转向脚下宽阔的平台，以及平台下高大的台阶，刚才大家正是从那里跨步拾级气喘吁吁来到卢舍那大佛跟前的。据说，在奉先寺群雕建成后，武则天带领朝臣在此举行了声势浩大的大典，想必对自己的作为很是满意，同时又心存冲击权力顶峰的渴望，唯有把自己化身为一尊伟岸的佛像，才能表达她当时的心境吧。

然而，人对抗的永远是自己的内心，除此之外，无从抗衡。存在是一个现在时，且与他人无关，唯有死亡是永远的归宿。"死神会迫使我们每个人出局，连一句安慰的话也没有。"从奥地利女作家耶利内克的戏剧《死亡与少女》中，我找到了这句哀伤的大实话。所以，即使女皇用一尊楚天楚地的造像把自己的辉煌昭告天下，也于事无补。这是卢舍那大佛的悲哀，也是每一个生命的无奈。

破坏与童话

不少人止步于连接西山和东山的跨河桥头，满怀热情的人可不想如此扫兴。在烈日下，我们跨越伊河，东山的葱翠送来股股清凉，慰藉着兴致勃勃的人。

与西山的土灰色相比，东山真是一个美男子。整座山覆盖在一片碧绿之中，灌木丛生，树木葱郁，沉静幽凉。寻不见小径，我们就沿着山下的柏油路前行。

位于东山上的香山寺已有千年历史，里面有一座蒋宋别墅，是当年蒋介石和宋美龄偶居之处。俯瞰伊河，仰望西山，坐拥盈盈绿意，一对凡尘夫妇来到此地也成了神仙眷侣。忽然，我想，让爱情稳坐于战争的废墟之上，也许正是爱情的一大幸事呢。张爱玲的《倾城之恋》撞入了我的记忆。"现在你可该相信了：'死生契阔'，我们自己哪做得了主？"整天忙着谈恋爱的花花公子范柳源终于打算好好恋爱了。张爱玲说："在这兵荒马乱的时代，个人主义是无处容身的，可是总有地方容得下一对平凡的夫妻。"

用香港的陷落换来白流苏一个人的幸福，无法说清值还是亏，因为在浩荡的时代面前，微小的个体又算得了什么呢？

战争夺去物质的一切，却创造着精神的童话。小说《守夜》的扉页上有这样一句话："我们在最动荡最荒唐的年月相遇，除了爱情，一无所有……"在二战的大背景下，小说中的男人与女人，甚至女人与女人，上演着死生契阔的爱情。正因为一无所有，所以更想拥有。人类对世界总存着几分不甘，心里的那个空处一定要找些东西来填满，在被迫舍去一些后，又拼命抓住另外一些。物质与精神轮番统治着世界，控制着人类。于是，在战争面前，物质不再真实，精神不再虚幻。几十年的时间在漫长的时空中不过像一个玩笑，而今，战争烟消云散，伤痕被华丽的锦袍遮盖，物质正将精神排挤出人类心灵的空间。我们容易忘记痛苦，更容易接受欢乐，我们幸运地生逢盛世，不幸的是再难品尝死生契阔的爱情。

走到东山的一半，伊河之畔是一个扇形广场，扶着河边的围栏，远远望去，整座西山就像一个巨大的蜂窝，卢舍那大佛稳居正中，安详地冲着人们微笑。那千年不变的笑容，因为不变，就更像是对东山的一个讽刺，一个嘲笑。东山的伤痕，爱情的悲喜，有什么了不起？

地点的变换，带来了不同的视觉效果，从起初观赏局部的精雕细琢到现在遥望整体的蔚为大观，让观者猛然兴奋起来。面对相机，张开双臂，以西山为背景，来一个夸张的拥抱，暂且忘记战争、忘记爱情、忘记死亡，把自己放进眼下的现实，不为别的，只为一会儿向那些没来东山的家伙们炫耀一下。

很想早生一千年

当又一座横跨东西的桥梁出现在眼前，我们已经绕伊河走了一圈。这回我被大家狠狠地"抛弃"了。望着朋友们踏上桥，折回西山，我毅然决定独自直走下去，白园在前面等着我。

建于东山上的白园是唐代大诗人白居易墓所在地。白居易曾做河南尹，晚年在此居住十八年。据说当年元稹去世后，白居易为他撰写墓志铭，元稹的家人给了白居易六七十万的润笔费，白居易全部用来修造香山寺，并自号"香山居士"。

白园门前是白居易的塑像和介绍性碑记。白居易生于公元七百七十二年，卒于八百四十六年。我在心里暗暗做着减法，接着一声嗟叹落在心海。而今，"离离原上草"的诗句挂在每个后人嘴边，诗人已被光阴抛在了一千多年前，多么可怕的时间，多么恒久的文字！

跨进白园的大门，一丛玉竹扑进眼帘，清风习习，池水阴阴，好一个清凉的所在！沿着蜿蜒的小路，忽高忽低，忽左忽右，荷塘珠翠乱滚，老树瑟瑟临风，诗人的诗句不禁盈盈入耳："门前常流水，墙上多高树。竹径绕荷池，萦回百余步。"青谷区、乐天堂、诗廊，处处都有绿树流泉，让不懂诗的人也如入诗境，有吟哦几句的冲动。

从牡丹坛拾级而上，阴风阵阵袭来，看看手里的地图，琵琶峰顶已经不远，白居易墓就在那里。游人寥寥无几，天空不见鸟雀盘旋，我壮着胆子来到一处牌坊前，细读上面的文字，原来是白氏后人所立。好不容易抓到一个游人，我把相机交到人家手里，请求帮我拍照，然后绕过翠柏掩映的墓区，从另一侧匆匆拾级而下。

恐惧，不是担心诗人的魂魄会追上我，而是那清幽的环境让我这个在人堆里待惯了的人突然心生不安。欣喜于这片世外桃源般的所在，在这里可以与诗人隔空亲密对话，然而脱离了熙熙攘攘的凡尘，立刻没有了安全感，竟惴惴不安于突然的与世隔绝。真是现代人的悲哀！

下山的路好短，分别在即，轻抚身边的花木，竟有无限眷恋。留恋白园门前的翠竹，更爱慕诗人千年不灭的才情。既然生命的长度只是漫长光阴里微不足道的一点儿，要是能早生一千年该多好。这猛然间的闪念，把我带进了自怨自艾的沟壑。我常常不由自主地把现代文和古诗文做一番比较，前者让文字逃出了平平仄仄的束缚，却跳进了烟火气的圈套，后者或灵秀，或质朴，字里有画，意境深远，平平仄仄中是音乐的韵律。然而，令我艳羡的却是千年前诗人们亲近自然，融于山水间的浪漫情怀。人只有在适合自己的环境中，才能如鱼得水。生在一个高山流水、诗意浓浓的时代，与精神对话，与自然交融，挥洒文字，信马由缰，白居易们真是幸福！

张爱玲说，出名要趁早。我要加上一句：人，要生对了时代。

世界之外

肯德基餐厅二楼，宽敞的店面，零星的顾客，本来该是个幽静的地方，此时却被抵不住的喧嚣填满了空间。我对面的餐桌，两个上了年纪的妇女正在替一个小伙子的婚姻操心。"你不要瞒我们，你俩现在感情到底怎么样？"小伙子在长辈面前显然有点儿难为情，慢吞吞地说："晚上回家不理我，她自己玩手机。""你发现她不对劲多久了？""有三四个月了。"……我的后面，一个年轻的女孩正在说服一位母亲给年幼的孩子报英语培训班。"我们的培训有一整套系统的教学法，我们老总有自己独特的理念，现在在北京很火，正向周围的城市扩散。""你给我仔细讲讲，如果这个行业有潜力，不但孩子要上，我也想投入这个行业。"两个年纪轻轻的女人谈起了宏图伟业，越说声音越嘹亮。和我隔着过道的餐桌旁坐着一位气质优雅的老年妇女。她正在不断地打电话邀约一个饭局。"小李，我这几天刚到天津，周六晚上咱们坐坐，海底捞，老地方。""小王，周六晚上有事吗？"……

所有的声音都格外清晰，和餐厅里的背景音乐一起汇入我的耳中，而我正抱着一本厚厚的巴特神学，努力排除周遭的干扰。感觉自己被重重地抛到了世界之外，每个人都在滚滚红尘中忙碌，唯有我宁静地面对着一本研究形而上学的书。

很早就喜欢哲学和神学，一个是研究人，一个是研究神，然而研究的结果却是相同的，人类对人、对神始终没有一致的看法，反而生出了许多派别。这样的研究看似毫无意义，却影响着一个又一个时代。

虽然我们的肉身无法脱离这个世界的羁绊，灵魂却可以自由选择安歇之所。有的人让灵魂和肉体统一在物质世界中，有的人只能将肉体和灵魂分裂在两个世界里。在这个世界上，每个人都有自己的追求，一个人追求什么，就会成为什么样的人。追求权力的人成为政客，追求金钱的人成为商人，追求物质的人成为务实者，追求梦想的人成为幻想家……然而，我总在思考，何为实，何为虚？如果我们认为所见之物为实，不能见的一概为虚，那么有一天当我们闭上自己的眼睛，告别这个多彩的世界，所能见的一切是不是都将成为虚幻呢？如此看来，实与虚只是相对的概念，没有绝对的定义。如果我们把所能见的视为世界，那么我们百年之后又会去向哪里？世界之外是否还有一个世界，可以容纳我们的灵魂，作为永世的居所？

在我心里一直有种宗教情结，喜欢教堂里走出的修女，一袭黑纱从头到脚，浑身弥漫着圣洁神秘的气息。不用剃度，她们保留了女人的一头乌发，也保留了女人应有的特质。常常将自己设想成那样一个女子，可以无视世间一切污秽，以单纯的心活在这个世界里，用全部的爱心努力让世间呈现更多温情。

窗外是繁华的鞍山西道，繁忙的车流和人流如蝼蚁在我眼前川流不息。对面是一家三甲医院，楼高得如一面巨墙，人们在医院门口进进出出。大街上，小商贩们把地面当作展台，摆上满满一地小商品，行人只能躲雷区一般绕道而行。即便听不见外面的嘈杂声，也能感受到这个世界的忙乱和聒噪，因为嘈杂就在眼前。

　　或者并非世界抛弃了我，而是我自愿暂时退出红尘喧嚣，安守一份与世无争的宁静，努力去做一个深刻的旁观者。在这种旁观中，我看到了自己的身影。情感的纠葛，人际关系的维系，抚育孩子的焦虑，自我价值的实现……每一步都艰辛地走过，每一次都像突围一般，跳脱出重重包围才知一切不过都是杞人忧天。或许人与人的不同就在于，有的人认为自己可以驾驭一切，而有的人则没有这份信心。当我们在这个世界上扮演着自己的角色时，有的人演技卓越，有的人演技拙劣。每当看见一些人的骄傲，每当看见一些人的颓丧，我总想捂着嘴偷笑。我并非一个虚无主义者，然而，我也要和米兰·昆德拉一起庆祝无意义，因为不管我们的演技如何，终究都会被人忘记。我们小丑一样在世界之内徘徊，带着丑陋的面具，却没有使自己愉悦，反而令周遭耻笑。

　　于是，我总在绝望的时候试图抓住一些有意义的东西，哪怕一丁点儿有意义的事物，也可以给我带来些许安慰。我知道我无法脱离这个世界的羁绊，还要在世上继续流浪，可是在世界之外的短暂停留能让我有片刻喘息，让我更清楚地看到自己，以至于人类的命运。

　　餐厅里的服务员一刻不停地忙着，一会儿擦地，一会儿抹桌子，一趟趟把垃圾倒进巨大的垃圾箱，一遍遍重复着相同的动作，从表情上看不出一点儿厌烦。她们心里在想什么？是不是在想，晚上回家做什么饭？跟孩子怎样沟通？父母的身体如何？她们一下班会不会直奔菜市场，或者某一家超市，然后兴冲冲地回家，煎炒烹炸之后，大喊一声"开饭啦！"

　　在一个又一个无意义的轮回里，春夏秋冬不断地流转，生命换了一茬又一茬新的面孔。世界之外，能否脱离这样的重复，每一分每一秒都全然不同？天色渐暗，我知道自己不能久坐了。带着这样的疑问，合上厚厚的书，与身边这些卓越的演员告别，我也该回到自己的角色里去了。

❀心灵的远游（代后记）

　　每一次与文字相会，都是一次心灵的远游。跳脱时空的束缚，心灵便有了暂时的自由。每一次轻敲键盘，就像打起背包上路，开始一段脱离惯性的旅程。每一次都是一次意外，在文字的路上徘徊着，徘徊着，不期然就会遇到旖旎的风景。或许这就是文字的魅力，文学的诱惑所在。

　　朋友写了多年网文，至今没有大红大紫，投到杂志社的文章不是石沉大海，就是被编辑一拖再拖，常常向我倾诉心里的苦闷和纠结。一天，在微信上，她发了这样一段话："我有自己想写的故事，即使会'扑街'，没有市场也无所谓，这首先是很有趣的一件事。写作和其他才能不一样的地方在于，首先它要对自己有意义。"我赶紧给她点赞，因为我发现她已经打开了心中的死结，抛弃了急切的功利之心，找到了文字的深层价值。

　　与文字结缘首先是心灵的选择，把文字当成始终的追求，若不是出于对它单纯的爱恋，没人能够在漫长的跋涉中坚持。如果有人利用文字，解决务实之需，势必有一天会狠狠地抛弃文字，像厌恶难看的黄脸婆。爱文字的人把文字当成完美的情人，在不断的追求中，努力靠近它，用真挚的情感装饰它，无论境遇怎样，都要与它携手共赴一生的远游。

　　对文字的需求是出自心灵的渴望。在被现实挤压的人生中，文字是一个透气的窗口，让灵魂可以摆脱肉体，让精神能够脱离物质，即便是扬汤止沸式的满足，对于某些人已经有了十足的意义。因此，这个世界上有了《堂吉诃德》，有了《上帝之城》，也有了《丑小鸭》。

心灵总是追求着完美，但是冷酷的现实常提醒人们，完美不过是水中月、镜中花。在文字间畅游，可以参与一起骇人的谋杀案，可以成为爱情故事的主角，可以重寻童年的踪迹，也可以为自己预设一个满意的未来。心灵坐在文字的翅膀上，可以到处闲游，去体味古罗马的神圣，去感知施莱尔马赫的浪漫，去亲临玄武门的杀戮，抑或编织民国女子的温婉。文字伸出它柔软的手，触摸爱它之人的内心，于是文字感染了心脏的跳动，也成了有灵的生命，我们被现实戳得千疮百孔的人生，便因文字得到了完美的补足。

当艾丽丝·门罗获得2013年诺贝尔文学奖的消息传到加拿大，这个栖居偏僻小镇的老太太被女儿从睡梦中摇醒，女儿把好消息告诉她，她却平静地只说了一句："天还没亮呢。"然后继续睡觉。八十多岁的老人，名利对她还有何意义？在漫长的写作生涯中，她完成了一次又一次心灵的远游。这样的远游让她栖居僻壤却游历了世界，让她那饱满、纯粹的情感借由文字，完成了一次次宣泄和升华，她已经从中获得了满足。

每个人都在用不同的感官、借助不同的载体触摸着世界，抒发着自我，音乐也好，文字也罢，无不充当着这样的角色。精神世界与物质世界之间需要一种媒介，让它们连接，文字正好把物质世界下的人们看不到的东西展现出来。跋涉在文字中的人，就像在从事挖掘宝藏的工作，把心灵感知到的一切惊奇呈现在人们面前。所以我说，文字是心灵的远游，对于深谙远游那美好滋味的人来讲，即便如饮鸩止渴，也值得为之赴汤蹈火。

文字，首要的意义是对自己而言的，对自己有意义的东西一定也会对他人产生意义，只不过是早晚的事，我一直相信。